濡甘ダーリン

～桜井家次女の復縁事情～

ひんやりとした海風が吹く海岸沿いの砂浜で、桜井早紀（さくらいさき）は純白のウェディングドレスに身を包みカメラの前でポーズを取っている。

立春を二日後に控えた今日、朝六時半に都内某駅前に集合し、一路ロケ先に向かった。

空は快晴。海上には十数人のサーファーが波待ちをしているが、今週末は雪が降るというだけあって肌を刺す空気が痛いほどだ。

「早紀ちゃん、目線こっち！」

「はい！」

カメラマンに呼びかけられ、早紀はにこやかに微笑みながらカメラのほうを向いた。

中学生の時にスカウトされて以来、早紀は雑誌やアパレルブランドのイメージモデルとして活躍してきた。今日の撮影は、とあるファッション雑誌のウェディング特集。発売日は二カ月後の四月で、設定は海辺ではしゃぐ六月の花嫁（ジューンブライド）。

これまでにも何度か花嫁の衣装を着てカメラの前に立った早紀だが、吹きさらしの海辺でウェディングドレスを着るのは今回がはじめてだ。

しかし、モデルたる者、たとえ季節がいつであろうと、仕事では最高のパフォーマンスを発揮しなくてはならない。

カメラマンの要求を的確に捉え、期待どおりのポーズを取って表情を作る。たまにそれを苦痛に感じる事もあるけれど、雑誌を手に取ってくれる読者や一緒に頑張ってくれているスタッフのためにも、泣き言など言っていられない。

集合時刻から、およそ八時間。早紀は最後まで幸せな花嫁を演じ切った。

すべての撮影が完了し、笑顔でスタッフとともに仕事終わりの拍手をする。

ロケバスに向かう途中、花婿役の男性モデルから熱い缶コーヒーを差し出された。礼を言ってそれを受け取ると、早紀はバスの奥でセーターとジーンズに着替えて座席に腰を下ろす。

今日もやり切った――その達成感は、何ものにも代えがたい。

早紀は、ようやく肩の力を抜いて缶コーヒーを一口飲んだ。

先週は婚活中のOLという設定でカメラの前に立ち、その前の週は退社後に保育園に向かう働くママを演じた。紙面の中の早紀は女性として至極幸せで充実した生活を送っている。

しかし、実際はどうかと問われたら、まるで違うと言わざるを得ない。

早紀は今年で二十七歳。彼氏いない歴四年で、今のところ恋人ができる予定もないのが現状だ。

だからといって、別に寂しくないし、今の自分に満足している。

それは嘘偽りのない本当の気持ちだった。

（まだ二十七歳……されど、もう二十七歳なんだよね……）

早紀の姉のまどかは、五年前に同じ商社に勤務する同期の男性と結婚した。

その時、姉は二十六歳。

ここのところ友達も立て続けに三人結婚したし、周りは彼氏持ちばかりだ。

今のままでも十分楽しいが、その一方で幸せそうなカップルを見ると、ふと、寂しくなる。

「あ～あ。なんだか結婚したくなっちゃったなぁ」

思わず漏れた言葉に驚いて、あわてふためく。

(突然何を言い出すのよ、自分！　嘘、結婚したいなんて嘘だから！)

幸い誰にも聞かれていなかったものの、急いで頭の中で否定し、冗談だと笑い飛ばそうとした。

けれど、妙に切実すぎて笑えない。

早紀は無意識に左手の薬指を指先で擦ると、シートの背もたれに寄りかかり小さくため息を吐くのだった。


早紀が所属している「長峰(ながみね)エージェンシー」は、モデルやタレントを二千人以上抱える大手芸能マネージメント会社だ。

下は零(ぜろ)歳から上は八十歳までと幅広く、早紀と同年代の日本人女性モデルは七十二人いる。

三月の初旬、早紀は所属事務所で、雑用をこなしていた。

モデルといえば華やかなイメージがあるが、オファーがなければ当然給料はゼロだ。

幸い、早紀はコンスタントに仕事をもらっているが、いつ無収入になるかわからない。それを考えて、モデルの仕事がない時は、こうして事務のアルバイトとして働かせてもらっているのだ。

（いざという時のために、蓄えは必要だからね）

モデルという職業柄、どうしても公私ともに派手に見られがちだが、早紀は結構現実的で、堅実なタイプだったりする。

モデルなんてある意味人気商売だし、いつまで続けられるかわからない。

それでなくても、今年の十一月号をもって二十歳の時から専属モデルを務めた雑誌「ＣＬＡＰ！」からの卒業が決まった。

今まで割と順調にキャリアを積んできたと思うが、おそらく今が早紀の仕事における正念場だろう。現状に甘んじる事なく努力し、成長し続けなければ、仕事が先細りになりフェードアウトせざるを得なくなってしまう。

（せっかくここまで頑張ってきたんだもの。それだけはイヤだ）

最初こそ、ただ言われるままに仕事をこなしてきたが、今は違う。モデルという職業に誇りを持っているし、プロとしてきちんと自己管理も心掛けていた。

もちろん、努力だけでやっていける仕事ではないので、今後もモデル業を続けていくために何かしら次のステップに繋がる足掛かりがほしいところなのだが……

傍から見れば、早紀は万事順調でなんの問題もないように見えるかもしれない。けれど、堅実な性格ゆえか常に悩みを抱えていた。

それは将来に対する漠然とした不安だったり、もっと頑張らなければという焦燥感だったり……

困った事に、じわじわと結婚願望も出てきた。

（お姉ちゃんは商社でバリバリ働きながら二児の母として頑張ってるし、妹の花は管理栄養士を目指して学校に通ってる。なのに私は――）

恋も仕事も、もっと充実させたいという気持ちはあるが、なかなか思うようにはいかない。

一体、いつになれば今の中途半端な状態から抜け出せるのだろう？

気持ちが焦るばかりで、一歩も前に進めていない気がする。

「早紀ちゃん、手が空いたらＳＮＳ経由の応募書類をプリントアウトしておいてくれる？」

そう声をかけてきたのは、早紀のマネージャーを務めてくれている江口真子だ。かつて小劇団で女優をしていたという彼女は、モデル事業部の課長としてオーディションの審査員も務めている。

「わかりました」

早紀が手を挙げて返事をすると、真子が通りすがりにハイタッチしてきた。

年度末でもある今の時期、社内はいつも以上にあわただしい。

毎年この時期になると、モデルを夢見る人達からの応募件数が格段に増える。

昔は郵送だけだったようだが、今では事務所のホームページやＳＮＳを通じて気軽に応募できるようになった。

応募書類の中には驚くほど容姿端麗な子や、一見、地味だけれど人を惹きつける魅力を持った子の写真があったりする。

華やかで厳しいモデル業界には、常時新しい人材が求められている。

時代とともに流行は変化するし、既存のモデル達もうかうかしていられない。常に時代のニーズに応えられるよう準備万端整えておかなければならないのだ。

応募してきた多数の顔写真を見ながら、早紀は自分も負けていられないと気持ちを引き締める。

(それにしても……)

こうして事務所のオーディションを希望する人達に比べると、自分はずいぶんラッキーだったと思う。早紀がモデルになったのは、スカウトがきっかけだった。

当時、早紀はまだ中学二年生。

たまたま母親が経営する純英国スタイルのティーサロン「チェリーブロッサム」の片隅で宿題をしている時、隣家に住む東条礼子が来店した。

彼女は「チェリーブロッサム」の常連客であり、その日は自身が開いているフラワーアレンジメント教室の生徒を同伴していた。

『あなた、モデルにならない？』

その中の一人が、早紀を見るなりそう言って腕を掴んできた。それが、現在早紀のマネージャーをしている江口真子だったのだ。

その時の早紀は、すでに身長が百七十センチを超えており学校でも目立つ存在ではあった。

けれど、とびきりの美人でもなければ抜群にスタイルがいい訳でもない。目鼻立ちははっきりしているほうだが、特にこれといった特徴のない和風顔だった。

そんな自分がモデルなんて――

尻込みをする早紀に、江口は「特徴がない分メイクをすればどんなふうにでも印象を変えられるし、どんな洋服でも着こなす事ができる」と教えてくれた。

もともとおしゃれには興味を持っていた早紀だ。さんざん迷ったあげく、最終的には周りに背中を押される形でティーン向けファッション誌の読者モデルになる決心をする。

活動をはじめると、驚いた事にすぐに同年代からの支持を得て、人気モデルの一人として紙面を飾るようになった。読者アンケートによれば、早紀の変化自在な雰囲気と等身大の親しみやすさが人気の要因であるらしい。

「おはようございます！」

早紀がプリントアウトした応募用紙をまとめていると、後輩のモデル達がどやどやと事務所内に入ってきた。

各自挨拶をしながらペコリと頭を下げ、キラキラとした顔を上げる。

「おはよう。撮影、どうだった？」

早紀が訊ねると、先頭にいるショートヘアの女性モデルがにっこりする。

「バッチリです！　現場の雰囲気も最高でした」

「長峰エージェンシー」は、礼儀と礼節を大切にしており、所属した時から挨拶はきちんとするようにと教えられる。そのためか、事務所のモデル達は、おおむねどの現場でも評判がいい。

「よかったね。あ、社長がスムージーを差し入れてくれたの。冷蔵庫に入ってるから」

「はーい！」

一列になって部屋の奥に進んでいくモデル達が、早紀が向けた掌に軽くタッチしていく。

その列の最後にいた若い男性モデルが、早紀の前でピタリと足を止める。

「おはようございます、早紀さん」

「おはよう、斗真くん。……髪の色、変えたんだね。すごく似合ってるよ」

「そうですか。でもこれ、俺的にはイマイチって感じです」

一歩前に出た斗真が、早紀の掌にタッチをした。そのまま手が離れると思いきや、彼は早紀の手を痛いほどギュッと握りしめてくる。

「いっ……」

思わず声が出そうになったけれど、そこは我慢して微笑みを浮かべる。

「さすが握力が強いね。部活、アームレスリング部だっけ？」

「テニス部です！」

「あ、そう。失礼」

ぺろりと小さく舌を出すと、早紀は握られた手をぶらぶらと振った。

そうして、すでに恒例になりつつある斗真のちょっとへそ曲がりな行動をやり過ごす。

現在中学三年生の彼は、事務所内のみならず国内の若手モデルの中では群を抜いて容姿端麗で、人気もトップクラスだ。身長はすでに百七十センチを超え、現在も成長中という。

顔にはまだ幼さが残るものの、性格は同年代に比べるとだいぶ大人びており、常に冷静で落ち着いた印象があった。

他のモデル達が歩み去っていく中、なぜか斗真だけが仏頂面(ぶっちょうづら)をしたまま留まっている。彼は早紀の顔をジロジロと眺めたかと思うと、涼やかな眉間(みけん)に深い皺(しわ)を刻んだ。

「早紀さん、唇が荒れてますね」

斗真に指摘され、早紀は自分の唇を触ってみた。

「ほんとだ。最近、空気が乾燥してるからかな」

「保湿は美肌の基本中の基本ですよ。自己管理ができていませんね。それでもモデルですか？」

斗真に渋い顔をされ、早紀はおどけたふうに「すみません」と言った。

「同じ事務所に所属するモデルとして恥ずかしいんですけど。――ああ、そうだ……これ、この間のロケでメイクさんからもらったリップスクラブとリップクリームです。たくさんあるし、他の人にもあげているんで、早紀さんもどうぞ」

押しつけられた小さな小瓶は、無添加製品を扱うブランドのものだ。

「え……いいの？　ありがとう」

「どうせもらいものなんで。じゃ、ちゃんとケアしてくださいよ」

早紀をじろりと睨(にら)むと、斗真はツンと顔を背(そむ)けて去っていった。

残された早紀は手の中の小瓶を目の前に掲げながら、苦笑する。

毒舌でやや斜に構えたところがある斗真だが、本来は気配りのできるいい子なのだ。

ただ、早紀に対してだけ、あたりが強く、何を言うにも嫌味や憎まれ口がセットになっている。

できればもう少し、いい関係になりたいと思うのだが、今のところその希望は叶えられそうもない。

早紀が気持ちを切り替えて事務仕事を再開すると、ふたたびドアが開いて顔見知りの郵便局員がバッグいっぱいの郵便物を持ってきた。

「こんにちは～！」

「こんにちは！　ご苦労さまです」

愛想よく受け答えをして、早紀は郵便物を受け取る。さまざまな大きさの封筒を専用のボックスに入れ、さっそく仕分けをはじめた。

その郵便物の中に、他よりも一回り大きくて重厚な封筒が交じっている。

白地にクラシックな横文字が並ぶそれを見て、早紀はあっと声を上げそうになった。

（これ……「アクアリオ」の封筒だ）

それは、かつて早紀がカタログモデルをしていたアパレル会社だ。

創業者にして現社長の加瀬杏一郎（かせきょういちろう）は、現在三十四歳。もとはパリコレクション——通称パリコレの常連だったスーパーモデルであり、引退するとともに類（たぐい）まれなデザイナーとしての才能を開花させアパレル会社「アクアリオ」を立ち上げた。

「アクアリオ」は現在十のブランドを展開しており、いずれもメインカラーを黒で統一した、斬新かつ時代の先をいく魅力的な洋服が揃っている。なおかつ、非常にデザイン性に優れており、それを身に着けたら、誰もが特別な自分になれると評判だ。

むろん、誰でも簡単に着こなせるものではないし、価格も若者が気軽に買えるようなものではない。それでも国内外のファッショニスタの心を捉えて離さないのは、同社の洋服がそれだけ特別で価値があるものだからだ。

そして、そんな洋服をデザインする杏一郎もまたスペシャルであり、今も現役時代と変わらない圧倒的なオーラを放っている。

容姿端麗なのは言うまでもなく、身長は百九十センチ近い。

漆黒の瞳と髪を持ち、純粋な日本人でありながら、どこか異国を感じさせる彫りの深い顔立ち。彼に見つめられると、誰もがたじろいでしまうほどの目力があった。

早紀は当然彼の事は知っていたし、雲の上の人としてずっと憧れの気持ちを抱いていた。

それほど遠い存在だった人が、自分を「アクアリオ」のカタログモデルに起用したいと言ってくれたのだ。当時、まだ大学生だった早紀は、その話を聞いて、腰を抜かさんばかりに驚くとともに、なんとしてでも期待に応えたいと強く願った。

しかし「アクアリオ」のモデルを務めるという重責は凄まじく、求められたのはそれまでの自分では対応できないほどハイクオリティなポージングや表現力だ。

苦悩する早紀に救いの手を伸ばしてくれたのは、他でもない杏一郎その人だった。

『君を選んだ俺の目に、間違いなどあり得ない』

彼はそう言い切り、早紀にモデルとしての基礎を一から叩き込み、必要とされるスキルをすべて取得させてくれた。その結果、早紀は「アクアリオ」での仕事を果たし終え、その後四年間にわたり同社のカタログモデルを務める事になったのだ。

彼はモデルとしての早紀をステップアップさせ、一人前にしてくれた恩人でもある。

杏一郎との出会いは、早紀にとってその後の人生を変えるほどの大きな出来事だった。

そして、そんな彼こそ、早紀が生まれてはじめて恋をした相手だったのだ。

今でも思い出すたびに胸が痛くなる。

早紀にとって杏一郎は、心から愛し尊敬できる唯一無二の存在だった。

到底手の届かない孤高の師である彼にどれほど恋焦がれ、想い続けた事だろう。その気持ちは抑えきれないほど強くなり、いつしか杏一郎もその想いに応えてくれるようになったのだ。

早紀は彼との恋に自分の持てるすべてを捧げ、全身全霊をかけて杏一郎を愛した。彼もまたそんな早紀を包み込むように慈しみ、愛情を注ぎ返してくれたのだが……

今から四年前、二人はどうする事もできない事情から別れる事になってしまった。それと同時期に早紀の「アクアリオ」とのモデル契約も終了し、二人は一切の連絡を絶った。

それが別れた時の約束だったし、いまだにそれは続いている。

もっとも、同じファッション業界にいれば、彼の仕事ぶりは自然と耳に入ってきた。新作が出れば必ずチェックするし、杏一郎に関する記事はどんな小さなものも読んでしまう。

そんな自分を未練がましいと思ったりもするが、こればかりは仕方がない。

「早紀ちゃん、応募用紙プリントアウトできた？」

背後からやって来た真子に声をかけられ、早紀はハッとしてうしろを振り返った。

「はい、できてます、それと、これ……ついさっき届いたばかりの郵便物です」

早紀は応募書類を真子に渡すと、デスクの上に置いていた郵便物を彼女の目前に示した。

「あら、『アクアリオ』からじゃないの。もしかしてオーディションか何かあるのかもね」

真子が封筒を受け取って、開封する。そして、中に入っていた書類に目を通した。

「やっぱり、そうだ。ほら――」

真子から渡された書類には「アクアリオ」が新しく立ち上げるブランドコンセプトと、同ブランドのイメージモデルオーディションの開催に関する募集要項が書かれていた。

それによると、新しいブランドの名前は「Bianca（ビアンカ）」であり、イタリア語で「白」を意味する女性名詞であるらしい。

「黒がメインカラーの『アクアリオ』が、真逆の〝白〟をメインにした新ブランドを打ち出してくる訳ね。さすが加瀬杏一郎、常にこちらを驚かせてくれるわ」

真子が感心したように唸（うな）り声を漏らす。

「『アクアリオ』は毎年二回開催されるパリコレに出展しており、そのたびに見る者を魅了し称賛を浴びている。今回の新ブランドも、きっと「アクアリオ」らしい斬新なものだろう。

「しかもこれ、『アクアリオ』初のレディースブランドでしょ。ぜったいに注目を浴びる事間違いなしね」

以前、早紀がカタログモデルをした際に着ていたのは、既存のメンズブランドの中で作られたユニセックスの洋服だった。

興奮気味に話す真子の前で、早紀は真剣な表情を浮かべる。

（私、この仕事を獲りたい！）

オーディションの書類を見るなり、早紀の心に、モデルとしての熱い思いが湧き上がってきた。

この仕事が、今の鬱々とした状況から脱却するきっかけになるかもしれない。

それに、「ビアンカ」のイメージモデルとなれば、世間の注目を浴びるだけでなく、キャリアアップにも繋がる。

そう思うなり、早紀は勢いよく立ち上がった。

そして、驚く真子の目をまっすぐに見つめ、神妙な面持ちで口を開く。

「真子さん、お願いします！　私にこのオーディションを受けさせてください！」

募集要項によれば、事務所に所属している者は、応募するにあたり所属先の許可が必要と記されている。

早紀は真子に向かって深く頭を下げ、再度願いを口にした。

「私、ぜったいにこの仕事を獲りたい！　いえ――私がこの先もモデルを続けていくために、是が非でも獲らなきゃならないんです！」

「ちょっ……早紀ちゃんったら……」

突然頭を下げられて目を白黒させていた真子は、早紀の並々ならぬ意気込みを見て、深く頷く。

「わかった。雑誌の専属契約も終わるし、いいんじゃない。社長は今、執務室にいると思うから直接話しておいで。大至急アポを取ってあげるから」

そう言うが早いか、真子が受話器を手に取って社長に内線を入れた。こういう時の彼女は、早紀がびっくりするほど行動が早いのだ。

「了解です！」

早紀はオーディションの書類一式を手に、別の階にある社長室に向かった。エレベーターを待ちながら、書類を大事そうに胸に押し当てる。

(今日、事務所で仕事しててよかった！)

エレベーターが来るなり中に入り、逸る気持ちを抑えながら上階を目指す。

ガラス張りの社長室のドアをノックすると、気づいた社長に手招きされる。

「社長、お忙しいところすみません！」

ドアを開けて中に入り、深々と頭を下げた。

「おいおい、一体どうしたんだ？　まさか事務所を辞めるとか言わないよな？」

デスクの前に立つ長峰真也が、早紀の勢いに戸惑いの表情を浮かべる。

「違います！　社長、私に『アクアリオ』のオーディションを受けさせてください！」

早紀から書類を受け取ると、長峰は椅子に座ってじっくりとそれに目を通しはじめる。

彼は「長峰エージェンシー」の二代目社長であり、一時期マネージャーとして早紀を担当してくれていた事もあった。

「なるほど。ようやくここまで漕ぎつけたんだな」

長峰が小さく呟いた。その内容から、おそらく新ブランドについて事前に情報を得ていたに違いない。

「お願いします！　私、どうしても、この仕事をやりたいんです！　許可をいただければ、万全の準備を整えてオーディションに臨みますから――」

「だけど、大丈夫か？　オーディションに応募すれば、杏一郎と顔を合わせる事になるぞ？」

長峰が心配そうな顔で早紀をじっと見つめてくる。長峰と杏一郎は、高校で知り合って以来の親友だ。そんな関係もあり、彼だけは早紀と杏一郎の間にあった事をすべて承知していた。

「もちろん大丈夫です！　だってもう四年も前の事ですよ？」

早紀は即座に頷いて、にこやかに笑った。

「本当に？」

念を押され、再度頷いてにっこりする。

本音を言えば、杏一郎の事が気にならない訳がなかった。しかし、あえて気にしないようにしていたし、これからだってそうするつもりだ。

「はい。『アクアリオ』のオーディションを受けたいのは、モデルとして興味を持ったからです。過去の事は、一切関係ありません」

早紀は、きっぱりとそう言い切って長峰の目をまっすぐに見つめ返す。

「そうか、わかった。そこまで言われたら、許可しない訳にはいかないよ」

長峰が小さく肩をすくめ、早紀はホッとして表情を緩めた。

「ありがとうございます！　私、全力でオーディションに臨みます。そして、是が非でも合格して今後のモデルとしての活動に繋げてみせますから」

早紀の一方ならぬ決意を感じ取り、長峰が深く頷いて微笑みを浮かべる。

「期待してるよ。……実は、最初に杏一郎から新ブランドの話を聞いた時、すぐに早紀ちゃんの顔が思い浮かんだんだ」

「そう、なんですか？」

思いがけない事を言われ、早紀はやや驚いた表情で瞬きをした。

「新ブランドのコンセプトが、早紀ちゃんのイメージにぴったりだと思ってね。これも縁だろうし、精一杯頑張ってくれ」

長峰が席を立ち、早紀に書類一式を返してきた。

「まずは、一次審査用の動画を撮って先方に送らないと、だな」

「はいっ」

応募には、プロフィールと必要書類の他に、全身と顔のはっきりわかる動画を提出する必要があった。最近は、書類審査とともに動画を確認するパターンが増えてきている。今回のオーディションも書類と動画による一次審査を行うようだ。

早紀は逸る心を抑えて、背筋をシャンと伸ばした。

「さっそくオーディション用の動画を作ります。出来上がったらすぐにお見せしますね」

早紀は社長室を辞して、気持ちを落ち着かせるために非常階段に向かった。

階段を下りながら動画の内容について考えを巡らせる。

（どこで撮る？　やっぱり、自然光の下で撮ったほうがいいかな？）

一次審査で弾かれれば、それで終わりだ。

それだけはぜったいに避けたい――

階段を下りながら、早紀はふと立ち止まった。

(何も、書類を見てすぐに動かなくてもよかったのに……)

そう思うものの、なぜか抑えがたい衝動に駆られて、行動せずにはいられなかった。

事務所には自分の他にも、若い女性モデルは大勢いる。普段の早紀なら、オーディションの情報を他のモデル達と共有し、応募に関しては事務所の決定に任せていたと思う。

しかし、今回ばかりはどうしても行動せずにはいられなくなってしまったのだ。

それは、もちろんモデルとしてこの仕事に興味を持ったからだが、果たしてそれだけだろうか?

いや、どう考えてもそれだけが理由ではない。

今の中途半端な状況から抜け出すべく、オーディションを受けようと思ったのは事実だ。

けれど、社長に言った、過去は一切関係ないというのは嘘であり、本当は杏一郎の事をものすごく意識している。

早紀は階段の手すりにもたれかかり、ため息を吐く。

(私、やっぱりまだ、杏一郎さんの事を吹っ切れてないのかな……)

四年前、お互いに話し合って別れる事を決めた。それ以来、何度となく忘れようと努力して、そのたびに失敗に終わった。

それでも足掻(あが)き続け、疲れ果てた末に、どうにか心の奥底に沈めるのに成功した――そう思っていたのだが、どうやら違ったらしい……

早紀は自分の胸に手を当てて、目を閉じた。

走った訳でもないのに、心臓が早鐘を打っているし全身の血が沸いているような気がする。

頭の中はオーディションの事でいっぱいなのに、ややもすれば杏一郎の顔にすり替わってしまいそうになる。忘れたはずの想いは、結局少しも忘れてなんかいなかった。

だから、いつになくテンパってしまい、自分らしくない行動をとってしまったのかもしれない。

ずっと抑え続けてきた杏一郎への想いが、オーディションをきっかけに再浮上してきたというところだろうか。

(何を今さら……。もう四年も前に終わってしまった恋なのに……)

早紀が、しょんぼりと肩を落とした時、非常ドアが開き誰かが階段を上ってくる音が聞こえた。

振り返ると、やって来たのは斗真だ。

「斗真くん」

「早紀さん、『ビアンカ』のモデルオーディション、受けるんですか?」

下からまっすぐに見上げてくる目力は、さすがトップクラスのモデルだ。

「聞いてたの?」

「聞いてたんじゃなくて、聞こえたんです。早紀さん、バカみたいに大きな声を出してたから」

「ああ、そう。で、それについて何か言いたい事でもあるの?」

早紀はあえて、なんでもない素振りで微笑みを浮かべた。

「いえ、別に。ただの確認です。同じ事務所の人間として、応援してます」

応援すると言う割には、真顔で棒読み。しかし、一応はお礼を言っておく。

「ありがとう。受かるように頑張る」

「だけど、くれぐれも必要以上に僕と父に関わらないでください」

斗真が〝父〟を強調するように発音する。

彼は早紀を正面から睨みつけたあと、くるりと踵を返し階段を下りていった。

他に人がいる時は、そうではない。けれど、二人だけの時は、相変わらず針のように鋭くて冷たい目つきだ。もう慣れっこになっているとはいえ、本音を言えばああいった態度を取られるたびにものすごく疲れる。

「『必要以上に僕と父に関わらないでください』か……」

早紀は脱力感に襲われて、がっくりとその場にしゃがみ込む。

斗真の言う〝父〟とは、杏一郎の事だ。

早紀が杏一郎と別れる少し前、彼の弟が海外で客死し、一人残された子供を彼が養子として引き取る事になった。その子供こそが斗真なのだ。

当時、杏一郎との結婚を考えていた早紀は、彼と相談し斗真ともよい関係を結ぼうとした。

けれど、その時まだ小学五年生だった斗真は、決して早紀を受け入れようとしなかった。

斗真にとって、早紀は新しい生活を脅かし、杏一郎の愛情を横取りしかねない存在に見えたのだろう。それゆえ、こちらがどんなに歩み寄ろうとしても、彼は頑なに早紀を拒み、いつしか精神的に不安定になっていった。

早紀は何度となく杏一郎と話し合い、その結果、今、優先すべきは斗真の健やかな成長と、少しでも安寧に暮らせる環境であるという結論に達した。

どんなに受け入れたくなくても、斗真の気持ちをないがしろにはできない。

早紀は胸が張り裂ける思いで杏一郎と別れ、彼への気持ちを押し殺す決心をしたのだった。

お互い納得して別れたとはいえ、こうして斗真から敵意を向けられるたびに、胸に押し込めた気持ちが古傷となってシクシクと疼く。

そして、今回の事をきっかけに、杏一郎への想いが再び胸に込み上げてくるのを感じている。

だからといって、早紀がどんなに杏一郎のそばにいたいと望んでも、斗真がそれを許さない限り願いが叶う事はない。結局のところ状況は四年前と何も変わっていないのだ。

それに、別れてから四年も経っている。

杏一郎にはもう、誰か他に想っている人がいても不思議ではない。

オーディションに合格すれば、必然的に杏一郎と再会する。

その時、自分は一体何を思うのだろう？

どうであれ、もうオーディションを受けると決めたのだ。今はオーディションに受かる事だけを考えよう——

早紀は両方の頬を掌でピシャリと叩き、勢いよく立ち上がった。

これはある意味、自分に課せられた試練なのかもしれない。

モデルとして新たなステージに立てるかどうかはもちろん、杏一郎への想いをどうするか、はっきりさせるいい機会になるはずだ。

「よし！　とにかくまずはオーディションに合格する！」

早紀はそう言って拳（こぶし）を握りしめた。

日々コツコツと努力を続けてきたのも、こういったチャンスを確実に掴むためだ。

（今はただオーディションに合格する事だけを考えよう……）

早紀は自分にそう言い聞かせ、しっかりとした足取りで階段を下りていくのだった。

桜の蕾（つぼみ）が少しずつ膨らみはじめた、日曜日の午後。

杏一郎は都心に建てられたタワーレジデンスの最上階にいた。自宅は別にあるが、基本的に家には仕事を持ち帰らないようにしている。

そのため、どうしてもこなさなければならない仕事がある時は、ここに来てそれを片づけるようにしていた。部屋のインテリアはモノトーンで統一しており、無機質な心地よさがある。

以前は、もう少し部屋の中に植物を置いていたのだが、手入れ不足のせいか今残っているのはカウンターキッチンの上にあるミントだけだ。小さな植木鉢に植えられたそれは、窓からの陽光を受けて青々と茂っている。

杏一郎は冷蔵庫からミネラルウォーターのボトルを取り出して、テーブルの上に置いた。黒革のロングソファに腰かけ、襟元のボタンをひとつ外す。

杏一郎が普段着ている服は、すべて自社のものだ。それは別に愛社精神からではなく、ただ単に身体にしっくりして着心地がいいからそうしている。

今日身に着けているのは、定番のカラーシャツと今期最速で完売したテーパードパンツだ。裾に向かって次第に細くなっていくそれは、皺がつきにくい加工を施している。シンプルな形で他社製品とも合わせやすく、普段使いには最適な品だと思う。

「アクアリオ」が扱っている洋服は決して安価ではないが、その分、使用する生地をはじめ、裁断や縫製にこだわりを持って作っている。

頭の中は新しいデザインの事でいっぱいだし、年に二回のパリコレへの出展や国内外の販売状況など、考える事は山積みだ。ここ何年かは隙間時間を埋めるように仕事を詰め込み、プライベートなどあってないような状態になっていた。

それに今は、新しいブランドである「ビアンカ」を世に送り出すべく、あれこれ準備を進めている最中だ。

（今年度は、ますます忙しくなるな）

これまでは年に二回、パリコレで新作を発表していた「アクアリオ」だが、「ビアンカ」を世に出すにあたり、今年度は三回の出展になる。

パリコレとは、今から百年以上前にスタートした、フランスはパリで開催される、世界中のデザイナーによる新作発表の場だ。もともとは、パリでの展示会がはじまりだったそれは、大きく分けて三つのコレクションに分かれている。

そのひとつが、女性向けの高級既製服が発表されるパリ・プレタポルテ・コレクションだ。同コレクションは、毎年三月と十月頃に行われる。

二つ目は、顧客の注文によって作られるオーダーメイド品を対象に行われるオートクチュール・コレクション。これは、毎年一月と七月頃が開催時期とされている。

三つ目は、オートクチュールと同時期に開かれるパリ・メンズ・コレクションで、「アクアリオ」は、例年ここで新作を発表している。

これにプラスして、今年度は三月に行われるウィメンズ用のプレタポルテ・コレクションで、新たに「ビアンカ」を発表する予定だ。

第一弾のデザインはすでに決定しており、試作品の出来上がりを待って微調整を加えるのみ。しかし、もっとも神経を使う仕事を終えた状況でも、心からゆっくりと休む事はできなかった。

一体、いつからこんなふうになってしまったのだろう。

気がつけば一日中仕事に没頭し、食事を取るのを忘れている事もある。けれど、それで構わなかった。仕事に忙殺されているほうが余計な事を考えずに済む。

『まるで休むのを怖がっているみたいだな』

少し前、親友で「長峰エージェンシー」の社長でもある長峰にそう言われた。反論しようと思ったが、あながち間違っていないような気もして、黙って睨(にら)みつけておくに止(とど)めた。

「さて……仕事するか」

ミネラルウォーターを一口飲み、デスクの上のノートパソコンを開く。

いくつかのメールをチェックして返信をしたあと、今日のメインである「ビアンカ」のイメージモデルに関わる仕事に取り掛かった。

杏一郎が手掛けた「アクアリオ」は、今年で十年目を迎える。

そんな節目の年に発表する新ブランドは、今までのイメージを打ち破る斬新さが必要だ。

そう考えた杏一郎は、自社のイメージカラーである黒の真逆の色を取り入れる事を決めた。

メインカラーはブランドの名前のとおり「白」であり、「アクアリオ」における初のレディースブランドになる。

これまではモードかつ、ハードでクールなイメージを守り続けていた「アクアリオ」だが「ビアンカ」では、もともとのコンセプトを守りながら、そこに女性らしい「優しさ」や「温もり」をプラスしたラインナップを打ち出していく予定だ。

これまでになく準備に時間をかけているのは、それだけ「ビアンカ」に強い思い入れがあるからだ。

杏一郎は「ビアンカ」専用のフォルダーを開き、「一次モデルオーディション通過者」と題された八十二名の動画ファイルに次々と目を通していく。

募集をかけたのは十代から三十代の日本人女性モデルで、応募総数はおよそ千五百人。

あらかじめ「ビアンカ」専任スタッフが審査しふるいにかけてくれている。

自分は、そこからさらに人数を削り、最終的に二次審査に進むメンバーを選び出す。

体型はあまりスリムでないほうが望ましく、顔に個性がありすぎてもいけない。

動画の人物に「ビアンカ」のイメージを重ね合わせ、違和感があれば躊躇なく「不合格」の判定をしていく。一気に動画の三分の一を見終わり、さすがに疲れて椅子の背もたれに身体を預けた。

（ここまで見て、ピンとくるモデルはゼロか……。先が思いやられるな）

杏一郎が「ビアンカ」のモデルに求めるのは、ナチュラルな美しさだ。

ルージュを塗りたくっているよりはヌーディな唇が、目力が強すぎるよりは素直でまっすぐな視線のほうがいい。

そう思う杏一郎の頭の中には、すでにモデルのイメージがくっきりと浮かんでいる。

桜井早紀――かつての恋人にして、最愛の女性だ。

彼女と一生をともにしたいと考えていたが、ある事情で別れを告げる事になった。思い返すたび、いまだに胸が苦しくなる。

未練を断ち切るために、お互いに二度と連絡はしないと約束したが、早紀を想う気持ちは今なお胸に残り、ついには彼女をイメージした「ビアンカ」という新ブランドを立ち上げてしまった。

我ながら未練がましいと思う。今ひとつモデル探しに気分が乗らないのも、早紀以上の適任者はいないとわかっているからだ。

本当に愛していた。けれど、今さら合わせる顔もない。

「早紀……」

杏一郎は早紀の名を呼び、窓の外に視線を移した。

彼女とはじめて会ったのは、早紀が大学一年の春の事だ。

当時「アクアリオ」のメンズブランドの中で、新しくユニセックスの商品を販売する事になった。

それに伴い、女性のカタログモデルが必要になり、親友であり芸能マネージメント会社に勤務する長峰に相談を持ちかけたのだ。

彼は、それからすぐに「適任者がいる」と言って、宣材写真を片手に、わざわざ社長室まで出向いてきた。その時推薦されたのが早紀だった。

『悪くないな』

宣材写真を見て、すぐにそう言った記憶がある。

実際は、悪くないどころかかなり気に入っていたし、無条件で惹きつけられた。

しかし、当時の早紀はキャリアも浅く、ティーン雑誌の読者モデルを務めた経験しかなかった。

そんな早紀が、果たして「アクアリオ」の洋服を着こなせるかどうか疑問だったのも確かだ。

実際に会った早紀は、緊張のせいか、写真以上に素人っぽく見えた。それなのに、第一印象を上回る吸引力を感じたのは、早紀がいろいろな可能性を秘めているのがわかったからだ。

まっすぐな視線や飾り気のない笑顔に、彼女の真面目さや素直さが表れていた。

モデルとして変な癖がついておらず、その分さまざまな変化が期待できる——そう思ったから、早紀を「アクアリオ」のカタログモデルに起用した。

それと同時に、彼女に自分の持てる知識のすべてを与え、成長を見守りつつ自らの手でプロのモデルとして開花させてやりたいと強く願ったのだ。

今思えば、その時すでに一人の男として早紀に惹かれていたのかもしれない。

当時まだ十代だった早紀にとって、「アクアリオ」のモデルを務めるのは、かなりハードな仕事だったと思う。

杏一郎は自ら早紀の指導に当たり、彼女が「アクアリオ」にふさわしいモデルと言えるようになるまで一切の妥協を許さなかった。

『大丈夫か？』

杏一郎は何度となく、早紀にそう訊ねた。そのたびに彼女は、大丈夫ですと答えて、にっこり微笑んだ。その言葉どおり、彼女は弱音ひとつ吐かず杏一郎の指導についてきたし、少しでも多くの事を学ぼうという姿勢を崩さなかった。

その結果、こちらが期待した以上の完成度で、ブランドイメージを的確に体現してくれた。

以後、四年にわたり自社のカタログモデルに起用し続け、二人の仲も必然的に深まっていった。

（そういえば、あのミントを買ったのは今頃の季節だったな）

杏一郎は外を見ていた視線をキッチンカウンターに向けた。

普段、たしなむ程度にしかアルコールを飲まない杏一郎だが、早紀と付き合いはじめてからは、一緒に家で飲む機会が多くなった。そして、早紀が好んで飲んでいたのが、ミントの葉をたっぷり使ったモヒートだったと思い出す。

彼女の事を心から愛していたし、本気で結婚を考えていた。

しかし、写真家である弟の友介(ゆうすけ)が海外で客死した事により、自分を取り巻く環境が一変した。

彼は十九歳の時に結婚し子供が一人いたが、八年後に離婚して、親権を持つ友介がその子供・斗真を育てていた。

友介が亡くなった当初、斗真は別れた母親に引き取られる予定だった。しかし、彼女はすでに別の男性と結婚して海外に住んでおり、斗真との同居は難しいと判断せざるを得なかった。

母方の祖父母はすでに亡く、父方の祖母は存命だが彼女もまた海外で暮らしている。

当時の斗真は、まだ十一歳で、父親の死を受け入れられず、極めて不安定な状態だった。

そんな事もあり、最終的に杏一郎が斗真を引き取る事になり、養子縁組をして親子関係になったのだ。

一緒に暮らすうちに、斗真は徐々に心の平穏を取り戻していったように見えた。おそらく、実父と顔がそっくりの自分を本当の父親と思って慕ってくれたのだと思う。

聞いた話によると、友介は離婚して子供を引き取ったあとも、頻繁(ひんぱん)に海外を飛び回り留守がちだったそうだ。その間は家政婦などが斗真の面倒を見ていたようだが、それでは家庭の温もりなど感じられるはずもない。きっと彼は、長い間ずっと寂しい思いを抱えていたのだろう。

その反動なのか、斗真は過剰だと思えるくらい杏一郎にまとわりつき、恋人の早紀をあからさまに敵視するようになった。

「お父さんを取るな！」

彼はそう言っては、歩み寄ろうとする早紀を拒絶し、泣き叫んではひどい癇癪(かんしゃく)を起こすようになった。あげくの果てには、熱を出して寝込んでしまい、医師からストレス性の体調不良と診断された。そして面と向かって憎悪を向けられた早紀も、精神的にかなり参っている様子だった。

このままでは、彼女に苦労をかけるのは目に見えている。そう考えた杏一郎は、悩んだ末に早紀と別れる苦渋の決断を下した。

以後の杏一郎は、斗真の面倒を見ながら、それまで以上に仕事に打ち込んだ。そうする事で早紀を忘れようとしたのだが、すぐにそれが簡単でない事を思い知った。

通りすがりの書店で早紀が表紙の雑誌を見かけては、つい立ち止まって手に取ってしまう。彼女への気持ちを捨て去ろうとすればするほど、昔付き合っていた頃の幸せな思い出が頭の中に蘇(よみがえ)ってくる。

(結局、忘れられないまま四年か……)

おそらく早紀はとっくに自分など忘れ、誰か別の男性と付き合っているはずだ。

そうなる事を願って別れた。なのに、いつまでも未練がましく彼女の事を考えてしまう。

パソコンの画面には、オーディション参加者の動画が次々に自動再生されている。

ひとつの動画が終わり、少しだけ間が開いた。

新しく映し出された参加者が、落ち着いた声で自己紹介をはじめる。

その声を聞いた瞬間、杏一郎はソファから勢いよく身体を起こし、画面に映る女性を食い入るように見つめた。

そこには、白いTシャツと淡い色のスカートを穿いた早紀が映っている。

カメラがゆっくりとズームインし、横を向いていた顔が正面を向く。にっこりと微笑む口元から真っ白な歯が見えた。彼女が画面の中でくるりと一回転する。

続いて顔から笑みが消え、まったくの無表情になった。

正面に向けられた視線が、画面を通してまっすぐに杏一郎を射抜いてくる。

ほぼベースメイクのみでアイラインも引いていない顔は、四年前よりもぐっと大人びてシャープさを増している気がした。

息を詰めて画面に見入っているうちに、動画が終了する。杏一郎はキーを操作してもう一度、はじめから動画を再生した。画面の中の早紀が、にこやかに笑いかけてくる。

足の運び方やポージングした時の目線など、彼女の一挙手一投足に、かつて自分が教え込んだ事の片鱗(へんりん)が垣間見えた。

早紀は、それらを今も忘れずにいる。短い動画を見ただけでそれが伝わってきて、杏一郎は我知らず口元に笑みを浮かべた。

ひたむきで努力家な彼女の性格は、きっと今も変わっていない。それどころか四年の歳月が、早紀をモデルとして成長させ、画面の向こうから杏一郎の心を鷲掴(わしづか)みにしてきた。

やはり、彼女こそが、「ビアンカ」のイメージを体現できる唯一無二のモデルだ。

すべてのオーディション動画を見終えた杏一郎は、そう確信する。むろん、この決定には私情はまったく挟んでいない。

早紀は別れたあともモデルとして成長し続け、自分の力で一次オーディションを通過した。

こうなった以上、早紀との再会は決まったようなものだ。そう思うだけで、自然と脈が速くなり、いても立ってもいられない気持ちになる。

杏一郎はソファから立ち上がってキッチンに向かった。

カウンターの植木鉢からミントを摘み取り、用意したグラスに入れて少量のブラウンシュガーとともにマッシャーですり潰す。そこにラムとトニックウォーター、氷を入れて豪快に混ぜ合わせてモヒートを作った。

杏一郎はそれを一口飲み、ゆっくりと目を細める。

つい今しがた見た早紀の顔が、頭から離れない。彼女のまっすぐな視線に射抜かれて、ずっとくすぶり続けていた想いが完全に復活してしまった。

（もし、早紀がまだ一人だったら……）

そんな考えが頭に浮かび、思わず苦笑する。だが、もしそうだったら——

自分は間違いなく、早紀を手に入れようとするだろう。

そして、彼女が自分を受け入れてくれたなら、もう二度と離さない。

何があっても、ぜったいに。

杏一郎は、そう心に決めると、グラスに残っていたモヒートを一気に飲み干すのだった。

◇　◇　◇

三月最後の月曜日。昨夜からの雨で、街中がしっとりと濡れそぼっている。

「アクアリオ」のモデルオーディションの一次審査に合格した早紀は、今日、二次審査を受けるべく電車を乗り継いで同社の最寄り駅に到着したところだ。

（ちょっと早く来すぎちゃったな）

早紀は、途中で腹ごしらえをするつもりで、かなり早めに事務所を出ていた。

時刻は午後一時。二次審査がはじまるのは、午後二時からだ。

予定どおり駅から少し歩いた場所にあるカフェに入ったものの、緊張のせいかメニューを開いてもまるで食欲が湧かない。

オーディションの前とはいえ、少しは食べないと、力を出し切れない可能性がある。

しかし、どうしても食べる気になれず、野菜スムージーを飲んだだけで席を立った。

いつもならオーディション前でも食欲旺盛で困るくらいなのに……

こんなに緊張するのは、二次審査の会場に杏一郎がいるのがわかっているからだ。

応募要項によれば、彼と顔を合わせるのは最終審査のはずだった。それが、数日前に急遽変更になり、「ビアンカ」の制作スタッフの他に杏一郎が二次審査に立ち会う事になったのだ。

まさかこんなに早く杏一郎と再会を果たす事になるとは思ってもいなかったので、心の準備がまだできていない。

しかし、決まってしまった事はどうしようもないし、オーディションを勝ち進めば、いずれ彼とは顔を合わせるのだ。

（今はできる事をやるしかない！）

早紀は自分にそう言い聞かせて、心を落ち着かせるように呼吸を整える。

そうこうしている間に、遠くの空で雷が鳴りはじめた。

「アクアリオ」の本社は、カフェから歩いて二十分くらいの距離にある。

早紀が会計を済ませているうちに、急に雨脚が強くなった。みるみるうちに、外はバケツをひっくり返したような土砂降りになってしまう。

天気予報では、ここまで悪天候になるとは言っていなかったのに、これでは傘を差してもずぶ濡れになってしまいそうだ。

覚悟を決めて歩き出した時、運よく乗客を降ろしたばかりのタクシーを拾う事ができた。傘を閉じ、急いで後部座席に腰を下ろす。

「すみません。近くで申し訳ないんですが――」

早紀が行き先を告げようとした時、少し先にタクシーを探している様子の老婦人が目に入った。ほっそりとして華奢（きゃしゃ）なその人は、傘を差してはいるがレインコートの裾（すそ）がぐっしょりと濡れている。自分は運よくタクシーを拾えたが、この雨ではきっと空車は通らないだろう。

早紀は運転手に頼み、老婦人がいる道路脇まで車を進めてもらった。そして、彼女に声をかけ行き先を訊（たず）ねてみる。

聞けば、老婦人は早紀が目指す建物の少し先にあるシティホテルまで行きたいようだ。

「よかったら、一緒に乗って行ってください」

「いいんですか？　そうしてもらえると助かるけど――」

早紀の申し出を受けて、老婦人はタクシーに同乗する事になった。幸い道はさほど混んでおらず、スムーズに「アクアリオ」の本社前に到着する。

タクシーが停車し、早紀はここまでの料金を老婦人に渡そうとした。

「いいえ、どうか料金は私に持たせてくださいな」

老婦人はそう言って早紀が支払いをしようとするのを止めた。しかし、それではあまりにも悪い気がする。そこで早紀は、タクシー代の代わりに老婦人へひとつお願いを聞いてほしいと頼んだ。

「実は私、これから大事なオーディションがあるんです。それに合格できるよう、私を励まし(はげ)てもらえませんか？」

四年ぶりとなる杏一郎との再会と、この天気だ。実のところ、さっきから気持ちがざわついて仕方がない。

快く(こころよ)承知してくれた老婦人は、早紀に向き直り両方の掌(てのひら)で早紀の手を包み込んだ。

「あなたはとても優しくていい人だから、きっとオーディションに受かりますよ。私が保証します。気負わず自然にしていれば、きっと大丈夫。落ち着いて自分が出せる力を十二分に発揮してね」

強く手を握られ、正面からじっと目を見つめられる。

「あと、これをあげるわ。これは幸運のキャンディよ。舐め(な)ると気持ちが落ち着くの」

老婦人はバッグからキャンディの入った小さな袋を取り出して、それを早紀に渡した。

「頑張ってね。幸運の女神は、きっとあなたに微笑んでくれるわ」

優しく励まされ、早紀の口元に自然な微笑みが浮かんだ。

「ありがとうございます。オーディション、頑張ります！」

早紀はそう言うとタクシーを降りて傘を差し、中にいる老婦人に手を振った。老婦人もまた中から早紀に向かって手を振ってくれている。

去っていく車を少しの間見送ったあと、早紀は降りしきる雨の中「アクアリオ」の社屋の前に立ち、気持ちを引き締めつつ中に歩を進める。

いよいよオーディション本番だ。

そう思うと、自然と武者震いが起きた。握りしめた手の中でキャンディの袋がカサカサと音を立てる。袋の中には、透明のセロハンに包まれた丸くて真っ白なキャンディが五つ入っていた。

早紀は立ち止まり、袋からひとつキャンディを取り出して口に入れた。食べた途端、口の中に爽やかな甘みが広がる。

（ミント味だ。……これ、すごく美味しい）

早紀が知るミントキャンディは、今食べているものよりも固くて清涼感が強い。

しかし、老婦人からもらったキャンディは舐めているとホロホロと崩れながら舌の上で溶けていき、とても優しい味がする。

キャンディの美味しさに感じ入っているうちに、気持ちが少し楽になった気がする。

早紀は鼻腔を通るスッキリとしたミントの香りを楽しみながら、意識的に肩の力を抜いた。

（「気負わず自然に」か……）

さっき聞いた老婦人の言葉が、早紀の頭の中に蘇った。

(そうだよね……ここまできたんだから、とことんありのままの自分で勝負しよう!)

早紀は、エレベーターホールの奥にある自動販売機コーナーに向かった。そこはかつて「アクアリオ」のカタログモデルを務めていた時、幾度となく訪れた場所だ。

まるで古巣に戻ってきたような心持ちで、そこを通り抜けて奥にある化粧室に入る。

洗面台の鏡の前に立つと、湿気のせいでセットした髪がかなり乱れている。それに、昼に直したメイクも少し崩れていた。

バッグからブラシを取り出し、背中までのウェーブヘアを丁寧に梳かして、耳の高さでポニーテールにした。その後、携帯していたメイク落としで顔全体を拭いて、水でざぶざぶと洗顔する。

顔を上げた早紀は、鏡に映る自分を凝視した。

ノーメイクだし、ヘアスタイルもこれ以上ないほど無造作なひとつ結びだ。

さっきまでと比べたら一気に顔が地味になったし、心なしかいつもより血の気が失せている。一瞬、早まったかと思ったけれど、今さらあとには引けない。

早紀は掌でパンと白い頬を叩いた。

血行が良くなり、頬に赤味が戻る頃には、どうにか気持ちも整ってきた。

(よし、行こう!)

すべての準備を終えた早紀は、覚悟を決めてオーディション会場に向かう。

会場は「アクアリオ」の商品が並べられた六階アトリエだ。受付を済ませ、中に入った。

全体が白で統一されているそこは、照明や音響機器などの各種装置が設置されており、適宜ファッションショーのリハーサルなどが行われている。

以前何度もここを訪れた事がある早紀は、懐かしさを感じながら会場の中を見回した。オーディションに参加するモデル達が集まったところで、全員が舞台裏に通され、スタンバイをする。

あたりを見回すと、何人か顔見知りがいた。中には、テレビでよく見かける売れっ子モデルまで交じっている。他にも、ショーを中心に活動しているモデルもいた。

当然ながら、早紀以外は皆、きちんとメイクしており、ヘアスタイルもばっちり決まっている。

思わず気後れしてしまった早紀だが、すぐに気を取り直して自分を奮い立たせる。

（……これでいくって決めたんだから、堂々としなさいよ、早紀！）

早紀は意識して背筋を伸ばし、しっかりと前を向いた。

二次審査の内容は、会場の真ん中に設置されたランウェイを一人ずつ自由に歩くというもの。

それぞれが用意されたお揃いの衣装に着替え、もといた部屋に戻る。

普段雑誌中心の仕事をしている早紀だが、日頃から事務所に併設されたジムとレッスン場に通い、ひととおりウォーキングとポージングを学んでいた。大規模なファッションイベントに出演してランウェイを歩いた経験もある。

だが、オーディションメンバーの中では、おそらく早紀が一番、経験値が低いだろう。

しかし、今それを気にしたところでどうしようもない。

早紀は、できる限り心をフラットにしてオーディションの開始を待つ。

途中、知り合いのモデルとともに舞台袖から会場内を窺ってみた。

ランウェイの長さは、およそ八メートル。その両脇に一定の間隔を開けて審査員らしき男女が座っている。位置的によく見えない席もあるが、どんなに目を凝らしてみても、その中に杏一郎の姿はなかった。直前になって、参加を取りやめたのだろうか？

それならそれでいいし、むしろ気が楽というものだ。

早紀は内心ホッとして舞台裏に戻った。

時間になり、オーディションがはじまる。まずは、名前を呼ばれた者から、それぞれカメラの前でポーズを取るカメラテスト。それが済むと、今度はショーさながらのウォーキングを行う。一人ずつ順番にランウェイの先端まで歩き、ポージングをしてからふたたび舞台袖に戻るのだ。

カメラテストのあと、ほどなくして、会場内が暗くなりランウェイにのみ照明が当てられる。

（よかった。このほうが歩きやすい）

ランウェイを歩く時の鉄則のひとつに、目線は正面に置いて動かさないというのがある。そうすれば頭の位置もブレないし、自然と歩き方も美しくなるのだ。

視界に入るものが少なければ、それだけウォーキングに集中しやすくなる。

早紀の番号は全体の中ほどだ。順番を待つうちに少しずつ緊張が高まっていく。

（大丈夫。気負わず自然に……落ち着いて自分が出せる力を十二分に発揮して）

早紀は、老婦人からかけられた言葉を頭の中で繰り返し唱えた。

オーディションはすみやかに進められ、いよいよ早紀の順番がきた。

早紀はまっすぐに前を見据え、ランウェイを歩きはじめる。

静かな部屋の中に、カツカツという靴音だけが鳴り響く。

両側から値踏みするような視線を浴びながら、ランウェイを歩く。あとはポージングをしてスタート地点に戻るのみ——

そう思った時、目線を置いている正面のドア付近に背の高い男性が立っているのに気づいた。

逆光のためシルエットしか見えない。しかし、その均整の取れた見事な体形と自分に向けられる強い視線で、それが杏一郎である事がわかった。

(杏一郎さん……)

早紀は一瞬にして全身が熱波に包み込まれたような感覚に陥(おちい)る。

かつて杏一郎からモデルとしてのノウハウを叩き込まれた早紀は、今と同じように全身に彼の視線を浴びながら、脚が棒になるまでウォーキングをした。

彼から学び、教えられたすべての事が、早紀の全身に染み込んでいる。

杏一郎がいなかったら、きっと今の自分はない——そう言い切れるほど、早紀にとって彼は大きな存在だった。

そんな彼が、今、自分だけを見ている。

早紀の中で、ビリビリと弾ける火花のような感情が湧き起こった。

それは、モデルとしての自分を彼に見せたい、という今までにない強い感情だ。

杏一郎から学んだすべての事、さらにはこの四年間で培(つちか)ってきたものを総動員し、出せるだけの力を出し切って今の自分を彼に伝えたい――

沸々と込み上げてくる熱を感じながら、早紀はランウェイの先端でピタリと立ち止まった。

視界の端に彼のシルエットを捉えながら、最高のポージングを決める。

小さく息を吸い込むと、微かにミントの香りがしたような気がした。

『気負わず自然に』

その言葉がふたたび頭の中に蘇ると同時に、身体から余計な力が抜けて心身が軽くなる。

そうだ――これが今の早紀ができるすべてであり、彼に見てほしかった自分だ。

まっすぐ前を見つめる早紀の口元に、一瞬だけ笑みが浮かぶ。

早紀はそのまま、くるりと踵を返し颯爽とランウェイを戻っていくのだった。


四月になり、あちこちで満開の桜を見る機会が多くなった。

吹き抜ける風に、昼間の暖かさを感じる金曜日の夜。早紀は、仕事を終えて電車に乗り込んだ。

ドアのそばに立ち、何気なく天井からぶら下がる車内広告を眺める。

(あ、「ティーン・ポップ」だ)

早紀がモデルとしてスカウトされ、はじめて紙面に載ったのが「ティーン・ポップ」というティーン雑誌だった。同誌を卒業してずいぶん経つが、そこで出会ったモデル仲間とは今でも交流がある。現在はモデル業から離れている人が大半だが、全員が同じ時期を駆け抜けた大切な仲間だった。

広告から窓の外に視線を移し、ぼんやりと流れていく景色を見つめる。

二次オーディションから十日以上経ったが、結果はまだ出ていない。当日は自分の持てる力を出し切ったという達成感はあるが、それは他の参加者も同じだろう。

ランウェイで杏一郎の視線を感じた時、彼への想いが少しも変わっていない事に気づかされた。

それと同時に、モデルとして前に進みたくても、なかなか思うようにいかなかった気持ちが、驚くほど前向きになっているのを感じた。

オーディションに出たおかげで、モデルとして新たに一歩前に踏み出せたような気がする。こうなったら、是が非でもオーディションに合格し「ビアンカ」のモデルとして、さらなる高みを目指したいと強く思う。

(杏一郎さんは、オーディションの時の私をどう思ったのかな……)

『俺が造る洋服をただの布切れにするつもりか?』

それは、かつて「アクアリオ」のカタログモデルに大抜擢された早紀に、杏一郎が言った言葉だ。

彼は、モデルとしての経験や技術が足りない早紀に対し、事細かにブランドのイメージを伝え、それを体現するためのノウハウを叩き込んでいった。その厳しさといったら、それまでに築いてきたモデルとしてのアイデンティティを根本から覆(くつがえ)されるほどだった。

あれからもう八年以上経つ。

(あの時、杏一郎さんに教えてもらってなければ、今もモデルを続けられていたかわからないな)

どんなに厳しくても、彼の言葉にはブランドやファッションに対する熱意や愛情が感じられた。

それが伝わってきたからこそ早紀も、最後まで逃げずに頑張れたのだ。

そうして一緒に過ごすうちに、早紀はいつしか彼に強い恋心を抱くようになった。

そんな事を考えていた早紀は、ふと、かつて彼とよく行った店の事を思い出す。なぜか急に懐かしくなり、久しぶりにそこへ行ってみようと思い立つ。

次の駅で電車を乗り換えた早紀は、何年かぶりに目的の駅のホームに降り立った。

そこはかつて杏一郎が住んでいたマンションの最寄り駅。早紀は、記憶を頼りに改札を出て左方向に歩きはじめる。

その店の店主は、昔からこの土地で豆腐屋を営んでいたらしい。彼は還暦を迎えたのを機に店をたたみ、新たに居酒屋の経営者になったそうだ。

早紀は杏一郎に連れられて、何度か店を訪れた事があった。

別れて以来一度も来ていなかったが、早紀はこの店のゴマ豆腐が大好きだったのだ。

（まだあるかな？　まさか閉店してたりしないよね……）

勢いのままここまで来てしまったが、もし店がなくなっていたらどうしよう？

そんな不安を抱きつつ、以前とさほど変わらない街の様子にホッとする。同時にチクリとした胸の痛みを感じたのは、この道を通って杏一郎のマンションに行っていたのを思い出したからだ。

最初に斗真の事を知らされた時、まさかそれが二人の別れに繋がるとは思ってもみなかった。

彼の事を心の底から愛していたし、本当は別れたくなんかなかった。

最初の一年など、心身ともにどん底で何もやる気が起きなかった。それでも仕事だけはどうにかこなし続け、結局はそれが気持ちのリハビリになって少しずつもとの自分に戻っていったような気がする。もっとも、実際は涙が枯れ果てただけで、想いはずっと消えずに残っていたのだが……

当時の事を思い出しながら歩を進め、目指すビルの前に来た。そこに見慣れた看板を見つけて、早紀は思わずにっこりと微笑みを浮かべる。

（よかった、まだあった！）

地下に続く階段を下り、店の前に立つ。暖簾越しに中を窺ってみると、当時とまったく変わらない様子だ。早紀は思い切って引き戸を開けて、中に入った。

「いらっしゃいませ」と声がかかり、店主が早紀の顔を見てにっこりと微笑む。軽く手を振ってくれたところを見ると、まだ顔を覚えていてくれたみたいだ。指を一本立てて一人である事を知らせると、店主は早紀を空いているカウンター席に案内してくれた。

店内は以前と同じで、カウンター席の他にテーブル席が二つあるのみ。見ると、同じカウンター席の端に見覚えのある男性客が座っていた。

「あれっ、早紀ちゃん？」

「春日さん――」

早紀に声をかけてきたのは春日康太というフリーカメラマンだ。

彼はちょうど一年前から「ＣＬＡＰ！」の契約カメラマンになっており、先月のウェディングドレスの撮影でも一緒に仕事をしたばかりだ。

「一人？　それとも待ち合わせか何か？」

「一人です。春日さんは？」

「俺は人と待ち合わせ。だけど、さっき仕事が終わらないから少し遅くなるって連絡があったんだよね。よかったら隣にどうぞ？」

「じゃあ、お連れの方が来るまで」

早紀は店主の許可を得て春日の左隣に座った。さっそく頼んだゴマ豆腐を食べながらビールを飲み、春日と雑談を交わす。

春日とは、彼が「ＣＬＡＰ！」の専属になる前からの知り合いで、今から二年前、彼に宣材写真を撮ってもらって以来、すっかり顔見知りになっている。早紀は春日に勧められるまま日本酒を頼み、取り分けてもらった煮物に箸をつけた。

陽気でお喋り好きの春日は、コロコロと話題を変えながら話し続けている。早紀は聞き役に徹しつつ、以前と変わらない店の様子や料理の味を懐かしく思った。

知らない間に杯が進み、少し酔ったと感じて一息つく。

「お連れの方、遅いですね」

「そうだな。そういえば、これから来る奴、結構な有名人なんだよ。せっかくだし、よかったらこのまま一緒に飲まない？」

「いえ、私はもうそろそろ――」

「そう言わず、ちょっとだけでも――って、そういえば、早紀ちゃんって昔……あ、ほら。来た来た！」

春日が入り口に向かって手を挙げた。それにつられるように、早紀もうしろを振り返る。

その直後、こちらに向かって歩いてくる杏一郎が、早紀の目の中に飛び込んできた。

早紀を見た彼が、驚いた顔で立ち止まる。

どうしていいかわからなくなった早紀は、杏一郎を見つめたまま席を立ち、そのまま数歩後ずさった。動揺しているせいか、足元が少しふらついてしまう。なんとか踏ん張って体勢を整え、椅子の背もたれに掛けていたバッグを手にする。

「早紀ちゃん、大丈夫？　もしかして酔っぱらった？」

「いえ、大丈夫です。お相手が来たようなので、私はこれで失礼しますね」

「えー？　まだいいじゃん。杏一郎、お前もそう思うだろ？」

バッグから財布を取り出そうとする早紀の手を、春日が掴もうとしてくる。

しかし、それよりも一瞬早く伸びてきた杏一郎の手が、それを阻んだ。

「酔っぱらってるのはお前だ。ほどほどにしとけって、いつも言ってるだろ」

杏一郎の手が、早紀の身体を腕の中に抱き込んでくる。

突然の出来事に驚き、心臓が跳ねて頭にカッと血が上った。どうにか冷静になろうとするのに、混乱して何も考えられなかった。

「大丈夫か？　無理をするな」

昔と同じがっしりとした胸板を感じて、鼓動がいっそう速くなる。

「誰かと待ち合わせか？」

「い……いえ、私一人です」

「じゃあ、もう帰ったほうがいい。大通りまで送っていくよ」

「でも……」

「言う事を聞きなさい。あいつは一度絡みはじめたら潰れるまで離さないぞ。春日の酒癖の悪さは業界でもトップクラスだ」

そう言うと、杏一郎は店主に支払いを全額自分につけておいてくれるよう頼んだ。

「春日、俺は彼女を送っていく。待たせたのに悪いが飲むのはまた今度にしよう。お前も、もう帰ったほうがいい」

「俺はまだそんなに酔っちゃいないぞ！」

「そうは見えない。とにかく、今日はお開きだ」

「なんでだよ。ちょっとくらい、いいだろう？」

「ダメだ。彼女は、うちの新ブランドの大切なイメージモデルだ。何かあっては困るから、すまないが今日はこれで終わりだ」

（えっ……い、今なんて？）

まだ文句を言っている春日を軽くいなしつつ、杏一郎は早紀を連れて店の外に出た。

早紀の戸惑いをよそに、杏一郎は人で混雑する駅前通りを通り抜け国道のほうに歩き進める。

彼の手は依然として早紀の身体にしっかりと回されており、ひどく歩きにくい。

「あ……あの、か……杏一郎さんっ……」

早紀は思い切って彼の下の名前を呼んだ。すると、彼は早紀のほうを振り向いてじっと顔を見つめてきた。そして、ふいに進む方向を変えて横道に入っていく。

そこは古くからの住宅街に続く道で、街灯はあるものの薄暗くあたりには誰もいない。

何本目かの電柱を通り過ぎたあと、杏一郎がいきなり歩く足を止める。

早紀は若干つんのめりそうになりながら、立ち止まって彼の顔を見上げた。街灯はかなり光度が落ちている。しかし、杏一郎の眉間(みけん)に深い縦皺(たてじわ)が寄っているのが、はっきりわかった。

「早紀」

四年ぶりに名前を呼ばれ、早紀は無意識に身体を硬くする。彼に〝早紀〟と名前を呼んでもらうのは、別れた日以来だ。

けれど、彼の表情は、どう見ても自分との再会を喜んでいるようには見えない。

こんなに近くにいるのに――

早紀は視線を下に向けて「はい」と返事をする。杏一郎への変わらぬ想いを自覚した今、彼との心の距離が悲しかった。

「久しぶりだな……元気そうで何よりだ」

低い声で話しかけられ、早紀はふたたび杏一郎と視線を合わせた。

「はい、杏一郎さんも」

ぎこちなく再会の挨拶(あいさつ)を交わし、少しの間お互いに沈黙する。

「今日は、どうして春日と？　あいつとは、親しいのか？」

杏一郎の眉間の縦皺が、いっそう深くなった。

「春日さんとは二年前、宣材写真を撮ってもらったのがきっかけで知り合って……今日は、偶然お店で会って、待ち合わせてる人が来るまで、ご一緒させていただいていたんです」

「……そうか」

彼はそう言って頷き、早紀の顔を瞬きもせずに見つめてくる。

その目力に気圧されながらも、早紀は気になった事について質問を投げかけた。

「あの、さっきの『新ブランドのイメージモデル』っていうのは——」

「ああ、明日の朝にでも、長峰に連絡を入れようと思っていた。オーディションの結果、君が『ビアンカ』のイメージモデルに決定した。審査員全員が早紀を選んで、満場一致で決まったんだ。おめでとう」

「え……本当ですか？」

早紀が問うと、杏一郎がゆっくりと頷く。

早紀は、すぐに声が出ないほど驚き、次の瞬間、喜びに包み込まれた。

「あ、ありがとうございます！　ご期待に沿えるよう一生懸命頑張りますので、どうぞよろしくお願いいたします」

ようやくそれだけ言うと、早紀は深々と頭を下げた。

込み上げてくる高揚感で、自分の声が震えているのがわかる。

「こちらこそ、よろしく頼むよ」

早紀が顔を上げると、杏一郎が落ち着いた声でそう答えた。

久々に間近で見る彼の顔は、四年前よりも引き締まって精悍になっている。老けた様子はまったくないし、むしろ若返って男性的な魅力が増したみたいだ。

早紀が口元に微かな笑みを浮かべると、杏一郎も同じようにわずかに口元をほころばせた。

今は私的な事を話すべき時ではない――そうは思うものの、懐かしい彼の微笑みを目の当たりにして、早紀の心が彼への想いでゆらゆらと揺れはじめる。

「『ビアンカ』のモデルに選んでいただいて、本当に嬉しいです。……私、ここのところずっと、この先モデルとしてどうしたらいいか悩んでいたんです。もっと頑張りたいのに、気持ちだけ先走って空回りしているっていうか……」

杏一郎の顔に浮かんでいた笑みが消えた。

昔を思い出し、うっかり愚痴を零しそうになってしまった。

ただ送ってもらっているだけなのに、少し喋りすぎているのかも……

早紀は、そう思い口を噤んだ。

「続けて」

思いがけず杏一郎が静かな声で、そう促してきた。それは昔、早紀が彼のもとで教えを乞うていた時に、よく見た彼のしぐさのひとつだ。

頷いた早紀は、時折つっかえながらも、引き続き自身の気持ちを話しはじめる。

「……将来に、すごく、焦りを感じていて……この先もモデルとしてやっていけるのかどうかとか、今のままでいいのかとか。それに――」

ふと気がつけば、杏一郎の視線は、ずっと早紀だけに注がれている。

早紀は落ち着かなさを振り払おうと、努めて明るい声を出した。

「で……でも、これを機に新しく一歩前に踏み出せると思うんです！　以前は無我夢中でしたけど、今回はプロとして求められる以上の仕事ができるよう頑張ります。だから――」

〝だから、また私をそばで見守ってください〟

つい、そう言いそうになり、あわてて口を閉じてそっぽを向く。

ダメだ。これ以上、杏一郎といるともっと余計な事を言ってしまいそうだ。

「あの……きちんとしたご挨拶は、また事務所を通して改めてさせていただきます。では、私はこれで失礼します。あっ……！」

急いで歩き出そうとした途端、足元がふらつき身体が斜めに傾いてしまう。その身体を、とっさに杏一郎が支えてくれる。

「危ないから、送ると言っただろう？」

「大通りは、もうすぐそこですし、一人で大丈夫です」

「いや、君は自分が思っている以上に酔っぱらっている。家までタクシーで送らせてもらうよ」

杏一郎が、早紀の背中に手を添えて歩き出そうとする。

早紀は無意識に首を横に振って、その場に立ち止まった。

「それは、私が『ビアンカ』のモデルだから……これから仕事をするのに、怪我をされたら困るからですか？」

　気持ちが高ぶって声がわずかに震えている。

　自分でも、妙に突っかかるような言い方をしているとわかっていた。けれど、酔いのせいか感情のコントロールがうまくできないのだ。

「そうだ。それに、酔った女性を一人で帰したりできないだろう？」

　杏一郎の手は、断固として早紀を行かせまいとしている。

「怪我なんかしませんし、それほど酔ってもいません。ちゃんと一人で帰れます」

　早紀は身体をよじって杏一郎の手を振り払おうとした。しかし、彼はそれを予想していたように早紀の肩を抱き寄せる。

　杏一郎の顔がグッと近づき、背中に彼の腕の筋肉を感じた。

　過去、何度となく杏一郎に抱きしめられた事を思い出しそうになり、早紀はなおも彼の腕から逃げ出そうとした。

「は……離してくださいっ……！」

「ダメだ」

「どうしてですか？」

「本当は離してほしいなんて思ってないだろう？　何より、俺がそうしたくない」

　きっぱりとそう言われて、勇んでいた気持ちが少しだけ怯む。

「だ……だって、さっきはすごく迷惑そうな顔をしてたじゃないですか」

「そう見えたのなら、謝る。だけど、それは誤解だ。さっきは少し……いや、かなり驚いていたから、そのせいだ」

　杏一郎にしては珍しく言い淀み、声に戸惑いが表れている。

「……私も、驚きました……こんなふうに二人きりで話すのって、本当に久しぶりだから……」

　突然顔を合わせた事に面食らっていたのは、自分だけではなかった。

　こわばっていた早紀の身体から少しずつ力が抜けていく。

「すみませんでした。ちょっと感情的になってしまって……」

「いや、俺のほうこそすまなかった。……早紀、少し顔色がよくないが大丈夫か？」

　気持ちが昂ったせいか、確かに店を出た時より酔いが回っているような気がする。

「落ち着いたら自宅まで車で送るから、それまでうちで休んでいったらどうだ？」

　杏一郎が住んでいるのは、ここからすぐの地上三十九階建てのタワーレジデンスだ。

　彼の心配そうな声を聞き、早紀の心がさらに揺らぐ。

「でも、家には斗真くんが……」

「斗真は別の場所にいる。あれから間もなく、一戸建てに引っ越したんだ。マンションは今、仕事用にしてる」

「そうでしたか」

　早紀はそう呟いて、彼に促されるまま歩を進めた。

　しかし、歩きはじめてすぐ、ふたたび早紀の足が止まった。

杏一郎が、問いかけるような目で見つめてくる。

「……『ビアンカ』のオーディションを受けると決めた時、斗真くんに言われました。『くれぐれも必要以上に僕と父に関わらないでください』って」

早紀の頭の中に、斗真の冷ややかな顔が思い浮かぶ。

「斗真に関しては、長峰からも少し聞いてるよ。その件に関しても、すまないと思っている」

斗真が「長峰エージェンシー」に所属したのは今から二年前。

きっかけは長峰が直々に彼をスカウトした事であり、もともとモデルという仕事に興味を持っていた斗真は、それを快諾したと聞いている。

斗真と早紀の間にあった事を承知していた長峰は、早紀に申し訳なさそうな顔をして、いろいろと気を遣ってくれたものだ。

「いいえ、仕方ない事だと思ってますから。……でも、斗真君の事を考えたら、やっぱりこのまま帰ったほうが……」

早紀が目を伏せると、肩を抱く杏一郎の手に少しだけ力が入った。

「君がそう言うのも無理はないと思う。だが、お願いだからうちで少し休んでいってくれ。さっきよりも顔色が悪くなっている」

杏一郎が早紀の顔を見て、額に掌を軽く押し当ててくる。大きくて少しひんやりとしている彼の手に触れられ、思わず肌をすり寄せたくなってしまう。

それに、確かに彼の言うとおり、立っているのがだんだんつらくなってきた。頭が朦朧としてくると同時に、自然と身体が前のめりになり、杏一郎に支えられる。

「大丈夫か？」

いつの間にか彼に寄りかかった状態で歩き続け、気がついた時には杏一郎のマンションの中にいた。

ベッドに寝かされ、ブラウスの襟元を緩めてもらう。呼吸が楽になってホッとしたからか、徐々に身体が重くなって、目蓋を上げる事すらできなくなる。

「んん……」

無理に身を起こそうとしていると、温かな手にそっと肩を押し戻された。

「しばらくこのまま横になっていなさい。落ち着くまで、少し眠ったほうがいい」

穏やかで低い杏一郎の声が、すぐ近くから聞こえた。

乱れた髪の毛を、そっと指で梳かれているのがわかる。その優しい感触にうっとりと浸っているうちに、身体から少しずつ力が抜けていった。

ふと気がつけば、部屋の中は柔らかな飴色の灯りに包まれている。いつの間にか眠ってしまったようだ。早紀はゆっくりと瞬きをして、部屋の中に視線を巡らせた。

ドアは半分ほど開いており、その向こうから廊下の灯りが差し込んでいる。

「……う……ん……」

自分がどこにいるのかはわかっているし、気分も落ち着いている。きっと、幸せな夢でも見ていたのだろう。まだ半分夢の中にいる早紀は、時間の感覚がひどくぼやけていた。

「早紀、目が覚めたか？」

背を向けていた窓のほうから、杏一郎の静かな声が聞こえてきた。

早紀が横になったまま身体ごとうしろを振り返ると、杏一郎がベッドサイドに置かれたソファから立ち上がるところだった。

「杏一郎さん」

彼を見るなり、早紀の顔に自然な微笑みが浮かんだ。

それを見る杏一郎もまた、口元をふっとほころばせる。彼はすぐそばまでやって来て、早紀の頬に掌をそっと押し当てた。

「ここのところ、結構忙しかったんだろう？　寝不足だったんじゃないか？」

杏一郎の肌の温もりを感じて、早紀はふたたび目を閉じて彼の掌に頬をすり寄せる。

「さっき、たまたま長峰から電話があったから、オーディションの結果を伝えるついでにスケジュールを確認させてもらった」

杏一郎の指が、早紀の頬を撫でた。

（……オーディション……？）

早紀は閉じていた目を開けて、パチパチと瞬きをする。それまで雲がかかっていたような頭が徐々にクリアになっていく。

そして、自分がなぜここにいるのか理解して、あわてて身を起こした。

「す、すみません……私、ちょっと頭がぼんやりして……」

いくら寝ぼけていたとはいえ、杏一郎に対してまるで昔みたいに甘えた態度を取ってしまった。

壁に掛けられた時計を見ると、午前零時十分を指している。

恥じ入った早紀が下を向いていると、杏一郎がそっと寝乱れた髪を整えてくれた。

「喉が渇いただろう？　飲むか？」

杏一郎がサイドテーブルに置いてあったミネラルウォーターのペットボトルを差し出した。

早紀は礼を言ってそれを受け取ると、蓋（ふた）を開けて一口飲んだ。まだ十分に冷たい水が胃の中に落ちていくのがわかる。それに反応した早紀の腹が、小さく音を立てた。

「わっ……」

早紀がとっさに腹を押さえて前屈（かが）みになると、杏一郎が飲みかけのペットボトルを受け取ってくれた。

「あまり食べないまま酒を飲んだんじゃないか？　だから早く酔いが回ったんだろう」

「……そういえば……お昼もサンドイッチを齧（かじ）っただけだったし」

昨日は朝から単発で撮影の仕事が入っており、なかなか昼食を取る時間がなかった。そうでなくても、最近あまり食欲がなく小食気味だったのだ。

「モデルは体力勝負なんだから、しっかり食べないとダメだぞ。何か胃に優しいものを持ってくるから少し待ってて」

杏一郎は立ち上がりざま、もう一度早紀をベッドに横にならせた。

早紀は部屋を出て行く背中を見つめながら、彼を追いかけていきたい衝動に駆られる。

それを断ち切るように寝返りを打つと、閉められたシェードカーテン越しにうっすらと夜景が見えた。

(どうしたらいいの……)

図らずも、杏一郎のマンションに来てしまった。

必要以上に関わるなという斗真の言葉を忘れた訳ではない。けれど、さっき感じた彼の掌の温もりが、早紀の頬を熱くし胸をどうしようもなく高鳴らせている。

「起きられそうか?」

間もなくして、杏一郎が部屋にトレイを持って戻ってきた。

早紀はベッドの上に起き上がり、できる限り居住まいを正す。杏一郎がベッドの横に腰かけ、早紀と向かい合わせになった。

トレイに載せられた器には、熱々のおじやが盛られている。彼は自分の膝の上にトレイを置き、木製のスプーンを手に取った。

ふわふわの湯気の向こうに小さく刻まれた鶏肉と、真ん中に落とされた卵の黄身が見える。

「これ、杏一郎さんが作ったんですか?」

杏一郎が頷き、スプーンで黄身を割っておじやをかき混ぜる。

「斗真が昔、よく熱を出してたからな。レトルトのおじやばかりだとさすがに飽きるし、少しは料理もできるようになったほうがいいと思ったんだ」

彼はそう言いながら、スプーンですくったおじやにそっと息を吹きかける。そして、ちょうどよい温度になったそれを早紀の口元まで持っていき、食べさせてくれた。

「美味しい……」

「そうか、よかった。ほら、もう少し食べられるか？」

杏一郎がふた口目のおじやを、器からすくおうとする。

「あ……はい。でも、自分で食べられますから――」

早紀は杏一郎からトレイを受け取ろうと、手を伸ばした。しかし、彼はやんわりとそれを拒み、早紀の口元にスプーンを差し出してくる。

「無理をするな。まだ少しだるいんじゃないか？」

言われてみれば、確かにまだ身体が重いような気がする。

抵抗を諦めた早紀は素直に口を開けておじやを食べ、そのたびに杏一郎と目を合わせた。

やはりお腹が空いていたのか、一口食べるごとに胃袋が喜び、その分気持ちが緩んでいくのを感じる。

「はい、これで終わり」

最後の一口を食べた時、なぜかふいに涙が込み上げてきた。それをグッと我慢して、早紀はなんとかおじやを呑み込む。

そのまま下を向いて黙っていると、杏一郎がトレイをサイドテーブルに置いて、早紀の頬を掌ですくい上げた。

「早紀……」

そのまま上を向かされ、彼と視線が合う。

懐かしさで胸がいっぱいになり、抑えてきたすべての感情が涙となって溢れ出た。

「……す、すみませんっ……ごめんなさい――」

顔を背けようとするのに、杏一郎の手がそうさせてくれない。彼は早紀が流す涙を指で拭い、それでも拭き切れなくなると着ているシャツの袖で頬を拭いてくれた。

「シャツ……汚れますから」

「そんなの気にするな」

杏一郎の手が早紀の背中に回り、ゆっくりと抱きしめられる。

全身で彼の温もりを感じて、早紀は堪えきれず声を上げて泣き出した。その間も、杏一郎から離れようともがいたし、嗚咽を堪えようとして唇を強く噛んだ。

しかし、そうするたびに彼の腕の力は強くなっていく。

結局、早紀は涙が零れるまま泣き続け、その間ずっと杏一郎に背中を撫でてもらっていた。

手渡されたティッシュで洟をかみ、目元を指先で触ってみる。

鏡を見なくても目蓋が腫れているのがわかった。

こんな顔で帰ったら、家族になんと言われるか――そう思っていると、杏一郎がサイドテーブルから早紀のスマートフォンを取って手渡してくる。

「早紀が寝ている間に、自宅からメッセージが届いていた。もう遅いし、今夜はここに泊まっていかないか？　泣き腫らした顔じゃ、家に帰りにくいだろう」

SNSの画面を開くと、母から「今日は泊まり？」とメッセージが送られてきている。

ここに来るのだって躊躇したくらいなのに、泊まるなんてよくないのでは……

そう思う反面、こんな顔を見せて家族に余計な心配をかけるよりはましであるような気がした。

「ありがとうございます。……そうさせていただきます」

早紀が母に返信している間に、杏一郎がいったん部屋の外に出てすぐに戻ってくる。

「風呂の用意はできてるし、着替えも洗面台の横に置いてある。俺はこれから仕事をするから、ゆっくり温まるといい。他に必要なものがあれば、遠慮なく言ってくれていいから」

彼はそう言ってベッドルームから出ていった。

早紀は彼の申し出をありがたく受ける事にして、バスルームに向かう。

かつて通い詰めていた場所だ。どこに何があるかは今もはっきりと覚えている。見たところ、家具やその配置は、別れた時からあまり変わっていないようだった。

「わ……ひどい顔！」

洗面台の鏡に映る自分を見て、早紀は呆れた表情を浮かべる。

目蓋が普段の三倍くらいに腫れ上がっているし、鼻も赤い。常に携帯しているメイク落としで顔を拭き、着ているものを脱いだ。

脱衣所にはバスタオルなどが用意されている。そして、着替えとして置いてあるパジャマは、驚いた事に以前早紀が使っていたものだった。

（杏一郎さん、私が置いていた着替えとか、捨てないで取っておいてくれたの？）

バスルームの中に入ると、ボディソープやシャンプーも以前と同じブランドのものが置いてある。身体を洗い、湯船に浸かりながら窓からの景色を眺めた。

（ここからの景色、四年前と変わらないな）

早紀は目元を冷えたタオルで覆いながら、物思いに耽った。ここで過ごしていると、まるで別れる前に戻ったような不思議な感覚に陥ってしまう。

風呂から上がり、パジャマを着てリビングに行くと、杏一郎がちょうどキッチンのほうから歩いてくるところだった。

「お風呂、ありがとうございます。すみません、いろいろと用意していただいて……」

通りすがりに手招きをされ、部屋の真ん中に置かれたソファに並んで腰かける。

「気分はどうだ？」

「おかげさまで、もう平気です」

「そうか、よかった。水、飲むか？」

杏一郎が、持っていたグラスを渡してきた。見ると、氷の上に緑色の葉がちょこんと載っている。

「ミント……」

リビングの右手にあるキッチンカウンターを見ると、見覚えのある丸い植木鉢が置いてあった。

それは、早紀が昔、杏一郎と一緒にいた時に買ったものだ。

「まだ育ててくれていたんですね」

早紀は懐かしさに胸をいっぱいにしながら、ミントの葉を指先で摘まんだ。ふわりとミントが香り、心がふっと和む。

「ミントは丈夫だから、あまり手をかけなくてもカウンターの上を這うくらい伸びてくれるよ」

「そうなんですね……」

「早紀は昔モヒートが好きだったけど、今もそうか？」

「はい」

モヒートとは、ラムをベースとしたカクテルの一種だ。

かつて恋人同士だった時、杏一郎はよく早紀を自宅に招いてモヒートを作ってくれた。彼はそのために、鉢植えのミントを買い求め、冷蔵庫にライムを常備してくれていたのだ。

早紀は彼が作るモヒートが大好きだったし、今もお酒の席ではついそれを頼んでしまう。もっとも、飲むたびに杏一郎のモヒートと比べてしまい、物足りなさを感じてガッカリするのだが……

「今夜はもうアルコールは取らないほうがいいだろうから、モヒートはまた今度だ」

「え……」

〝今度〟というのは、またこうしてここで会えるという事だろうか？

戸惑いの表情を浮かべる早紀を見て、杏一郎が口元にうっすらと微笑みを浮かべた。目が合い、そのまま彼にじっと見つめられる。

居たたまれなくなった早紀が視線をさまよわせると、杏一郎の手が伸びてきて頬にかかる髪の毛を耳のうしろにかけてくれた。

それだけで心臓が跳ね、頬がじんわりと熱くなった。彼の視線は、以前にも増して魅惑的になっているみたいだ。

「早紀……。斗真の事は本当に申し訳ないと思ってる。もう十五歳とはいえ、まだまだ子供だし考えが浅いところがある。もとは悪い奴じゃないんだが、相変わらず頑固だし融通が利かない」

そう話す杏一郎からは、父親としての温かさを感じられる。彼はビジネスにおいては、とことん厳しくストイックな人だ。けれど、プライベートではこの上なく優しく愛情深い。だからこそ、斗真も彼によく懐き、平穏な生活を送れているのだと思う。

「同じ事務所に所属するようになって、以前より斗真くんの事が、よくわかるようになりました。彼は、よく周りを見ているし気配りも上手です。事務所で郵便物の仕分けをしてると、斗真くん宛のファンレターをよく見るんですよ」

彼は受け取った手紙に目を通し、時折丁寧な返事を書いているのを見かける。さすが、杏一郎が養育しているだけあって、本来の彼は本当に礼儀正しい、いい子なのだ。

「長峰社長も彼の活躍を期待しているし、事務所の先輩として、負けていられないなって……。私ももっと頑張らなきゃって思います。だから、『ビアンカ』のモデルを、精一杯務めさせていただきます」

早紀が決意も新たに表情を引き締めると、杏一郎が期待を込めた目をして頷いてくれた。

「『自分らしくあれ。そして、少しでもいいから前に進めるよう努力を続けるんだ』――私、昔杏一郎さんに言われた事を、ずっと忘れずに頑張ってきました。……迷ってブレそうになった時でも、その言葉を頼りにどうにかここまでやってこられたような気がします」

早紀がほんの少し微笑むと、杏一郎がふっと表情を和(やわ)らげて口元をほころばせる。

その顔は、かつて二人が恋人同士だった時によく見せてくれた、優しくて慈愛(じあい)に満ちた笑顔だ。

「そうか。早紀は今も変わらず、努力を続けているんだな。今回『ビアンカ』の仕事を得られたのも、それがあっての事だと思うよ。早紀は『ビアンカ』のブランドイメージどおりのモデルだ――というよりもイメージそのものと言ったほうがいいな」

「えっ……」

「実を言えば、『ビアンカ』は早紀をイメージして作ったブランドなんだ」

「……私を？」

予想外の事実を聞かされ、早紀は驚きの表情を浮かべた。

「俺にとって、早紀は特別な存在だった。一緒にいるだけでホッとしたし、いつも優しさや温もりを感じさせてくれた。そして、それは今も変わらない。この四年間、早紀を忘れようとさんざん足掻(あが)いてきたが、結局、忘れる事はできなかった。別れた後も、早紀以外の人を想った事はないし、これからもそうだ」

杏一郎の手が、早紀の頬に触れた。

早紀は、自然とそこに自分の手を重ね合わせる。

「私だって、そうです！　忘れようと努力したけど、ぜんぜん忘れられませんでした。これからだって……杏一郎さん以外の人を好きになんかなれませんっ……」

早紀は杏一郎の手を強く自分の頬に押し当てて、掌に頬ずりをした。

「早紀――」

いきなり身体ごと腕の中に抱え込まれ、きつく抱きしめられる。

杏一郎の唇が早紀の耳に触れた。

「早紀が恋しかった……。だけど、君はもう新しい恋人を見つけて幸せになっているだろうと思っていた……。だけど、早紀がまだ一人なら……俺以外を好きになれないと言うなら、今度こそぜったいに離さない」

「杏一郎さんっ……」

彼が話す言葉のひとつひとつが、早紀の心の中に染み込んでいく。

恋しく想っているのは、自分だけじゃなかった。

そうわかっただけで、嬉しくて泣きそうになる。もう躊躇する理由なんかなかった。

早紀は抱きしめてくる杏一郎の身体に強く腕を回した。

むろん、今だって、斗真との問題が解決した訳じゃない。

けれど、お互いの想いが変わらないという事実が、二人の間にあった隔たりをなくしてくれた。

見つめ合い、どちらともなく唇を合わせて長いキスをする。

離れていた時間が一瞬のうちに消え去り、お互いを想う気持ちが溢れ出した。

もどかしさを抑えきれず、ボタンを引きちぎるようにして着ているものを脱いでいく。二人とも何も身に着けていない格好になり、そのままキスを続けた。

片時も唇を離さずに、早紀が下になる格好でラグの上に横になる。身体に感じる杏一郎の重みが、早紀の胸を喜びで満たしていく。

「あんっ……あ……」

杏一郎のキスが唇から首筋に移った。

彼に触れられる悦びに浸りながら、早紀は杏一郎の身体にきつく手足を絡みつかせる。

唇が鎖骨から胸の先に移動した途端、キスが急に強く激しいものに変わった。乳先を舌で捏ねられ、執拗にそこを吸われる。

「ああっ……！　あ……んっ……きょ……いち……ぁんっ！」

畳みかけるような快楽に囚われ、早紀は固く目を閉じて声を上げた。

それだけで軽く達してしまい、びくりと身体を震わせながら息を止める。ぐったりと身体を弛緩させると同時に、杏一郎のキスが唇に戻ってきた。

こんなふうにされるのは彼に最後に抱かれて以来だ。

懐かしさと嬉しさが込み上げてきて、早紀は息を切らしながら彼の唇を軽く噛んだ。すると、すぐに唇を割って、口の中いっぱいに杏一郎の舌が入ってくる。

呼吸をするのを忘れるほど長いキスをしている間に、片方の太ももを上に押し上げられた。

早紀はあられもない自分の格好を恥ずかしく思いつつも、言いようのない高揚感に包まれ全身を戦慄かせる。

両方の膝を大きく左右に広げられ、花房がすっかりあらわになる。そこをじっと見つめられ、それだけで秘裂から蜜が溢れた。

彼に見られている事に快感を覚え、自然とそこがひくつき淫らな水音を立てる。

「くっ……」

羞恥心を感じて俯いた早紀の顔に、杏一郎の強い視線が浴びせられる。頬が焼けつくほど熱く見つめられ、早紀の身体の奥に同じくらい熱い塊が宿った。

「早紀、こっちを向いてくれ」

彼の声音は、まるでウッドベースの音色のように低く魅惑的だ。思わず言われたとおりにしてしまい、見つめてくる目力の強さに甘いため息が漏れた。

視線を合わせたまま濡れた襞を捏ねられ、背中が浮き上がった。早紀の身体を知り尽くした彼の愛撫は、早紀のわずかに残っていた羞恥心を、あっさりと取り払ってしまう。

杏一郎を想う気持ちで胸がいっぱいになり、ただ彼がほしくてたまらなくなる。

彼の指が蜜窟の中に沈んだ。

早紀の身体はすぐにそれに反応し、指を逃がすまいとヒクヒクと震えて固く入り口を閉じた。

もう一本の指がそこに押し入り、淫らな音を立てながら抽送をはじめる。

深く、浅く。

中を丁寧に捏ね回し、愉悦の源を的確に探り当てて、またしても早紀を絶頂の縁に追いやろうとしてくる。

「きょ……いちろうさんっ……」

ねだるように名前を呼び、絡めた足先で彼のふくらはぎを引っ掻く。

薄く目を開けると、自分を見る杏一郎と目が合い、そのままじっと見つめられた。

「早紀」

呼びかけられるだけで、心が震える。指の抽送が激しくなり、目の前がグラグラと揺れ動いて、一瞬天地がわからなくなった。

とっさにしがみついた杏一郎の背中に、思いきり指を食い込ませる。

「……やっ……も……。あっ……あ、あ……」

強弱をつけながら動く彼の指は、早紀をギリギリまで高めては焦らすように小休止を与える。

それを何度か繰り返されたあと、ふいに乳先を口に含まれ甘噛みされた。

同時に奥深くまで指を挿れられ、すぐに蜜窟の縁まで引き抜いてはまた奥に戻される。その合間に突起した花芽を指の腹で捏ねられ、早紀は我慢できず嬌声を上げた。

閉じた目蓋が痙攣し、強すぎる快楽の波に意識が呑み込まれる。

早紀は杏一郎の愛撫に溺れ、身をくねらせて彼の名前を呼ぶ事しかできなかった。

身体中が熱い蜜のようにとろけて、まるで力が入らない。

それでもまだぜんぜん足りなくて、早紀は杏一郎の頭を胸に掻き抱いた。

「早紀」

名前を呼ばれると同時に、乳先への愛撫が強くなり、思わず気が遠くなった。

まだ身体を繋げてもいないのに、今からこんなに強く感じてしまうなんて……

早紀はさらなる快楽を期待して、杏一郎の髪の毛に指を絡ませる。そして、彼が乳房に吸いつく様をうっとりと眺めた。

杏一郎が乳先を含んだまま顔を上げ、早紀を下から見つめてくる。

すぐにキスがほしくなり、彼の顔を引き寄せて唇を重ねた。

身体の上に彼の体重がずっしりとのしかかり、腕の中に閉じ込められてホッと安堵のため息を吐く。何度も忘れようと努力して、結局は忘れられずに心の奥底で彼を想い続けた。

そして、今こうしてふたたび彼と抱き合っている。

早紀は、自分がどれだけ強く杏一郎を求めていたかを思い知り、嬉しさのあまり目の奥が熱くなった。

抱き合ってキスを繰り返し、見つめ合ってはまた唇を合わせる。

それだけで十分に幸せだけれど、やはりもっと彼がほしいという気持ちが抑えきれなくなった。

花芽の先に痺（しび）れるような熱を感じて、早紀は目を潤（うる）ませながら、いっそう強く彼の身体にしがみつく。身も心も杏一郎とひとつになりたいと願い、我慢できずに彼の背中に緩く爪を立てた。

「杏一郎さんっ……」

早紀が切なそうな声を上げると、ふいに腕の中に抱え上げられて身体が宙に浮いた。

そのままベッドまで連れて行かれ、二人してその上に倒れ込む。

上からのしかかられると同時に、両脚を大きく左右に開かれ、ぐっと腰を引き寄せられる。

濡れそぼった秘裂の中に杏一郎の硬く反（そ）り返った屹立（きつりつ）が添い、どうしようもなく心が逸（はや）った。屹（きっ）

立の先で溢れ出た蜜をゆるゆるとかき混ぜられ、硬く腫れ上がった花芽を親指の腹で転がされる。

「あんっ！」

思わず上体が浮き上がり、それと同時に両方の膝裏を腕に抱えられた。

杏一郎と別れてからというもの、一度として誰かに心が動く事も、欠片ほどの性欲も感じなかった。それなのに、もう身体ばかりか心まで熱く濡れそぼり、固く閉じていた身体を開かれるのを熱望している。

「杏一郎さん……好きです。私が好きになれるのは、あなただけなんです……。ずっとずっと好きでした。杏一郎さんの事が好きで好きでたまらないんです——ああああっ！」

早紀が言い終わる前に、杏一郎の屹立が蜜窟の奥深くに沈み込んだ。

強すぎる快楽が一気に脳天を突き抜け、痺れるような熱波が身体中を駆け巡った。

「あんっ！　あぁんんっ！」

早紀は夢中で杏一郎にすがり付き、脚を彼の腰に巻きつける。

「杏一郎さんっ……ああああっ！」

挿入され、中をほんの数回突かれただけで愉悦の波に呑み込まれた。

あっけなく絶頂を迎え、早紀は全身を小刻みに震わせて喘ぐように呼吸をする。

杏一郎の掌が早紀の額にかかる髪の毛を払い、生え際にそっと唇を寄せた。そして、早紀の息が整うのを待ちながら顔中にキスを落としてくる。

早紀は荒い息を吐きつつ杏一郎の背中にしがみついた。一度だけでは足りないし、そもそも彼はまだイッてもいない。

まだ恋人同士だった頃、たいてい早紀が一足早く昇りつめ果てるのが常だった。

そんな時、杏一郎は今のようにぐったりとする早紀に優しくキスをし、すぐにまたほしくなるように導いてくれた。そのたびに早紀は自分の経験のなさを歯がゆく思ったりしたものだ。

その事を思い出し、早紀はわずかに眉を寄せた。

そんな早紀を見た杏一郎が、ふっと微笑みを浮かべる。

きっと彼は早紀が何を考えているか気づいているに違いない。

直後、杏一郎の腰の動きが激しくなった。

早紀は我もなく声を上げ、彼に攻められるまま感じ、たっぷりと蜜を垂らした。

まるで四年の月日などなかったみたいに身体がしっくりと彼と馴染んでいる。

「早紀……早紀……」

繰り返し名前を呼ばれ、その合間を縫うようにキスをされる。

ふいに上体を抱き起こされ、身体が一瞬宙に浮いた。気がつけばベッドの上に胡坐をかいた杏一郎の膝の上に跨っている。

「あっ……あ……」

対面座位の状態で、先ほどより密着度が高くなった。硬く猛った屹立が蜜窟の最奥に達し、早紀は恍惚となりながら彼の突き上げに身を任せる。

「あぁんっ！　あんっ！　きょ……ういちろ……あああっ！」

ふたたび腰を抱え上げられ、今度は彼の伸ばした脚の上に座らされた。早紀は彼の肩に手をかけて軽く膝立ちになる。

挿入が浅くなると同時に、蜜壁を硬く反り返った括れ部分で思いきり引っ掻かれた。

思わず腰が砕け、身体がガクガクと震える。

愛おしさが募り、早紀は杏一郎に抱きついて自分からキスをした。無意識に腰を動かし、新たな愉悦が込み上げてくるに任せる。

「んっ……」

杏一郎が低く呻き、早紀の尻肉を強く掴んだ。その刺激に突き動かされるように腰を振り、彼の膝の上で身体を跳ねさせる。

上下する乳房を掌で愛撫され、乳先に強く吸いつかれた。途端に全身が粟立ち、背中がぐっと反り返る。そのままベッドの上に仰向けで倒れ込むと、杏一郎が上からのしかかってきた。

彼の重みや肌の温もり――そのすべてが懐かしくて、泣きそうになってしまう。

もう一ミリだって離れていたくない。そう思って、早紀は思いきり大きく脚を広げ、彼を最奥まで迎え入れた。両方の踵を腰の上で重ね合わせ、杏一郎の動きに身をゆだねる。

リズミカルに奥を突かれ、キスをして互いの目を見つめ合う。抽送の速度がだんだんと速くなり、早紀はふたたび絶頂の縁に追いやられる。

「早紀っ……」

耳元で低く囁かれ、耳のうしろにきつく吸い付かれた。

それは、かつて杏一郎が早紀の中で果てる時にするしぐさだった。

「杏一郎さんっ……ぁんっ……ん、ん……」

早紀の蜜窟が杏一郎のものをきつく締め付け、蜜口がギュッと窄まる。それと同時に、屹立が蜜窟から抜け出し、跳ねるように力強く脈打って熱い精を放った。

それでもなお、お互いを求める気持ちは衰えるどころか、ますます強くなる一方だ。

二人とも貪るように互いの唇を求め合い、息が止まるほど強く抱きしめ合う。

力尽きて、ぐったりとする早紀を胸に抱き、杏一郎が低い声で囁いた。

「早紀、好きだ……もう二度と手放したりしない――」

唇が合わさり、何度も繰り返し「愛してる」と言われる。

「私も……私も愛してます……」

早紀は震える声でそう返事をする。

そして、身も心も悦びでいっぱいになりながら、彼の腕の中で静かに涙を流すのだった。


杏一郎との仲が復活した一週間後。

早紀が極寒の海で撮影したウェディングドレス写真が雑誌「ＣＬＡＰ！」に掲載された。同誌は二十代後半から三十代のＯＬをターゲットに、大人のカジュアルスタイルを提案する月刊誌だ。

日曜日の今日、早紀は家族とともにブランチを食べ、食後のデザートとともにお喋りを楽しんでいる。

いつもは自宅のキッチンで食べるのだが、今日は皆で「チェリーブロッサム」のテーブルを囲んでいた。

外観や内装がレトロチックで雰囲気があると評判のこの店は、日曜祝日を除く平日の午前十一時から午後七時が営業時間だ。

建物は明治時代に建てられた商館で、築百年を超える。それを初代経営者の祖母がリフォームして、屋根と内装の一部をミントカラーで彩った、レトロで洒落たカフェに生まれ変わらせたのだ。

「早紀お姉ちゃん、すごく素敵〜！　まどかお姉ちゃんのウェディングドレス姿もよかったけど、こっちも同じくらいいいいよ〜！」

六つ下の妹である花が、雑誌を手に感嘆の声を上げる。食後の話題は、もっぱら「ＣＬＡＰ！」に掲載されている早紀のウェディングドレスについてだ。

記事のトップには早紀が海をバックにして笑っている写真が使われている。海風に煽られてドレスの裾が捲れているが、それがかえっていい雰囲気を作っていた。

「ほんと、綺麗に撮れてるね。すごく楽しそうに笑ってて、花嫁の幸せオーラ全開って感じ」

早紀よりも四つ年上のまどかが、にこやかな顔で目を細めた。結婚を機に家を出たまどかだが、昨夜は同窓会があって実家に泊まっていたのだ。

その両脇に座る両親が、まどかに同意してしきりと頷いて写真に見入っている。

「いいわねぇ、早紀の花嫁姿……。ところで、これで何着目？」

母親の恵に訊ねられ、早紀は右手の指を三本立てた。

「三着目。お色直しのカラードレスも入れたら五着目かな」

はじめての時は、さすがに緊張して普段以上に表情のコントロールが難しかった。しかし、三度目ともなると余裕をもってその場限りの花嫁を演じられるようになる。

「いいなぁ、ウェディングドレス……。まどかお姉ちゃんは、マーメイド型のドレスだったよね。これはなんていうデザインなの？」

隣に座る花が、目をキラキラさせながら純白のドレスを指さす。

「これはAライン。花には、もっと可愛らしい感じのプリンセスラインのドレスが似合うかもね」

「えっ？　わ、私っ⁉　私はまだ結婚なんて……」

花が顔を赤くして頭を振った。現在、管理栄養士の資格を取るべく学校に通っている花は、幼い頃から隣家の一人息子である東条隼人に片想いをしている。

本人は自分の気持ちを隠しているつもりみたいだが、周りは全員それを知っていた。

(結婚か……。私もいつかは杏一郎さんと――)

花が掌で頬をパタパタと扇いでいる隣で、早紀はデザートのストロベリータルトを口に運ぶ。

家族には、新しく「ビアンカ」という新ブランドのモデルになった事は報告していた。

しかし、まだ杏一郎と復縁した事は言えていない。折を見てきちんと話そうとは思っているが、彼と別れた際にずいぶんと心配をかけた事もあり、そう簡単には言い出せずにいるのだ。

「ビアンカ」の立ち上げなどで忙しくしている杏一郎とは、あれ以来、顔を合わせていない。

しかし、連絡は取り合っているし、そのたびに二人の気持ちが通じ合っていると感じられた。だから、何も心配はしていないし心穏やかでいられる。

斗真については、できる限り彼の心に負担をかけない形で復縁を受け入れてもらえるよう努力していこうと話し合った。

ただ、彼は現在高校進学を控えた大事な時期を迎えている。それだけに、話すタイミングについては慎重に決める必要があるし、話す前に復縁を悟られないよう注意しなければならない。

急いては事を仕損じる。

杏一郎は早紀の両親に正式に挨拶をしたいと言ってくれたが、それも斗真の事がクリアになってからと決めた。

早紀はタルトを食べ終えると、ごちそうさまを言って席を立った。

時計を見ると、もうじき午前十時だ。

「さて、と。お姉ちゃん、これから壮士さん達と待ち合わせでしょ？　少し早いけど、私も出かけるから駅まで一緒に行かない？」

まどかの夫は子煩悩な商社マンで、今日はこれからまどかと合流して子供達と遊園地に出かけるらしい。

「じゃあ、そうしようか」

まどかが言い、家族それぞれが席を立つ。

皿をカウンターまで運び終えると、早紀はまどかとともに店を出て駅に続く道を歩き出した。

「早紀は、どこ行くの？　ショッピング？」

「うん、あと、ルウの店でカラーリングの予約してるの」

ルウというのは早紀の親友であり、現在銀座に「アトリエ・ルウ」というトータルビューティサロンを開いている男性美容家だ。本名は巌猛（いわおたける）。

彼はまどかの結婚式でヘアメイクを担当してくれて、それをきっかけに早紀とも知り合い、以後公私ともに親しく付き合っている。

「そっか。私もそのうち顔を出そうかな。それはそうと、私に何か相談があるんじゃない？　もしかして彼氏ができた？」

唐突にそう聞かれ、早紀は驚いて足を止める。

「えっ？　な、なんでわかったの？」

「だって、さっき結婚の話が出た時、そんな感じの顔してたじゃない」

早紀はまどかの勘の鋭さに舌を巻いた。姉は昔からボーイッシュで見る人にクールな印象を与えるが、その実、誰よりも家族思いで、早紀の一番の相談相手だ。

「やっぱりね。……で？　相手はどんな人？　っていうか、今の微妙な表情……もしかしてその相手って、杏一郎さんだったりする？」

まどかの口から飛び出した名前に、早紀はたじろいで顔を引き攣（つ）らせた。

「ちょっ……なんでそこまでわかっちゃうの？　お姉ちゃんってエスパーか何か？」

さすがに驚いて目を丸くする早紀を見て、まどかが軽やかに笑い声を上げる。

「そんなの、早紀の顔を見てればわかるわよ。それに、『ビアンカ』のモデルに決まった事だし、タイミング的にもそうじゃないかなって。なんにしろ、よかったね、早紀」

まどかが嬉しそうに微笑み、歩きながら早紀に軽く体当たりをする。

まどかには、杏一郎との事で何かと相談に乗ってもらっていた。

家族の前では極力平気なふりをしていた早紀だが、まどかにだけは苦しい胸の内を明かしたりしていたのだ。

「斗真くんの件については、もうクリアになってるの？」

「ううん、まだ」

早紀は杏一郎とよりを戻したいきさつをかいつまんで話した。そして、斗真についてはタイミングを見て、きちんと受け入れてもらえるまで話し合うつもりでいる事を明かした。

「なるほどね。受験生となると、迂闊(うかつ)には話せないわね。でも、今度こそ二人はぜったいに離れないって決めたんだもの。ゆっくりでいいから、また一からはじめたらいいんじゃない？」

「うん」

早紀が頷くと、まどかが肩をポンと叩いてきた。

「早紀は、人に気を遣いすぎて自分の気持ちを抑え込んだり我慢する事があるでしょ。優しいのは早紀の長所だけど、あんまり相手の気持ちばかり優先させちゃダメだよ。大事なところでは、くれぐれも自分の気持ちに正直にね」

まどかに見つめられ、早紀はこくりと首を縦に振る。

表情や言葉の端々から、まどかが自分を心から心配してくれているのがわかった。

「杏一郎さんも早紀も、もう十分我慢したよ。事情が事情だし、別れを選んだのもやむを得なかったとは思う。だけど、もういい加減二人は自分の気持ちのとおりに動けばいいと思うよ」

「うん。ありがとう、お姉ちゃん」

まどか自身も結婚するにあたり、紆余曲折があった。それを踏まえた上でアドバイスをしてくれているのだから、その分言葉にも重みがある。

「わかった。……今度こそ離れないって誓い合ったから、その点は大丈夫」

早紀が晴々とした顔でそう言うと、まどかがにっこりと微笑んだ。

「それを聞いて安心した。でも、困った事があったら、いつでも連絡してね。お姉ちゃんは、何があっても早紀の味方だから！」

「ありがとう、お姉ちゃん」

まどかに背中を押されつつ、早紀はふたたび駅に向かって歩きはじめる。

改札を通り抜け、まどかとは別のホームに向かい、やって来た電車に乗り込む。目前で空いた席をあとからやって来た妊婦に譲り、吊り革に掴まる。

これから、きっと公私ともに忙しくなるだろう。

だが、自分はただ、やるべき事を一生懸命頑張るだけだ。

そうすれば、自ずと結果は出てくるだろうし、その先に道も開けてくるに違いない。

早紀は明るい気持ちで流れゆく外の景色を眺めながら、杏一郎とともに歩む未来に思いを馳せるのだった。

その週の月曜日、早紀は「ＣＬＡＰ！」のホームページ用の動画撮影を終えて事務所に帰ってきた。そのまま事務所内で事務仕事に取り掛かり、ひと段落ついたところで休憩を取る。

フロアの奥に設置されたカフェコーナーに行き、カプセル式のコーヒーメーカーでラテマキアートを淹れた。すぐそばに置かれている椅子に座ってコーヒーを一口飲み、何気なくスマートフォンを確認する。

すると、杏一郎からＳＮＳ宛にメッセージが届いていた。思わず口元に笑みが浮かび、気持ちが華やいでくる。早紀はチラリとあたりを確認して、さっそくメッセージを開いた。

『今夜、マンションに来られるか？　午後九時に待ってる』

見た途端、嬉しさが胸に込み上げてきた。杏一郎に会うのは、実に十日ぶりだった。

（会える……杏一郎さんに会える！）

コーヒーを飲み終えた早紀は、嬉しさを噛みしめつつ席に戻った。そのテンションのまま、今日予定していた事務仕事をサクサクと片づけていく。

午後七時の終業時刻を迎え、早紀は急いで青山にある「アトリエ・ルウ」に向かった。

『今夜急遽（きゅうきょ）、杏一郎さんとデートする事になったの。お願い、力を貸して！』

昼間、そう言ってルウにヘルプを要請した。

ルウのサロンは完全予約制だが、彼自身はたいてい急を要するＶＩＰ客のためにスケジュールに余裕を持たせている。それでも連日ルウの施術（せじゅつ）を希望する客は引きも切らない。

それなのに、今晩時間を取ってくれたのは、早紀の杏一郎に対する強い想いを知っているからだ。

『任せといて』

早紀からの電話を受けた彼は、全力でサポートすると言ってくれた。仕事柄、「アクアリオ」の仕事も何度か受けている彼は、杏一郎とも面識がある。

アトリエに向かう途中、ルウの好きなベーグルサンドイッチを買うために人気のベーカリーショップに立ち寄り、目当ての品を手に店へ急ぐ。

「アトリエ・ルウ」は、最寄り駅から徒歩五分の距離にある。白壁のビルの前に到着し、ガラス張りのドアに手をかけた。

すると、いち早く早紀を見つけたルウが、中から大きく手を振ってくれた。

「こんばんは。急にごめんね」

「いらっしゃい。待ってたわよ」

建物の中は白とゴールドを基調にした内装が施(ほどこ)されており、まるで西洋のお城に来たような気分になる。今日の彼は深いボルドー色のウィッグを被り、それを緩いアップスタイルにしていた。

ゆったりとした黒シャツに同色のレザーパンツを合わせた彼は、大柄ながらモデル並みにスタイルがいい。店に入るなり腕を取られ、奥にある個室に連れて行かれた。そこは予約を入れた個人がエステティックからヘアメイクまで、すべての施術(せじゅつ)を受けられるスペシャルルームだ。

「はいこれ、お土産(みやげ)」

ベーカリーショップのバッグを渡すと、ルウが嬉しそうな表情を浮かべる。

「嬉しい！　ちょうどお腹が空いてたのよね」

ルウがさっそくサンドイッチを取り出して、豪快に食べはじめる。職業柄、美容には人の何倍も気を遣っているルウだが、実は結構な大食漢なのだ。

早紀も彼とともにサンドイッチを摘まんで、軽く腹ごしらえをする。しかし、杏一郎に会える嬉しさのせいか、少し食べただけで満腹になってしまった。

「さて、今夜のために特別な品を用意しておいたわよ」

サンドイッチを食べ終えたルウが、元気よく立ち上がった。

「ほら、これ――ワンピースと靴でしょ。それと、私イチオシのランジェリーよ。どっちも私の友人がいるアメリカの服飾メーカーのものなの。復縁祝いにプレゼントするから、トライしてみて」

ルウが示したハンガーラックには、大きな花模様が目を引くシックでゴージャスなワンピースがかかっていた。腰の高い位置で切り替えになっているそれは、トップス部分はタイトな黒でスカートには大柄の花が描かれている。

「えっ……でもこれ、すごく高そうだし、もらえないよ」

「いいからもらってちょうだい。だってこれ、ぜんぶ早紀のために仕入れたんだもの。あんたがもらってくれなきゃ行き場がなくなっちゃうわ」

「ルウ……わかった。じゃあ、ありがたくいただきます」

「よろしい。ほら見て、このワンピース、スカート部分に大きくスリットが入ってるの」

早紀が礼を言うと、ルウがスカート部分の生地を広げて、にっこり笑う。

「これもいいでしょ。色は黒でもよかったんだけど、こっちのほうがゴージャスだから」

早紀はルウが差し出した上下セットのランジェリーを見た。アメジストのように艶(あで)やかな紫のブラジャーとショーツは、肌が透けて見える事必至の総レースだ。

「た、確かに素敵だけど、ちょっとセクシーすぎない？　それにこれ……Tバック？」

早紀は渡されたショーツをまじまじと見つめる。それは、前には一応レースの布地があるけれど、うしろにいたっては、布とは言い難い紐(ひも)状のものがあるのみだ。

「何言ってんの！　夜の室内デートに、セクシーすぎるなんて事ある訳ないでしょ！　それに、Tバックって言っても布の大きさによっていくつかの種類に分かれるの。一番面積が小さいものから順に並べると、Gストリング、ソング、チーキー。ちなみに、Tバックって和製英語だから」

「へぇ……さすが詳しいね。じゃあ、これは……」

「Gストリング……いや、ソングかな？　微妙な線だけど、ギリギリソングでいいかも。ブラジリアンショーツとも言ったりするわね。ほら、リオのカーニバルとかでダンサーが穿いてるやつ、あれよ」

「ああ、なるほど。ふぅん……ランジェリーって結構奥が深くて面白いね」

「でしょう？　普段は洋服の下に隠れて見えないけど、だからこそ、いろいろと楽しめるのがランジェリーなのよ」

モデルという職業についていながら、早紀はこれまで洋服ばかりに目が行き、ランジェリーについて特に興味を持った事がなかった。まどかと同じ年のルウは、早紀にとって親友であると同時に美容やファッションについて教えてくれるありがたい先輩でもある。

「ほら、そろそろはじめるわよ。終わる頃に来てくれるように、タクシーを頼んどくわね。電車に乗ったりしたら、せっかくの香りが飛んじゃうもの」

ここから杏一郎のマンションまでなら、タクシーで十五分程度だ。そのくらいなら、十分に香りを纏ったまま移動できる。

「わかった、そうする。じゃ、よろしくお願いします」

「了解～。さっそく、ルウ特製『灼熱のお泊まりコース』を施していくわね」

「しゃ、灼熱って——」

「それくらいがちょうどいいでしょ。はい、施術をはじめるから少し黙っててね」

化粧を落とした顔を、ソフトタッチでマッサージされる。瞬く間に肌がふわふわになり、気持ちまで柔らかにほぐれていく。

「顔、だいぶこわばってるわね。これじゃあ笑顔も引き攣るわよ」

フェイシャルマッサージを終えると、次は女性スタッフにバトンタッチしてボディマッサージをしてもらう。その後、ルウにヘアメイクをしてもらい、用意してもらったランジェリーとワンピースに着替えた。

「あ～スッキリした。全身がすっごく楽になった気がする！」

早紀は鏡の前でくるりと一回転して、最後に背筋を伸ばし決めポーズをする。

「当然よ。全身ふわふわのモチモチだもの。これで杏一郎さんも早紀にメロメロになる事間違いなしね」

ルウが早紀の全身に視線を走らせて、自信たっぷりに頷く。

「用意してもらったランジェリーもワンピースも、着心地抜群だね。特にショーツ。私、こういう大胆なデザインのものって、もっとこう、食い込んだり違和感があったりするって思い込んでた」

「はじめは皆そうよ。だけど、実際にいいものを身に着けたら、結構ハマる人が多いの」

早紀はそれに頷き、納得の表情を浮かべた。

時刻は午後八時三十五分。少し早いけれど、道の混み具合を考えるとそろそろ出発したほうがいいだろう。

「じゃあ、行ってくるね。今日は急なオーダーに応(こた)えてくれて、本当にありがとう」

「どういたしまして。――あ、ちょっと待って。これも着けてみて」

ルウが手渡してきたのは、銀色のブレスレットだ。波のような曲線を描いているそれは、思いのほか薄く身に着けてもまったく重さを感じない。

「これもアメリカのメーカーのもの？　すごく素敵」

「でしょ？　これは『ＮＡＮＡＭＩ』っていう台湾のジュエリーメーカーの商品なの」

ルウ曰(いわ)く「ＮＡＮＡＭＩ」は、まだ新しいブランドながら、現地ではかなり人気があるらしい。デザイナーは日本人女性で、今後日本にも市場を広げる予定みたいだ。

「いい品だし、うちの店でもお試しに置いてみる事にしたの。それ、早紀に似合いそうだから一緒にプレゼントするわね」

「そ、そんなにもらえないよ！　洋服やランジェリーだけでも感謝してるのに――」

「いいんだって。早紀にはモデル仲間にたくさんここを紹介してもらってるし、そのお返し。それに、そのブレスレット、宣伝も兼ねてのお値段だから、だいぶ安く購入してるの。だから、ぜんぶ気持ちよくもらってちょうだい。それで、今度美味しいディナーでもおごって」

「わかった。この間『ＣＬＡＰ！』の撮影で使わせてもらった絶品オーガニックフランス料理をごちそうするよ」

「オッケー、楽しみにしてる。その時に、今夜の詳細も聞かせてね。じゃ、いってらっしゃ～い」

ルウに見送られ、早紀はタクシーに乗り込んで杏一郎のマンションに向かった。

ドライバーに行き先を告げ、シートの背もたれに寄りかかる。

（「灼熱のお泊まりコース」か……）

早紀は笑いそうになるのを我慢して堪えつつ、窓から見える街の景色を眺める。赤信号で止まった時、制服姿の男子高校生達がタクシーの横を通り過ぎた。

それを見る早紀の頭の中に、ふと斗真の顔が思い浮かぶ。

彼ももう十五歳だし、以前に比べればずいぶん落ち着いた気がする。

会話ができる分、だいぶマシになった。とはいえ、二人がふたたび付き合いだしたと知ったらぜったいにいい顔はしないだろう。

（また前みたいにならないといいんだけど……）

杏一郎とは、もう二度と別れるつもりはない。

けれど、早紀の記憶には当時十一歳だった斗真が泣き叫ぶ姿が、今もはっきりと残っていた。

もうあんな斗真の姿は見たくないし、彼にも幸せになってほしいと心から思っている。

そのために、三人がともに幸福になれる方法を今度こそ見つけなければならない。

マンションの前でタクシーを降り、入り口で部屋番号を入力してドアホンを鳴らす。応対した杏一郎にドアを開けてもらい、エレベーターで上階を目指した。

ミラーになった文字盤で自分の顔を覗き込み、メイクが崩れていないか確認する。

（よし、バッチリ。……なんだか、ドキドキしてきた……）

早紀は、ありもしないワンピースの皺を伸ばし、小さく咳払いをする。プライベートで、これほど念入りにおしゃれをしたのは久しぶりだった。デートにいたっては実に四年ぶりだ。

その上、今、身に着けているのは、とりわけセクシーで露出度の高い下着である。

これを見たら杏一郎は、なんと言うだろう？

そんな事を考えているうちに、エレベーターが目的の階に到着する。彼の部屋の前に立つと、ドアホンを鳴らす前にドアが開き杏一郎が出迎えてくれた。彼は上下とも黒のスーツ姿で、ネクタイだけ少し緩めた状態だ。

「いらっしゃい」

「お邪魔します。……杏一郎さんは、今帰ったところですか？」

強く手を引かれて、玄関の中に入るなり腕の中に抱き込まれた。こめかみにキスをされたあと、瞳を覗き込まれる。

「いや、帰ったのは三十分くらい前かな。仕事の電話が入って、着替える暇がなかったんだ。それに、これから早紀が来ると思ったら、なんとなく落ち着かなくてね」

「え……きょ、杏一郎さんが？　んっ……」

唇にキスをされ、腰を強く抱かれた。途端に身体の芯に火が点き、背中がぐっとしなる。

「ぁん……っ……ん……」

喉の奥が引き攣り、くぐもった甘い声が漏れた。

スカート部分のスリットから杏一郎の手が入ってきて、早紀の太ももをやんわりと揉みしだく。もう片方の手で強く腰を抱き寄せられ、ハイヒールの踵が浮いた。

彼の掌が太ももから移動し、ヒップラインを捏ねるようにして撫でさすってくる。

(げ、玄関でいきなり……？)

せっかくおしゃれしてきたのに、このままだと杏一郎に見てもらう暇もなくベッドで脱がされてしまいそうだ。けれど、もうすでに身も心も熱くなりはじめている早紀に、抵抗などできるはずもない。早紀は杏一郎の首に腕を回し、彼のキスに応えようとした。

しかしその寸前で、彼の唇がそっと離れ頬に移る。

「今夜の早紀は、すごくエレガントだな。その服、早紀にとてもよく似合ってるよ。それに、肌の艶がいいし、いい香りがする」

身体が離れ、杏一郎がにこやかな微笑みを浮かべた。リビングまでエスコートされ、窓際に置かれたソファの前で立ち止まる。

「あ……ありがとうございます。ここに来る前に『アトリエ・ルウ』に寄って、いろいろと施術してもらったんです」

早紀は若干肩透かしを食らったような気分になるも、すぐにそんな自分に気がついて恥じらいに頬を染める。

「なるほど。さすがの仕上がりだな。……ちょっとここで回って見せてくれるか？」

言われたとおり、早紀はくるりと一回転して、にっこりと笑った。

「いいね。すごくいいよ。早紀……本当に綺麗だ。本当なら、玄関からベッドに直行するつもりだったけど、綺麗にして来てくれた早紀をじっくり堪能してからにしようと思い直したんだ」

杏一郎が、そう言って意味深な微笑みを浮かべる。彼はきっと、こちらの胸の内をすべて見透かしているに違いない。

早紀は彼に手を引かれてソファに腰かける。杏一郎が立ったまま早紀の額にかかる髪の毛を指先で摘まんだ。

「お腹は空いてない？　軽くでよければ何か作ろうか？」

「いえ、お腹は空いていません」

「じゃあ、何か飲む？」

「私、杏一郎さんのモヒートが飲みたいです！」

「いいよ。俺も飲みたいと思ってたところだ。じゃあ、ちょっと待ってて」

早紀はキッチンに向かう杏一郎の背中を見送り、期待に胸を膨らませる。別れていた四年間、何度キッチンに立ってモヒートを作る杏一郎の姿を思い浮かべた事だろう。

彼を想い焦がれ続けながらも、忘れようと必死になって努力した。けれど、結局はその努力が実を結ぶ事はなかった。

（そもそも、こんな素敵な人を忘れようとする事自体、無理だったんだろうな……）

今こうしていても、ほんの数メートルの距離がもどかしく感じる。いっそ、ソファから立ち上がって彼のもとに行こうか――そう思った時、杏一郎がリビングに戻ってきた。

「おまたせ。……どうした？　そんな切なそうな顔をして」

杏一郎が、心配そうな表情を浮かべながら早紀の左隣に腰を下ろした。

ミントをふんだんに使ったモヒートのグラスを手渡され、早紀は嬉しそうに微笑みを浮かべる。

「私、そんな顔してましたか？」

「してた。なんだか捨てられた子猫みたいな顔だった。今はぜんぜん違うけど」

二つのグラスをカチリと合わせ、「いただきます」を言ってモヒートに口を付ける。心地よい刺激が口の中に広がり、思わず小さく唸り声を上げた。

「美味しい！　やっぱり杏一郎さんのモヒートが、一番美味しいです」

早紀はこの四年間に飲んだモヒートがどれも今ひとつ美味しくなかった事を話した。すると、杏一郎が当然だと言わんばかりの顔で片方の眉を吊り上げて頷く。

「俺以上に早紀の口に合うモヒートを作れる奴はどこにもいないからな」

そう言って、得意げな顔をする杏一郎が、可笑しかった。

「私、もう二度とこれを飲む事はないんだって、思ってました。よかった……またこれを飲む事ができて……こんなふうに、また杏一郎さんと一緒にいられるようになって、本当に嬉しいです」

早紀の持つグラスから、微かに氷の溶ける音が聞こえる。

杏一郎が早紀のグラスからミントの葉を一枚取り上げて口に入れた。

「俺もすごく嬉しいよ。一度はこのマンションも売り払おうとしたし、早紀と買ったミントも手放す気でいた。だけどそれをすると、早紀との想い出まで手放す事になるような気がして、どうしてもできなかった」

杏一郎が両方の眉尻を下げ、珍しく自虐的な微笑みを浮かべる。そして、早紀からモヒートの入ったグラスを取り上げ、自分の分と合わせてテーブルの上に置いた。

そうして、右手で早紀の肩を抱き寄せ、左手同士をそっと重ね合わせる。

「この手を離したのは自分なのにな。もう二度と早紀にモヒートを作れないとわかってたのに、未練たらしくミントを育てたり、たまに二人分のモヒートを作って一人で飲んだりしてた」

「二人分のモヒートを……」

いつも自信に溢(あふ)れ、決して弱いところなど見せない杏一郎が、そんなふうにずっと自分を想ってくれていたなんて――

早紀は驚きつつも彼のほうに身をすり寄せ、嬉しさで唇を震わせる。すると、杏一郎が早紀の肩を強く抱き寄せて、額(ひたい)に唇を押し付けた。

「新しいブランドを立ち上げようとした時、まず頭に浮かんだのが『白』のイメージだった。『白』

は美しくて潔い色だ。無垢でありながら、人を惹きつけてやまない魅惑的な色でもある」

肩にあった杏一郎の手が、早紀の顎に移動して顔を上向かせてくる。視線が合い、じっと見つめられた。その瞳が優しすぎて、早紀の目が自然と潤んでくる。

「俺にとって、それは早紀のイメージそのものだった。『ビアンカ』は俺の中に早紀がいたからこそ生まれたブランドなんだ。たとえそばにいなくても、早紀は常に俺のミューズだったたって事だ」

「私が……？」

杏一郎が頷き、早紀の顎から手を離し髪の毛に指を絡めてくる。

「……改めて言う。俺は早紀を愛してる。俺には早紀しかいないんだ。一生そばにいて早紀だけを愛し続けるって約束する」

甘く囁くようにそう言われて、心ばかりか身体の芯までとろけた。

「杏一郎さん……」

唇が重なると同時に、両脚をすくわれて彼の膝の上に座らされる。

キスがだんだんと激しくなり、息継ぎをするのもままならなくなった。吐息が漏れ、お互いにキスだけでは満足できなくなる。

早紀は杏一郎の肩に腕を回し、自分からキスをして舌を絡みつかせた。杏一郎が早紀を横抱きにしたまま立ち上がり、大股でベッドルームへ歩いていく。

部屋に入ると同時に、満月の形をしたルームライトが柔らかな光で部屋を照らし出した。

彼はベッドの上に早紀を仰向けにして寝そべらせ、上からゆっくりと覆いかぶさってくる。

「きょ、杏一郎さんっ……あんっ！」

杏一郎がワンピースのスリットから手を差し入れ、早紀の太ももを撫でさすってきた。

「いい加減、我慢の限界だ。早紀がここへ来た時から、ずっとこうしたくてたまらなかった」

「ぁんっ！　きょういち……ん、んん……」

キスをされ、唇を舌先で割られる。すぐに入ってきた彼の舌に、口の中を丹念に愛撫された。

そうしている間に、杏一郎の手は太ももからヒップラインに移動していく。

「ふ……ぁっ……」

一気に身体中に火が点き、早紀は背中を仰け反らせて声を上げる。その隙に背中のジッパーを下ろされ、ランジェリーが上下ともあらわになった。

「やけにセクシーなランジェリーだな？　ワンピースもかなり上までスリットが入っているし。これは、早紀が自分で買ったのか？」

乳房を覆う総レースのランジェリーは、伸縮性があって柔らかに膨らんだ乳暈の形を押し潰さないままでいる。そこをそっと甘噛みされ、身体の奥がキュッと引き攣ったような気がした。

「今夜、杏一郎さんとデートだって伝えたら、ルウが用意してくれたんです。こんなの今まで着けた事ないし、セクシーすぎるって思ったんですけど——あんっ！」

早紀が話している途中で、杏一郎がブラジャーを剥ぎ取り荒々しく乳先にかぶりついてきた。

彼は片方の乳房を入念に愛撫すると、すぐにもう一方に唇を移して強く吸い上げてくる。

早紀がたまらずに腰を浮かせると、ワンピースをするりと脱がされた。

「ブラジャーもセクシーだったけど、ショーツはもっとすごいな……」

うつ伏せにされ、腰を高く引き上げられる。ベッドの縁に移動した杏一郎が、早紀の全身を眺めながらにんまりと笑う。

「もうだいぶ長くこの業界にいるが、Tバックを穿いている女性を、これほど間近で見るのははじめてだ」

「ティ……Tバックっていっても、これはソングっていうかブラジリアンショーツ――ひぁっ！」

露出した尻肉を軽くつねられ、しゃっくりのような声を上げる。杏一郎が忍び笑いを漏らしながら、双臀をそろそろと撫で擦った。

「一応デザイナーの端くれだから、それくらいは知ってるよ。今後『ビアンカ』の一部として、ランジェリーも扱う予定だしね。これは、ソングにしては生地が少なめだな。Gストリング並みにセクシーだし、不道徳なほどエロティックだ」

肌と生地の隙間から指を入れられ、秘裂を引っかかれる。

我慢の限界なのは、早紀のほうだ。思う存分満たされたいという気持ちが、早紀の肌を熱くざわめかせる。

ショーツを穿いたまま秘部を愛撫され、溢れ出た蜜がクチュクチュと音を立てる。身体中が一気に熱を帯び、つま先がギュッと縮こまった。

口の中に指を入れられ、反射的にそれに吸い付く。

ゆっくりと指を出し入れされ、甘い呻き声を漏らした。

杏一郎が手を伸ばし、早紀の乳房を下からすくい上げる。指先で両方の乳先を撫でるように触られ、思わず背中が反り返った。

その反動で両方の膝が左右に開き、双臀をうしろに突き出すような姿勢になる。

途端に蜜窟がひくついて、蜜がどっと溢れてきた。

唇から指を抜かれ、その喪失感に小さく鳴き声を上げる。

杏一郎の指が、ショーツを引っかけて一気に膝の裏までずり下ろした。早紀のうしろに回った彼が、双臀に手をかけて尻肉をゆっくりと左右に押し広げる。

「もっとよく見えるように、腰を突き出して」

言われたとおり、早紀は思いきり背中をしならせる。

あらわになった秘所がいっそう上向きになり、滴る蜜が花芽のほうに垂れて柔毛を濡らす。

その感触に身体がぶるりと震え、蜜口がキュッと窄まる。

そこが動くたびに淫らな水音が立ち、早紀は恥ずかしさのあまり顔を真っ赤にして唇を噛んだ。

早紀の唾液に濡れた杏一郎の指が、硬くなった花芽を摘まみコリコリとしごいてくる。

「っ……ああああんっ！」

さらに杏一郎は、その指を蜜窟の中に挿れ、小刻みに振動を与えてくる。

その刺激がたまらなく気持ちいい。早紀はシーツをきつく掴み、蜜壁を捏ねる彼の指を締め付け逃がすまいとした。けれど、しとどに濡れたそこはぬらぬらとぬめり、杏一郎の指はあっさりと早紀の中から抜け出してしまう。

「いやぁ……っ……」

この期に及んで焦らすなんて——早紀は唇を尖らせて、杏一郎を睨む。

そんな早紀を眺めながら、杏一郎がゆったりとした笑みを浮かべた。彼は早紀を背後から抱き寄せ、ベッドの上で仰向けにする。そして、早紀と視線を合わせながら着ているものを一枚ずつ脱いで床に落としていった。

一流のデザイナーにして今もなおトップモデル級の容姿をしている彼は、自分を魅せる演出にも長けている。

早紀は毎回杏一郎に魅了され、我もなく彼を求め自分をさらけ出してしまう。

膝立ちになった杏一郎が、両脚で早紀の太ももを左右に割る。

さらに大きく脚を広げられ、早紀は大きく喘ぎながら彼を見つめて瞬きをした。

視界がクリアになり、杏一郎の裸体が薄明かりの中にぼんやりと浮かび上がる。完璧なプロポーションと引き締まった筋肉。まるで芸術品のような完成された美を感じる。

強い性欲が新たに湧き起こり、早紀は徐々に息を荒くしながら彼の全身に視線を巡らせた。

杏一郎の腹筋の真ん中に、彼の硬く張り詰めた屹立がある。

それを見つめる早紀は、込み上げてくる欲情を感じて上体を浮かせた。彼のものがたまらなくほしくなり、もう一時も待っていられないほど気持ちが昂っている。

「杏一郎さんっ……お願い……」

早紀はそう言って、ベッドの上で身を起こそうとした。それより早く杏一郎が早紀の上に覆いかぶさり、身体の下に組み敷いてくる。

「……本当に可愛い……。早紀が望むなら、なんでもしてあげるよ」

杏一郎が甘く囁き、早紀の身体に掌を這わせる。少しずつ下に向かう指先が、捏ねるように肌を愛撫していく。微笑む顔が、たまらなく魅力的だ。見つめてくる杏一郎の瞳に、チロチロと燃える欲望の炎が見える。

早紀は両方の脚をさらに広げながら、軽く膝を立てた。

彼の掌が早紀の下腹を過ぎて恥骨の上で止まる。そこからまっすぐに下りた杏一郎の指が、小さく膨らんだ花芽を捉えてゆるゆると捏ね回した。

硬く角ぐんできたそれを指先で弾かれ、早紀はあられもない声を上げる。

「あぁんっ！　あっ……ああっ……」

身体をよじりながら唇を噛み、杏一郎の指でもたらされる快楽に震えた。早紀を見つめる杏一郎の目が細くなり、閉じた唇からちろりと舌先が覗く。

花芽を捏ねる指の圧が強くなり、空いている指が秘裂に分け入ってきた。すでにしとどに濡れているそこは、杏一郎がぬらぬらと指を滑らせるたびに淫らな水音を立てる。

彼の満足そうな表情を見た早紀は、頬を上気させ、つま先でシーツを掴んだ。

秘部が上向き、杏一郎の指先が蜜窟の縁に触れる。

「あぁっ！　あ……ん、んっ……杏……一郎さんっ……」

早紀が彼の名前を呼ぶと同時に、指がつぷりと中に沈んだ。ゆっくりと蜜壁を擦り上げる指が、得も言われぬ快感をもたらしてくる。

見つめ合い、唇を合わせながらさらに攻め立てられ、早紀は今にも達しそうになってしまう。

それを必死になって耐えていると、自然と蜜窟が収縮し、杏一郎の指をきゅうきゅうと締め付けた。そんな早紀を、彼は微笑んでじっと見つめる。

「とてもいいよ、早紀」

その一言で、早紀はいっそう身体を火照らせて猫のように身をくねらせた。

指の抽送を速めた彼は、もう一方の手で花芽の突起を摘まんだ。

指の腹で擦り上げ、花芯を露出させる。

思わず背中を弓のようにしならせると、胸の先をいきなり強く吸われた。

「は……ぁっ……あ、あ……きょ……いちろ……あああっ……！」

瞳が潤いを増し、視界がぼやけた。

喘ぎながら杏一郎に目を向けると、彼が避妊具の小袋を歯で噛み切っているところだった。

杏一郎が早紀の目の前で、それを着けてみせる。

剥き出しの欲望を見せつけられ、早紀は我慢しきれずにわずかに腰を浮かせた。つま先がシーツを離れ、まるで挿入をねだるような姿勢になる。

なんて、はしたない事を――そう思う気持ちが、早紀の身体をいっそう熱くして蜜を溢れさせた。

「早紀……」

杏一郎が囁き、それを合図にして彼のものが早紀の中に入ってきた。途端に全身を呑み込むほどの快楽に襲われ、一瞬気が遠くなりそうになる。

「あああああんっ！　あ……っ……」

いきなり愉悦の渦に引き込まれ、早紀はとっさに杏一郎の背に腕を回した。蜜窟の奥が悦びに震え、咥え込んだ屹立を締め付けているのがわかる。

そのまま昇りつめそうになり、早紀はため息を漏らしながら顎を上向けた。

「まだイッてはダメだよ、早紀——」

耳元で囁かれると同時に、両方の太ももを肘の内側に抱え込まれた。すぐに激しく腰を振られ、目の前に火花が散る。

「あああああっ！　あんっ！　あああ……」

まるで奥に打ち込むように屹立をねじ込まれ、硬く反った括れ部分で繰り返し中を引っ掻かれた。ビリビリと痺れるような快楽が全身を駆け抜け、身体が宙に浮き上がるみたいな感覚に陥る。

早紀が涙目になって瞬きをすると、杏一郎が微笑んで唇にキスをした。そうしながら、彼は何度も腰を動かして早紀を快楽の縁に追いやろうとする。

「や……っ……まだっ……。まだ——イきたくない……」

早紀が何度も昇りつめそうになるのを見て、杏一郎が口を開く。

「我慢しなくても大丈夫だ。今夜は早紀が望むだけイかせてあげるよ。何度でも、早紀がもうやめて、って言うまで——」

彼は、そう言うなり早紀の両脚をさらに高く抱え上げ、思いきり抽送を速めてきた。

「あああんっ！　あ……あああっ！」

早紀の身体がビクリと跳ね、そのままガクガクと痙攣する。隘路を満たす屹立が、いっそう硬くなって容量を増す。

杏一郎が早紀の耳のうしろに唇を寄せ、そこを強く吸った。同時に早紀の中で彼のものが大きく脈打って、精を放つ。

これほど強い愉悦を感じた事は、いまだかつてなかった。

早紀は杏一郎と唇を合わせながら、二度と離さないとばかりに彼の身体に両方の手脚をきつく絡みつかせる。そうして二人は何度も熱く愛し合ったのだった。

「――早紀」

肩を優しく揺すられ、早紀は閉じていた目蓋を上げて瞬きをする。

「大丈夫か？」

杏一郎に問われて、はじめて自分が絶頂を迎えたあと、少しの間放心状態になっていたと知った。

「はい……大丈夫です……ただ、ちょっと頭がぼんやりしてるかも――」

早紀がそう言うと、杏一郎が心配そうな顔で覗き込んできた。

「少し、無理をさせたか？」

そう問われ、早紀はすぐに首を横に振った。

「ぜんぜん、そんな事ないです。私、本当に、嬉しくて……。こうしてまた、杏一郎さんと一緒にいられる事が、なんだかまだ、夢を見てるみたいで……。だって、杏一郎さんと離れてから四年も経っていたから……。てっきり、もう別の人と付き合っているんだと思っていました」

華やかなファッション業界にいる杏一郎の周りには、ゴージャスで才能に溢れた美女がたくさんいる。その中には、彼を想う人だっているだろう。

それなのに、こうしてまた杏一郎のそばにいられる幸運を喜ぶと同時に、なんだか申し訳ないような気分になる。

早紀がそう言うと、杏一郎が事もなげに「あり得ない」と言った。

「確かに、美しく才能のある女性はたくさんいる。だが、俺が愛しているのは早紀だけだ。仕事柄、たくさんの女性と会うが、早紀ほど強く惹かれた女性は誰一人いなかった。これから先も、ぜったいに現れない」

きっぱりとそう言われ、早紀の心に安心感が広がる。

「俺は、早紀がどれほど真面目で芯が強いかよく知ってる。それは早紀の容姿や言動にも表れている。だからこそ、人を魅了するんだと思う。だけど、早紀は俺だけのものだ。一生大切にするし、もうぜったいに離さない。斗真の事はあるが、今度こそ諦めず乗り越えたいと思ってる」

杏一郎の言葉が胸に響き、早紀はホッと安堵のため息を漏らし微笑んだ。

「はい。私も、もうぜったいに杏一郎さんのそばを離れません。この先、何があっても、です」

「俺もだ」

愛し合いながらも互いの手を離したのは、斗真のためであり、そうせずにはいられなかった双方の生真面目な性格のせいだ。だけど、一度別れを経験したからこそ、お互いにもう二度と自分の気持ちに嘘をつくまいと思っている。

「早紀、明日も仕事だろう？　そろそろ休まないと美容によくない」

「はい。……杏一郎さんも一緒に寝てくれますか？」

「ああ、今夜は早紀と過ごすために、仕事はぜんぶ会社で終わらせてきたんだ」

「よかった」

杏一郎が仰向けになった胸の上に早紀を抱き寄せ、肩に布団をかけてくれた。

日頃激務に追われている杏一郎だ。彼は早紀を腕の中に抱え込むと、すぐに健（すこ）やかな寝息を立てはじめる。

早紀は、そんな杏一郎が愛おしくてたまらなかった。

今はまだ、彼に支えられる事ばかりだ。けれど、これからは自分も杏一郎の支えになりたい。

そう強く願いながら、早紀も彼とともに深い眠りにつくのだった。


翌週の月曜日。

早紀はマネージャーの真子とともに「アクアリオ」のミーティングルームを訪れていた。

「ビアンカ」のモデルをする事が決まってから、これがはじめての顔合わせだ。

白で統一された部屋の中にいるメンバーは、ぜんぶで七人。

先方のスタッフの中には、杏一郎もいる。その他の者は一様に首からＩＤカード入りのネックストラップをぶら下げている。

メンバーが揃い、まもなくミーティングのはじまる午後二時になった。

早紀が居住まいを正していると、部屋のドアが開き一人の女性が中に入ってきた。

「遅くなってごめんなさい、間に合ったかしら？」

柔らかな栗色の髪の毛に、華やかで整った目鼻立ち。遅れてやって来た女性は、杏一郎に手招きされて彼の隣の席に着いた。

（誰だろう？　ネックストラップもないし「アクアリオ」の社員ではなさそうだけど）

杏一郎が進行役になり、ミーティングがはじまる。

「『ビアンカ』はウチではじめて扱うレディースブランドであり、メインカラーは〝白〟だ。前面に打ち出すのは『優しさ』と『温もり』――今までの『アクアリオ』が持つハードでクールなイメージを打ち破る革新的なブランドにするつもりだ。むろん、それと同時に『アクアリオ』の持つ絶対的な個性と価値というコンセプトは維持しなければならない。俺が『ビアンカ』で示す〝白〟の裏には「女性らしい絶対的な強さ」を持たせたいと思っている」

杏一郎がメンバーの前で改めて「ビアンカ」のコンセプトを語り、新ブランドへの熱意を伝えた。

そのあと、メンバーが一人ずつ自己紹介を兼ねて挨拶し、最後にやって来た女性の番になる。

彼女がチラリと杏一郎のほうを見ると、杏一郎が女性を掌で示しながら口を開いた。

「こちらは、台湾のジュエリーブランド『ＮＡＮＡＭＩ』のデザイナー兼オーナーの武藤七海さんだ。彼女の本拠地は台湾だが、今回『ビアンカ』のジュエリー部門を担当してもらう事になり急遽帰国してもらった」

（え？　「ＮＡＮＡＭＩ」って、この間ルウにもらったブレスレットの――）

早紀は右手につけた銀色のブレスレットを触った。見ると、七海の右腕にも早紀と同じブレスレットがはめられている。

「はじめまして。武藤七海です。できれば、〝武藤〟じゃなくて〝七海〟のほうで呼んでいただけると嬉しいわ」

彼女は優雅に立ち上がり、メンバーに向かって軽く会釈をした。そして、まっすぐに早紀を見てにこりと微笑みかけてくる。

「桜井さん、そのブレスレット、うちの商品ね。私とお揃いだわ」

七海が嬉しそうに早紀の右手を指さした。

「はい、先日友人からプレゼントしてもらったんです。デザインが素敵だし、つけ心地もよくて、すごく気に入ってるんです」

「そうなのね。とても似合ってるわ」

にこやかな笑顔を向けられ、早紀は少しだけホッとして肩の力を抜く。

（七海さんって、綺麗なだけじゃなくて、すごくいい人そう）

簡単な挨拶のあと、七海は皆に「ビアンカ」用にデザインしたというジュエリーを披露した。

素材はダイヤモンドやパールの他に白色の天然石などをメインに作られており、ピアスやリング、ブレスレットなどもアイテムの中に入っている。

どれもシンプルなデザインながら、その中に女性的な柔らかさが感じられた。きっと、彼女自身の人柄もジュエリーに表れているのだろう。

「みんな、すごく素敵ですね」

早紀は思わずそう呟き、テーブルの上に並べられたジュエリーに見入る。

「ありがとう。きっと桜井さんにもぴったりだと思うわ」

七海が言い、杏一郎の顔を見上げた。

「ね、杏一郎さんもそう思うでしょう？」

訊ねられた杏一郎が、七海のほうを向いて頷く。

「それにしても、あなたがレディースブランドを立ち上げるとは思わなかったわ。一体、どういう心境の変化があったのかしらね？」

七海の軽口に付き合う事なく、杏一郎が速いテンポで会議を進めていく。

早紀はチラリと二人を窺い、すぐにまたジュエリーに視線を戻した。

(七海さん、杏一郎さんの事を名前で呼んだよね。前からの知り合いみたいだし、どんな関係なんだろう？)

早紀の疑問をよそに、ミーティングは滞りなく終わり、撮影のスケジュールもほぼ決定した。

早紀は席を立ち、真子とともにドアに向かう。

「加瀬社長、今日はありがとうございました」

真子が杏一郎に声をかけ、彼の隣に立っている七海に名刺を差し出した。

「すばらしいジュエリーばかりで感動しました！　今後ともどうぞよろしくお願いいたします」

名刺を受け取った七海は、バッグから自分の名刺を取り出して真子に差し出す。

「こちらこそ、よろしくお願いします」

間近で見ると、肌がきめ細かく色が白い。緩くまとめた髪の毛がうなじにかかり、ついそこに視線を奪われてしまう。

「ところで、息子の斗真がそちらの事務所でお世話になっているそうですね。彼、うまくやってますか？　迷惑をかけていないかしら？」

「はっ……？」

真子がキョトンとした表情を浮かべる横で、早紀も驚いた顔で目を大きく見開いた。

「私、斗真の母親なんです。夫とはもうずいぶん前に別れていて、親権も手放してしまったんですけどね。でも、ここ数年は定期的に連絡を取り合っていて、今では一緒に旅行に行ったりしているんですよ」

真子を見る七海が、にっこりと微笑みを浮かべた。

「ああ、もしかして去年のモルディブ旅行？　はい、斗真くんから聞いています。あの時は、お土産（みやげ）をたくさんいただいて！　そうでしたか、こんなに綺麗なお母様が――」

真子が大いに盛り上がる中、早紀はいまだ唖然としてその場に突っ立っている。

（七海さんが斗真くんのお母さん？）

言われてみれば、顔立ちがどことなく似ている気がする。特に、ぽってりとした唇や細い顎（あご）がそっくりだ。

（ああ、だから杏一郎さんとも親しいのか……）

合点（がてん）がいき、早紀はようやくホッと胸を撫で下ろす。それと同時に、仕事中に余計な事を考えてしまった自分を恥じた。

自分は大勢の中から選ばれたという責任をもって「ビアンカ」のイメージモデルを務めなくてはいけない。モデルとしてここにいる以上、余計な事は考えず、「ビアンカ」における自分の役割の事だけを考えなくては。

早紀は自分を厳しく律し、今回の仕事に対する気持ちを新たにする。

ふと気がつけば、七海が早紀のほうを見て微笑んでいた。

早紀は遅ればせながら名刺を取り出し、笑顔で彼女と話しはじめるのだった。


四月最後の日曜日、早紀は「チェリーブロッサム」のテラス席でパソコンを開き「ＣＬＡＰ！」から依頼されたコスメティックコーナー用のコラムを書いていた。

これを書くために、昨日ルウの店を訪ね最新のコスメ情報を聞き、フェイシャルケアをしてもらったのだ。

（やっぱりルウに聞いてよかった！　読者さんには新しくて確実にためになる情報を提供したいもんね）

キーを叩きながら、早紀はふと昨日のルウとのやり取りを思い出す。

早紀はルウに、七海が「ビアンカ」のジュエリー部門を担当する件を話した。彼は現地に買い付けに行った時に「ＮＡＮＡＭＩ」主催のイベントに出席し、七海本人に会って以来ビジネス上の交流を続けている様子だ。

ルウ曰く七海は現在三十三歳。かつて日本でモデルとして活動していたが、最初の結婚が破綻したあとすぐに台湾に移住した。その後、現地の資産家と再婚して「ＮＡＮＡＭＩ」を創設。幅広い顧客を得て成功するも、結婚生活はまたしてもうまくいかず二度目の離婚をしたようだ。

その後も現地の有名人と交際と破局を繰り返しており、台湾では恋多き女として名を馳せていると聞いた。

『七海さんに杏一郎さんを取られないように気をつけなさいよ～。彼女、台湾では「ジャパニーズ・ファムファタル」って呼ばれてるらしいから』

（ファムファタルか……）

ファムファタルとは〝男性の運命を変え破滅させる女性〟という意味を持つ。

そう言われているのも、なんとなくわかる気がする。

間近で話した七海からは、匂い立つような色気を感じた。女性の自分でもそう思ったのだから、男性なら無条件で心惹かれるのではないだろうか。

それにしても、彼女が元モデルだとは……。確かに七海は、今も素晴らしい美貌とプロポーションをしていた。

子供ができたのを機にモデルを辞めたと聞いたが、もし今も続けていたらきっと人気モデルの一人になっていたはずだ。

彼女は美しい上に、ジュエリーデザイナーとして大成するほどの才能に溢れている。ルウの注意勧告が、早紀の頭の中に蘇った。杏一郎の周りにいる美女の中でも、七海は頭一つ抜きん出ている。

（……ううん！　何弱気になってるのよ！）

自分は自分だ――人と比べてどうする。

早紀が気持ちを新たにパソコンに向かおうとしていると、妹の花がトレイを持ってテラスに顔を出した。

「早紀お姉ちゃん、紅茶どうぞ。それと、これ……私が作ったんだけど、味見して意見を聞かせてくれないかな？」

花が差し出した皿の上には、イチゴがぎっしり入ったゼリーが載せられていた。よく見ると、一番下の層が薄いパイ生地になっているみたいだ。

「へぇ、可愛いし美味しそう！　さっそくいただくね」

ゼリーを一口、口に入れ、味わいながら咀嚼する。口の中に甘酸っぱい香りと甘みが広がり、早紀はにっこりと顔をほころばせた。

「花、これ、すっごく美味しいよ。イチゴそのものも美味しいけど、このゼリー……もしかしてワインが入ってる？」

「当たり。ちょっと大人の味にしたかったから、入れてみたの」

「うん、大人の味だね。これなら、スイーツ好きな人はもちろん、甘いものが苦手な人でも美味しく食べられそう」

　現在、四年制の専門学校に通っている花は、卒業後は管理栄養士として「チェリーブロッサム」で正式に働く事になっている。今はまだ見習いカフェ店員だが、時折こうして自作のスイーツを味見させてくれるのだ。

「そう思う？　よかった！　じゃあ、安心してお隣に持っていける」

　花がにこにこと笑い、嬉しそうに小さく手を叩いた。

「お隣って、隼人くん、帰って来てるの？」

「え？　あ……うん。昨日礼子さんが、そう言ってたから……」

　花が、もじもじと下を向いて頬を染める。

「ふぅん、そうなんだ。いつまでいるって？」

「たぶん、明日の朝まではいるだろうって」

　花の想い人である隼人は、現在父親が経営する「東条エアウェイ」でパイロットとして世界中の空を飛び回っている。すでに都内にマンションを買って一人暮らしをしているが、時折帰ってきては海外のお土産（みやげ）などを持ってきてくれたりするのだ。

「そっか。じゃあ、今日のうちに持っていかないとね。隼人くん、きっと喜ぶよ」

「そ、そうだといいけど。じゃ、私、今からお隣に行ってくるね」

　花がそそくさと店の中に戻っていく。

　早紀は、そのうしろ姿を見送りながら、ゼリーを口に運ぶ。

東条家は曾祖父の代から桜井家の隣人であり、普段から家族ぐるみで親しくしている。両家の父親は幼馴染にして親友であり、戯れにお互いの長子同士を許嫁にしようと話した事があると聞いた。むろん、それはただの戯言にすぎないし、現に長女であるまどかは他の男性と結婚して幸せに暮らしている。しかし、花だけは今もそれを真に受けている様子だ。

花はおそらく、まどかの結婚後に飛び交った「許嫁が早紀に繰り下がった」という戯言も信じ込んでいるだろう。しかし、今は余計な口は挟まずに妹の恋を見守ってあげたいと思っている。

(隼人くんと花、お似合いだと思うんだけどな。……って、妹の心配してる場合じゃないか)

ふたたび恋人同士になってから、まだひと月にも満たないが、杏一郎とは順調に付き合いを続けている。会うのは、いつも斗真が家にいない夜や昼間のちょっとした空き時間。場所は、いつも杏一郎のマンションだ。

実の親子ではないにしろ、杏一郎は斗真の父親だ。

成長したとはいえ、斗真はまだ中学三年生であり、親の愛情を必要とする年齢でもある。

以前、二人で話をして決めたとおり、斗真に自分達の事を話すタイミングはできるだけ慎重に見定めなければならない。

そのため、なかなか二人の関係を公にできないでいるのだが、杏一郎にすればそのせいで早紀が不安になりはしないかと、かなり気にしている様子だ。

けれど、今はその気持ちだけで嬉しいし、二人で歩む未来を信じている。

それに、いろいろと事情を知っている長峰には、杏一郎のほうから話をしてくれたみたいだ。

（お姉ちゃんと長峰社長とルウ——三人が知ってくれているだけで、今は十分だよね）

いつか必ず、斗真に話さなければならない日がやって来る。

その日の事を考えると、どうしても不安を感じてしまう。

しかし、今度こそ杏一郎とともに生きていくと決めた以上、それはどうしたって避けて通れない試練なのだ。

（もうぜったいに諦めないって決めたんだもの……。どんなに時間がかかっても、みんなが幸せになる道を探すんだから——）

「ＣＬＡＰ！」用の記事を書き終えて顔を上げると、花が店の前の道を足取りも軽く歩いているのが見えた。

早紀が手を振ると、花が満面の笑みを浮かべる。

どうやら手作りのイチゴゼリーを喜んでもらえたようだ。

（花が幸せそうで何より。そうよね……やっぱり、みんな幸せになりたいし、ならなきゃだよね）

早紀は頷きながら自分にそう言い聞かせ、二杯目の紅茶を飲み干すのだった。

五月になったばかりの火曜日、早紀は自宅から一番近いコンビニエンスストア前で杏一郎と待ち合わせをしていた。

時刻は午後九時少し前。昼間彼から連絡をもらい、時間と場所を決めて落ち合う約束をした。

ちょうど九時にコンビニエンスストアに到着して、車から降りてこちらに向かって手を振っている杏一郎に駆け寄る。

「夜遅くに悪かったね」

「いいえ、ちっとも」

杏一郎が助手席のドアを開け、早紀は彼に礼を言ってシートに腰を下ろす。運転席に座った杏一郎が、店内で買ったらしいホットコーヒーを手渡してくれた。

車が走り出し、大通りに出る。しばらくの間ドライブをしながら、昨今のファッション業界の事や事務所内の出来事などを話した。いつもどおりの会話ではあるものの、なぜかちょっとした緊張感が漂っているような気がする。

そもそも、今のような時間に呼び出される事自体、はじめての事だ。もしかして、何か悪い知らせなのでは――ふとそんなふうに思い、早紀は車が赤信号で止まったタイミングで、杏一郎のほうに顔を向けた。

「杏一郎さん、何か私にお話があるんじゃないですか？」

深刻な声で訊ねる早紀を見て、杏一郎が神妙な顔で頷く。

「少し散歩しようか」

通りかかった公園の駐車場に車を停め、二人並んで歩き出す。杏一郎が早紀の手を取り、軽く握ってきた。その手を早紀も握り返す。

静かな夜の公園は人通りが少ないが、時折自分達と同じように散歩をしている人達とすれ違った。園内にある池の水面に、夜の景色が映り込んでいる。

「そこに座ろうか」

杏一郎が池に面したベンチの座面にハンカチを敷いた。早紀は恐縮しながらそこに腰を下ろし、彼がすぐ隣に座るのを見守る。

「早紀……」

杏一郎が早紀のほうに向き直り、めずらしく言い淀むようなそぶりを見せた。

早紀もまた身体ごと彼のほうを向いて、小さく「はい」と返事をする。

「……俺は早紀に関しては時折どうしようもなく不器用になるし、良かれと思って取った行動が裏目に出たりする。考えすぎて二の足を踏んだり、そんな自分にほとほと嫌気がさす事もある。だが、早紀を想う気持ちだけは、ぜったいに揺るがない。それだけは、わかっていてもらいたいんだ」

彼はそう言うと、ジャケットの胸ポケットから小さなリングケースを取り出した。

そして、早紀の目の前でそれを開け、中の指輪を指先でそっと摘まみ上げる。

「早紀、心から君を愛している。早紀と一生をともにしたい」

杏一郎に手を差し出され、早紀は彼の掌の上に自分の左手を預けた。その指先が、明らかに震えている。杏一郎が早紀の指先を握りながら、ベンチから下りて、早紀の足元に片膝をついた。

「早紀だけは誰にも渡したくない。今すぐにとはいかないが、すべてが整い次第、俺と結婚してくれないか？」

突然のプロポーズに、早紀は驚いて目を大きく見開いてポカンと口を開けたまま固まる。

いささか唐突すぎる。けれど、これ以上嬉しい話などこの世に存在するはずもなかった。

「はいっ……」

返事をすると同時に、早紀の目から大粒の涙が溢れた。それは、はらはらと散る花びらのように重ねた手の上に零れ落ちる。

「よかった。ありがとう、早紀」

杏一郎が嬉しそうに微笑み、早紀の左手の薬指に指輪をはめた。

それは、薔薇の花がモチーフになっており、小さな粒ダイヤが中央に配された大粒のダイヤモンドを花びらのように囲んでいる。

見た事もないほどエレガントな指輪を見て、早紀は喜びに声を震わせた。

「素敵……すごく綺麗です……」

「気に入ってくれたか？　早紀と再会してからデザインを考えはじめて、ようやく出来上がった婚約指輪だ」

杏一郎が新しくハンカチを取り出して、零れ落ちる涙を拭いてくれた。

「えっ……これ、杏一郎さんがデザインしたんですか？」

「そうだ。これは早紀のためだけに作ったオリジナルリングだよ。指輪のサイズが変わっていなくてよかった」

四年前、二人がまだ付き合っていた頃、彼は早紀の左手薬指のサイズを知りたいと言った事があった。それは、婚約指輪の準備をするためで、杏一郎は実際に早紀にそう告げていたのだ。

「嬉しい……杏一郎さん、ありがとうございます」

早紀はふと、三カ月ほど前に極寒の海岸で撮影した日の自分を思い出す。

あの時、ロケバスの中で結婚したいと独り言を言って左手の薬指を擦った。そんな無意識の行動に出ていた願いが、叶おうとしている。今まで胸の奥に残っていた微かな不安が、綺麗さっぱり消え去ったような気分だ。

もちろん、まだ解決すべき問題はある。けれど、指輪をもらってプロポーズをされたという事実は、早紀をこの上なく幸せな気持ちにしてくれた。

杏一郎が立ち上がり、座っている早紀の手を引いてゆっくりと胸に抱き寄せてきた。

「喜んでくれて、俺も嬉しいよ。……早紀、愛してる……一緒に幸せになろう」

「はい――」

見つめ合ううちに自然と唇が重なり、杏一郎に身体を優しく抱きしめられる。早紀はつま先立ちになって彼の背中に腕を回し、新たに喜びの涙を零すのだった。


ゴールデンウィークも終わり「ビアンカ」の撮影が本格的にはじまった。

「早紀ちゃんが忙しいのは大歓迎だけど、事務仕事が溜まっちゃって」

真子が笑いながらそう零すくらい、早紀は日々撮影やそれに関する準備に追われていた。

嬉しい事に「ビアンカ」の撮影スタッフは、早紀が知っている人が多くいる。

たとえば、ヘアメイクを担当するのは、早紀が前回「アクアリオ」でカタログモデルをしていた時の担当者である夏木（なつき）という女性だ。彼女は驚くほど手際がよく、お喋（しゃべ）りをしている間に早紀を

「ビアンカ」のモデルに仕上げてくれる。

イメージモデルとしての仕事は、まずはブランドのコンセプトや商品の製造過程などを交えたショートフィルムの作成からはじまった。撮影現場は「アクアリオ」本社のアトリエや縫製工場で、全編モノクロのものを三本撮り終えて現在は編集を進めている。

それが終わってすぐに、カタログや雑誌用の広告写真の撮影が開始され、早紀は毎日のように日本国内にある人里離れた大自然の中で「ビアンカ」の洋服を着てカメラの前に立った。

身に着けるのは秋冬用のコレクションで、メインカラーの〝白〟をキープしながら差し色としてどこか〝和〟を感じさせる色が配されている。

「アクアリオ」にとって最初のレディースブランドである「ビアンカ」は、日常的に着られるシンプルなデザインが多い。もちろん、加瀬杏一郎が手掛けるブランドである以上、それぞれにハッと目を引く個性がある。

一見ドレスに見えるサロペットや、エアリーなコート型ワンピースなど、どれをとってもフォルムがとても美しい。スタンダードにも着こなせるが、工夫次第で多目的に活躍してくれそうだ。

「『ビアンカ』って着てて楽しいし、シンプルだけどすごく気分が上がる感じです」

今日の現場である雑木林を歩きながら、早紀はそう言ってカメラのほうを振り返った。

「今の表情、すごくいいね！　今みたいな感じで、もう少し歩いてみて」

そう声をかけるのは、ブランド専属のカメラマンになった春日康太だ。

撮影はおおむね天候に恵まれたが、現場が自然の中という事もあり行く先々でちょっとしたハプニングがあった。滑ったり転んだりは数知れず。普段運動不足のスタッフにとっては、機材や荷物を持って歩くだけでも一苦労だ。

他にも、山道が倒木のために一時通行止めになり、急遽（きゅうきょ）現地の個人宅にお邪魔したり。ついでにレトロチックな台所を借りて撮影したら、思いがけずいい写真が撮れたりした。

現場の雰囲気は最高と言っていいほど和（なご）やかで、「ビアンカ」のスタッフは、もうすでにひとつのチームのようになっているのだった。


週明けの月曜日、早紀は「アクアリオ」のアトリエでの撮影に取り組んでいた。

今日は「ビアンカ」のジュエリー用の撮影をする日であり、早紀はそのすべてを適宜（てきぎ）身に着けてカメラの前に立った。

「モデルが早紀ちゃんだと、いつも楽しくていいよ。現場が明るくなるし、気配り上手だから俺自身も大いに助かるんだよね。結婚したら、いい奥さんになると思うよ」

春日が、そんな軽口を叩きながら軽快にシャッターを押し続ける。

「そう言ってもらえて嬉しいです。春日さんこそモデルを乗せるのがうまいから、私もいい感じで動けてたりするんですよ」

居酒屋で会って以来、春日はなんとなく早紀と杏一郎の仲を怪しんでいる気がした。案の定、杏一郎に探りの電話がやたらとかかってきているらしい。

今日は現場に七海も来ており、少し離れた位置で撮影を見守っている。

その佇(たたず)まいはいかにも女性的で、早紀にとっていい刺激になっているように思う。

撮影が終わり、早紀は着替えをするために用意された控室に入った。

待ち構えていたスタッフにメイクを落としてもらいながら、新しく発売された海外ブランドのクレンジングオイルについて話を聞く。

メイクを落とし、髪の毛も梳(と)かし終えた頃、同行してくれていた真子がテイクアウトの紙袋を持って部屋に入ってきた。

「お待たせ～。早紀の好きなクラブサンド、買ってきたわよ～。お腹空(す)いたでしょ？　ここでちょっと食べていく？」

「食べる！　もうお腹ペコペコ！」

早紀は真子が差し出したサンドイッチを受け取り、包み紙を開けてパクリとかぶりついた。

「じゃ、私は一足先に事務所に帰るわね」

「了解」

真子が部屋から出ていき、早紀は手にしたサンドイッチを口の中に押し込む。もぐもぐと口を動かしながら着替えて、髪の毛をひとまとめに結(ゆ)わく。それが済むと、バッグの内ポケットから白革の小袋を取り出した。その中には、プラチナのチェーンネックレスに通した婚約指輪が入っている。

早紀はネックレスを首にかけ、婚約指輪をブラウスの中に隠した。

杏一郎にそれをもらって以来、早紀は指輪をペンダントトップにして肌身離さず身に着けている。

大事にしまっておくよりも常に持っていたいと思ったからだ。

それに、婚約指輪が肌に触れているだけで安心する。

「ふふっ」

指輪の事を考えるたびに、つい笑みが零れる。にやつきながらサンドイッチにかぶりつき、自宅から持参したマグボトルの紅茶を飲んだ。

早々と食べ終えて控室の片づけをしていると、部屋のドアをノックする音が聞こえた。

「はい」

早紀が返事をしてドアのほうを見ると、そこには春日を背後に従えた七海が立っていた。

「撮影お疲れさま。ちょっとお邪魔してもいい？」

「もちろんです。どうぞ」

早紀はテーブルの上を片づけ、壁際に置かれていた丸椅子を二人のために出した。

「お、サンキュー」

春日が途中でそれを受け取り、七海が二人に礼を言って椅子に腰かける。

「これまでに撮影した『ビアンカ』の写真、春日さんに見せてもらったわ。どれもとても素敵だった。さすが杏一郎さんが選んだモデルさんって感じ。『ビアンカ』の世界観を的確に捉えてるわね。本当に素晴らしいわ」

七海に絶賛され、早紀は恐縮しつつ礼を言った。

「ありがとうございます。七海さんにそう言っていただけて嬉しいです」

「おいおい、七海。俺のカメラマンとしての腕は褒めてくれないのか？」

早紀が言い終わるや否や、春日が不満げな声を上げる。

「あら、もちろん康太の腕があってこそよ。あなたのカメラマンとしての腕は、きちんと評価していますとも」

「え？　ははっ……そうか」

七海に褒められ、春日が照れたように笑った。

お互いに下の名前で呼び合うほど親しい二人は、二人がまだ十代の頃からの知り合いであるらしい。春日曰く、七海は自分を介して元夫である加瀬友介と知り合い、のちに杏一郎とも交流するようになったそうだ。

三人で今日の撮影について少し話したあと、春日が七海に向き直った。

「そういえば、俺、今度斗真を撮る事になったんだよ」

ふいに斗真の名前を耳にして、早紀は反射的に春日を見た。

杏一郎から聞いた話によると、斗真はなんだかんだと理由をつけて、杏一郎と顔を合わせるのを避けているらしい。そうまでするという事は、斗真はおそらく二人の仲が変化したのに気づいているのかもしれない。

早紀の頭の中に、杏一郎と別れた時の事が思い浮かぶ。それと同時に、心の中に不安が広がりそうになった。しかし、今はそんな事を考えるべきではないと、急いで気持ちを切り替える。

「斗真を？　どんな仕事？」

七海に聞かれ、春日がもったいぶったような表情を浮かべる。

「『トラッド』っていうメンズファッション誌、知ってるだろ？　斗真、デビュー三年目で一流誌の単独の撮影だぞ。すごいよなぁ、さすが蛙の子は蛙って感じかな」

春日の話を聞きながら、七海が嬉しそうに微笑みを浮かべる。その顔は艶やかでありながら、母親としての慈愛が垣間見えた。

「斗真くん、スポーツ万能だし、来月はサーフィンの雑誌の撮影も入っているみたいですね」

早紀は、努めて明るい声で七海に話しかけた。

「そうなの？　あの子ったら、何度も顔を合わせているのに、仕事に関してはあまり話してくれないのよ」

台湾に本拠地のある七海は、日本ではホテル暮らしをしているそうだ。そのホテルは「アクアリオ」と同じ駅の近くにあり、近頃は斗真とよく待ち合わせをして会っているようだ。

「杏一郎さんが、気を遣って斗真との食事に誘ってくれるの。斗真ったら、そのたびに嬉しそうな顔をするのよ。私、斗真には本当に苦労ばかりかけてしまったから……」

七海が声のトーンを落とし、遠い目をする。

「斗真の父親と会ったのは、私が十八歳の時だったわ。すぐに恋に落ちて、斗真が生まれた。それからいろいろあって、斗真と離れて暮らす事になったんだけど、最近になってようやくきちんと斗真と向き合って親子関係が結べた気がするの」

「そうか。よかったな……本当に、いろいろあったからな」

七海の横で、春日が感慨深そうに頷く。

早紀は、加瀬兄弟と二人との間に、自分にはわからない絆の存在を感じた。

「これも、ぜんぶ杏一郎さんのおかげよ。斗真をここまで立派に育ててくれて……彼にはどんなに感謝してもしきれないわ。生みの親よりも育ての親って言うけど、斗真は友介より杏一郎さんに似てるって思うもの」

「あ、それ、俺も思った」

春日が相槌を打ち、七海と顔を見合わせて笑う。

「やっぱり？　それにしても、双子って本当に不思議よね。友介にはじめて杏一郎さんを紹介された時は、そっくりすぎて驚いちゃったもの」

七海が椅子を持ち上げて、早紀の横に移動してきた。そして、持っていたバッグからスマートフォンを取り出し、何かしら操作したあと早紀に画面を見せてくる。

「ほら、そっくりでしょ？　フォルダーの中に加瀬兄弟の若い時とか、斗真が生まれたばかりの頃の写真も入ってるから見ていいわよ」

渡されたスマートフォンの画像には、二十歳そこそこの男性の顔が映っていた。彼は長い髪をひとまとめにして、カメラ目線で薄く笑っている。

「すごい……加瀬社長にそっくりですね！」

早紀は画面をスクロールして他の画像も見ていった。

カメラマンだったという杏一郎の弟・友介は、かなり奇抜なファッションをしておりヘアスタイルもさまざまだ。しかし、よくよく見ればやはり杏一郎とそっくりの顔立ちをしている。

しかし、二人の雰囲気は写真を見るだけでも明らかに違う。

（前に杏一郎さんが二人の性格は真逆だって言ってたけど、本当にそんな感じ）

先日、春日からも聞かされたが、友介は見るからに女性を魅了して翻弄（ほんろう）するタイプに見える。

一方、杏一郎は早紀が知る限り、女性に関しては驚くほど真面目だ。

さらに写真を見ていくと、兄弟が並んで写っているものや、離婚後と思（おぼ）しき友介と斗真の写真もあった。そこに映る斗真は、いつも違う女性とツーショットで写っている。

「ああ、それは友介の歴代の彼女達よ」

七海に言われた早紀は、思わず複雑な顔で頷いてしまった。

以前、杏一郎から弟の女性関係について聞いた事がある。仕事で海外に行く機会の多かった彼は、自分の留守中は家政婦と、同居していた女性に斗真の世話を頼んでいたらしい。

それを見越して彼女選びをするから、友介の恋人は子供好きで母性愛を持て余しているような女性ばかりであったようだ。

「私、斗真には本当に悪い事をしたと思ってるの。友介と離婚した時、私は経済的に斗真を引き取れる状況じゃなかったわ。香港に行って必死に頑張っている時に二番目の夫と出会って再婚したけど、その時も斗真を引き取る事なく彼との未来を選んだわ。そうまでしたのに、結局はその彼ともまた離婚してしまって」

七海が話す内容は、かなりプライベートなものだ。まだ会って間もない自分が聞いていいものかどうか……

早紀が伏し目がちになってそう思っていると、春日が口を挟んだ。

「まあ、無理に結婚生活を続けるのも大変だしな。斗真ももう大きいんだし、わかってくれるだろ」

「そうだといいんだけど。私ね、今回帰国したのを機に、斗真と一緒に暮らしたいと思ってるの」

七海の言葉に、早紀は驚いて顔を上げた。

(七海さんが斗真くんと一緒に？)

もしそうなれば、斗真の気持ちも少しは変わってくるかもしれない——そう考えた時、七海がふと早紀を見てにっこりと笑いかけてきた。

「ごめんなさい、ついいろいろと話し込んでしまって。もう次の予定があったりするのかしら？」

「いいえ、大丈夫です。撮影は春日さんのおかげで予定よりも早く終わったし、今日はもう事務所に帰るだけなので」

早紀がそう言うと、七海がにこやかに笑った。

「そう……じゃあ、話しついでに聞いてくれる？　康太も」

春日が頷くと、七海が話しはじめる。

「実は、もう斗真には一緒に暮らしたいって伝えてあるの。斗真ったら、すごく喜んでくれたのよ」

七海が心底嬉しそうな顔で二人を見る。それにつられて、早紀もまた口元に笑みを浮かべた。

「でもね、『一緒に暮らしたいけど、お父さんと離れるのはいやだ』って言うの。それでね……

私、ふと思ったの。十五年前に、友介じゃなくて杏一郎さんを選んでいたらどうなっていただろうって」

「えっ……？　それって……どういう――」

突然思ってもみなかった事を言われた早紀は、混乱してつい前のめりになってしまう。

「言葉のとおりよ。友介は家庭には向かない人だったし、いい父親にもなれなかったんだと思うの。私も、そうだった。だけど、今はもう違う。斗真が何より大事だし、彼のために新しい家族を作るのもいいと思ってるの」

「へ？　それはつまり……七海は、斗真と杏一郎と三人で暮らしたいと思ってるって事か？」

「ビンゴ」

七海が春日を見てにっこりと笑った。

予想外の展開に、早紀は頭を混乱させたまま固まる。

「だけど、杏一郎の意向もあるだろう？」

春日が訊ねると、七海が優雅なしぐさで頷く。

「もちろん、それが一番のネックね。だけど、たぶん大丈夫だと思うわ。斗真に相談したら、賛成してくれたし。三人で暮らすために、思いつく限りの援護射撃をするって言ってくれた。それに……私、杏一郎さんとなら幸せな家庭を築けるような気がするのよ」

七海の発言に動揺して、早紀は言葉を失ってしまう。

「そんな事言って、お前、杏一郎の事が好きなのか？　斗真の父親としてじゃなく、一人の男として杏一郎を愛せるのかよ」

春日が訊ねると、彼女は早紀の目を見つめたままゆっくりと頷いて微笑む。

「そうね……きっと大丈夫よ。だって私、これからは斗真のために生きるって決めたんだもの」

春日が七海の肩に手を置き、無理矢理自分のほうを向かせた。

「なんだよ、それ！　答えになってないぞ。そんなんで長く斗真をほったらかしにしてた償いをするつもりか？」

「ふっ……やだ、どうしたの？　もしかしてやきもちを焼いている？」

「バ、バカ言え！」

二人のやり取りを聞きながら、早紀は心の中に小さな嵐が起こるのを感じた。

（七海さんが、杏一郎さんと家庭を……？）

一度つらい別れを経験し、ようやくまた恋人同士になれたのだ。

杏一郎を愛しているし、もう二度と別れない。そう決めて、杏一郎のプロポーズを受けた。

あとは斗真と真摯に話し合っていくだけだと思っていたのに、まさか新しい不安材料が出てくるなんて……

（そんなの、ダメッ……）

早紀は無意識に胸元を押さえ、指先に触れたリングを肌に強く押し付ける。

想像もしていなかった展開に戸惑う早紀は、指先が震えるのを感じながらも、どうしてもそれを抑える事ができなかった。

その週の木曜日、早紀は朝から事務所の雑用をこなしていた。

午後になり、ランチを取るために一人で事務所の近所にある喫茶店に入った。

チェーン店であるその店は、今の時間帯はサラリーマンらしき人が多い。

それぞれにタブレットを操作したり書類を開いたりと、コーヒーを飲みに来たというよりは、座って何かをやるために来店した様子だ。

早紀は、ゆったりとした椅子に腰かけて窓の外を眺めた。ネックレスのチェーンをそっと指でたぐり寄せ、カットソーの中に隠していた婚約指輪を外に出す。

やって来たウェイトレスにパスタランチを頼み、指先で指輪の感触を楽しむ。そうしているだけで、なんとなく気持ちが落ち着いてくるから不思議だ。

（杏一郎さんに会いたいな）

彼は先週の月曜日からミラノ経由でパリに出張に出かけていた。昨日、帰国したとSNSでメッセージをもらい「おかえりなさい」と返信をしたところだ。

この頃の杏一郎は「ビアンカ」の仕事であちこちを飛び回っており、非常に忙しくしている。

ゴールデンウィークもスケジュールが詰まっていると聞いて、早紀は自分から連絡するのを控えていた。そのせいもあって、復縁当初より確実に会う回数が減っている。

七海の話を聞いて以来、早紀はずっとその事を気にかけていた。

（杏一郎さんは魅力的な人だもの。七海さんが好きになってもおかしくない……）

あのあと、春日から聞かされた話によると、七海と友介夫婦は似た者同士だったという。

どちらも根っからの自由人で、愛情深くはあるが移り気、それでいて一途でもあるらしい。

だからこそお互いに強く惹かれ合って熱烈に愛し合った。

子供ができて結婚したが、その後それぞれに違う想い人ができてしまい、結婚後数年ですでに二人の関係は破綻(はたん)していたそうだ。それでも、友介に海外の仕事が多かった事もあり、表面上は結婚生活を続けられていたようだ。

だが、結局は別れる事になり、経済的な理由によって親権は友介に渡った、と聞いた。

七海は決して斗真を気にかけていなかった訳ではない。

それは春日も言っていたし、今の七海と斗真の関係を見ればわかる事だ。再婚の際に斗真を引き取らなかったのにも、七海の拠点が台湾である事や再婚相手との関係性など、いろいろな理由があったらしい。

(七海さんは、本当に斗真くんのために、杏一郎さんと家族になるつもりなのかな?)

そして、斗真もそれを望んでいるとしたら……

「早紀さん」

ふいに声をかけられ、早紀はハッとして顔を上げた。

「……斗真くん?」

見ると、斗真がテーブルの横に立って早紀を見ている。

「ここ、座らせてもらってもいいですか?」

「ええ、どうぞ」

早紀はそう返事をしながら、胸元にぶら下がっている婚約指輪をさりげなくカットソーの中にしまった。彼はそばにいたウェイトレスにランチのサンドイッチセットを頼み、早紀の前の席に腰を下ろした。

一体どういう気持ちの変化だろう？　早紀を見るたびに嫌味ばかりの斗真から近寄って来るなんて……

早紀の疑問を感じ取ったのか、斗真が肩をすくめて口を開く。

「さっきこの店の前を通ったら、ぼーっとした顔で外を眺めている早紀さんを見かけたので」

「ああ……何か用だった？」

「はい。単刀直入に言います。早紀さん、父とまた付き合ってますよね」

いきなりの事に、早紀は頬を引き攣らせて口ごもった。

「えっと……斗真くん――」

「隠さなくてもいいです。もうわかっているんで」

斗真の突き放すような言い方に、早紀はなんと返せばいいかわからないまま彼の顔を正面から見つめた。斗真も早紀を見つめ返す。少しの間、お互いに口を開かないまま睨み合いが続いた。

「最近、やたらと父が僕の事を窺ってるんです。きっと、早紀さんの事だろうなって、すぐにピンときました。ちなみに、父のマンションのドアホン、録画機能がついているって知ってました？」

斗真からまっすぐに見つめられ、早紀は言葉を失う。

早紀は観念して、斗真の目を見つめ返した。

「この事は、七海さんも知っているの？」

彼女は、早紀と杏一郎の関係を知っていて、彼との結婚をほのめかしてきたのだろうか……

「いえ——言っていません。僕が問題を取り除けば、それで済むと思ったので」

斗真が、そう言って片方の口角を上げた。

「っていうか、僕、早紀さんが『ビアンカ』のオーディション受ける前に言いましたよね？『くれぐれも必要以上に僕と父に関わらないでください』って。忘れたとは言わせませんよ。ああ、言い訳はしなくてもいいです。聞いてもどうにもならないんで」

清々しいほど取り付く島のない態度。相変わらず、あからさまに拒絶されている。

でも、早紀はこのまま引き下がる訳にはいかなかった。

「忘れた訳じゃないし、言い訳もしない」

早紀は言葉を選びつつ、ゆっくりと口を開いた。

「斗真くんには、時期をみてきちんと伝えなきゃいけないと思っていたのよ——」

「だから言い訳はいいですって」

「言い訳じゃなくて事実を言っているだけよ」

「僕には言い訳にしか聞こえません。それに、時期をみてってなんですか？　今回の事は、単に〝焼け木杭には火が付き易い〟ってやつですよね。だったら僕が水をぶっかけてあげます」

「斗真くん——」

「ゴールデンウイーク中に僕と父と母で、一泊の温泉旅行に行ったんですよ。知ってましたか？」

早紀は素早くその日の事を頭に思い起こした。ゴールデンウィーク中は二人とも予定があり、一日も会えずじまいだった。連休明けも、早紀はすぐに地方撮影に入ってしまったし、杏一郎も海外出張に出てしまったので、ゆっくり話す時間のないまま今日まで過ごしている。

「……それは、知らなかったわ」

早紀はそう答え、唇をきつく引き結んだ。

（落ち着いて、早紀）

自分にそう言い聞かせ、冷静になるよう努めた。

斗真が何を言おうと、杏一郎とはすでに結婚の約束をしているのだ。

返事をしたきり黙っている早紀を見て、斗真がイラついたような表情をする。

「宿泊先は老舗旅館でした。もちろん部屋は三人一緒です。夜寝る時、僕は二間あるうちの一方に一人で寝ました。父と母は同じ部屋で布団を並べて寝てましたよ。襖を閉めていたけど、夜中父と母が笑いながら話してるのが、聞こえてました」

「……そう」

早紀はかろうじて相槌を打つが、笑顔が引き攣ってしまう。それに代わって、斗真が白い歯を見せて晴れやかな笑顔を見せた。

「母は帰国してすぐ、僕と父と三人で暮らす事を相談してくれたんです。僕が大賛成だと知って、母はすぐに父との再婚を決意したようです。それって、僕にも父にも、一番理想的ですよね。だって、母なら父と同じ目線で仕事をサポートできるし」

「ちょっ……ちょっと待って！　いきなりそんな話を聞かされても、『はい、そうですか』って、言える訳がないでしょう？　それに、今の話をまるまる信じる事なんかできないから」

早紀は、さすがに気が動転して声を上ずらせた。

一方、斗真は平然とした顔で早紀の顔をじっと見つめている。

「信じるも何も、事実は事実です。親子三人で同じ部屋に泊まれて楽しかったですよ。——あ、どうもありがとうございます」

ちょうどその時、ウェイトレスが二人のオーダーした品をテーブルの上に並べていった。

「じゃ、いただきます。早紀さんもどうぞ」

斗真が旺盛（おうせい）な食欲を見せて、サンドイッチを平らげていく。

早紀は混乱した気持ちのまま、コーヒーカップに手を伸ばした。けれど、持った途端カチャカチャと音がして、ひどくうろたえているのが斗真に伝わってしまう。

「僕にとって、父は本当の父親よりも大切な存在です。母も、これまではいろいろあったけど、今は僕の事を第一に考えてくれてます。家族っていいですよね……僕、ずっと両親の揃った家族に憧れていました。今、ようやくそれが叶いそうなんです。早紀さん、お願いです。僕達の邪魔をしないでください」

斗真が、そう言うなり、早紀に向かって頭を下げた。

早紀は驚くとともに複雑な気持ちになる。

彼の気持ちは理解できる。それでも、二度も杏一郎と別れる事はぜったいに受け入れられない。

「斗真くん、私、すごく混乱してるの。悪いけど、今は何も考えられない……」

「まあ、そうなる気持ちはわかります。だけど、僕も本気ですから」

顔を上げた斗真が、はっきりと言い放つ。そして、一気にサンドイッチを口に入れ、オレンジジュースで喉の奥に流し込んだ。

「早紀さんって、すごく真面目だし、ちょっと抜けてるけどとてもいい人ですよね。今の話、早紀さんならわかってくれるって信じてます。あ、僕もう時間なので先に行きますね。ここ、先輩のおごりでいいですか？」

にっこりと微笑まれ、早紀は呆然としたまま頷いた。

「ごちそうさまです。じゃ、お先に失礼します」

言いたい事を一方的に言い終えた斗真は、スッキリとした表情を浮かべている。

そんな彼から感じるのは、早紀に対する明確な敵意だ。

結局、何をしたところで、斗真とは一生歩み寄れないという事なのだろうか。

けれど、杏一郎とともに生きるという事だけは、ぜったいに貫いてみせる――

早紀は自分の気持ちを確かめながら、去っていく斗真の背中を見送るのだった。

五月も、もうあと十日を残すのみとなった火曜日。

早紀は「ビアンカ」のスチール撮影をするために、都内にある春日の個人スタジオを訪れていた。

今日の撮影で「ビアンカ」に関わる撮影もいったん小休止に入る。

撮影は午後一時からはじまり、夕方前には終わる予定だ。

控室の鏡の前に座り、ヘアメイクの夏木の手を借りて「ビアンカ」の〝桜井早紀〟になる。

「早紀ちゃん、ジャケットを少し肩からずらす感じでポーズ取ってみて」

早紀は春日に言われたとおりのポーズを取り、表情を作った。

その様子を、スタジオの端から杏一郎がじっと見守っている。これまでは忙しくて、なかなか現場に立ち会えずにいた杏一郎だが、今日は時間が許す限り撮影を見ていくつもりらしい。

「ビアンカ」のラインナップは、これまでの「アクアリオ」のブランドイメージとは違い、自然で柔らか——それでいて、どこか強さを感じさせる雰囲気を持っている。

早紀はそれを意識しつつ、服やシチュエーションに合わせて自分を演出した。

撮影した画像は逐一その場で確認し、納得がいくまで撮り直しをする。

何枚もの洋服を着ては脱ぎ、ヘアメイクを微妙に変えながらテンポよく撮影を進めていく。

撮影中はカメラに集中しているから平気だ。

けれど、着替えなどで一度緊張が途切れると、ふと斗真に言われた事が頭に思い浮かんだりする。

『早紀さん、お願いです。僕達の邪魔をしないでください』

斗真の気持ちはわかるが、今度はもう譲れない。彼が父親としての杏一郎を必要としているのと同様——いや、それ以上に、早紀も生涯をともにする人としての杏一郎を必要としているのだ。

「いいね、すごくいいよ。な、杏一郎もそう思うだろ？」

シャッターを切り終えた春日が、顔を上げて近くにいた杏一郎に同意を求める。

「ああ、とてもいい」

杏一郎が満足そうに頷き、春日にこれから行われる撮影について指示を出しはじめた。

早紀とは違い、彼は仕事に集中しており、次の予定はそっちのけといった感じだ。

それなのに自分は、仕事以外の事に集中を乱されてばかりだ。

(しっかりしてよ、早紀!)

早紀は自分を叱咤しながら控室に戻り、次に撮影する洋服に着替える。

できる事なら、全員が幸せになる方法を見つけたい。しかし、斗真は頑として二人の仲を認めないし、それどころか、杏一郎と七海の三人で家族を作ろうとしている。

相容れないそれぞれの望みを叶えるのは、どうやっても無理だ。

(一体どうしたらいいの……)

着替えを終え、それに合わせてヘアメイクを直してもらったあと、スタジオに戻った。

そこに春日はおらず、モニターの前に杏一郎が座っていた。彼は顔を上げ、早紀を見る。

視線が合い、早紀は無意識に目を逸らしてしまった。

不自然な態度を取った事を後悔しても、今さらどうしようもない。

仕方なく、そのままそしらぬ顔をして立っていたら、杏一郎がすぐそばまで近づいてきた。

「早紀、何かあったのか?」

少し離れた位置には、何人かスタッフが待機している。杏一郎は、彼らに背を向けて早紀に話しかけてきた。

「あ……いえ……」

斗真に言われた事を、杏一郎に話していいものか……

いや、ありのままを話せばいいのだろうが、いくらなんでもここで明かすような内容ではない。

早紀が言い淀んでいると、勢いよくスタジオのドアが開き、春日が奇声を上げて中に入ってきた。

「ひゃっほー！　聞いてくれ〜！　俺の写真がオクトパス・アワードの部門賞一位を獲ったぞ！」

ステップを踏みながら近づいてくる春日は、二人の微妙な空気にまったく気づく様子もない。

「オクトパス・アワード――それって、以前友介が賞を獲ったのと同じものか？」

「そうだよ！　お前を撮った写真で、友介が部門賞三位を獲ったやつだ！」

小躍りする春日から書類を受け取ると、杏一郎がそれに視線を走らせた。

オクトパス・アワードについてなら、ずっと前に彼から聞いた事がある。

その賞はアメリカのカメラ雑誌が主催するモノクロ限定の写真コンテストだ。

かつて、友介がまだ駆け出しのカメラマンの頃、杏一郎を被写体にしてオクトパス・アワードに応募したらしい。それが見事部門賞三位になり、後日その作品を見たというイタリアの服飾デザイナーから友介宛に連絡がくる。

その用件というのが、被写体の男性をモデルとしてスカウトしたいというものだった。

つまり、友介が撮った写真がきっかけで、杏一郎はモデルになったのだ。

「ちょっと待て。俺の受賞作品を見せてやろう。ついでに友介の写真も……あれ、いい写真だったよなぁ。……ああ、ほら、これだ」

春日がパソコンを操作し、モニターにモノクロ写真を二枚映し出した。

片方は、春日の受賞作で、南国らしいいでたちをした女性のうしろ姿。もう一方は、まっすぐ前を向いてカメラに近づいてくる若き日の杏一郎の写真だ。

早紀も以前、杏一郎から見せてもらった事があるが、何度見ても彼の目力の強さには感服してしまう。

「これで俺もようやく友介に追いついたって訳だ」

「部門賞一位なら、お前のほうが上だろう？」

杏一郎が言うと、春日はふいに考え込むような顔をして首を横に振った。

「俺的には、まだ奴の上に行けた気がしない。ようやく追いついて、あと少しで肩を並べられるかもしれない……ってとこかな。ふっ……俺って謙虚だろ？」

そう言う春日に、杏一郎が笑い声を漏らす。

それからほどなくして撮影が再開され、一時間後にはすべてやり終えた。

急ピッチで進められた撮影に、早紀はさすがに疲れ切って控室に戻る。

今日のメイクは、ナチュラルに見えて結構な厚塗りだし、長時間照明に晒されて肌も髪の毛も悲鳴を上げている。早紀は早々に椅子に座り、夏木にメイクを落としてもらった。その後、水で顔をざぶざぶ洗い、先日ルウが勧めてくれた化粧水でたっぷりと水分を補給して保湿をする。

夏木にバリバリになっている髪の毛を梳かしてもらい、クルクルとまとめてバレッタで留めた。

「はい、終わりっ！」

「ありがとうございます！　おかげさまでいい仕事ができました」

早紀が礼を言うと、夏木が嬉しそうに微笑みを浮かべた。

「こちらこそ、ありがとう。さて、と。今日はもう仕事終わり？」

「はい、もう終わりです。春日さんと加瀬社長にご挨拶してから帰ります」

「あら、加瀬社長は、撮影が終わってすぐに帰ったみたいだけど？」

夏木が言うには、さっき廊下で玄関に向かう杏一郎とすれ違ったらしい。

「そうですか……」

帰り支度をして挨拶をするために春日のところに行くと、やはり杏一郎は一足先にスタジオをあとにしたようだ。

「あいつも相変わらず忙しいよな。早紀ちゃん、頑張れよ」

二人の仲に薄々感づいている様子の春日に励まされ、早紀はふっと肩の力が抜けたような気がした。斗真の件が暗礁に乗り上げている状態の今、自分を応援してくれる人がいる事が思いのほかありがたく思えたのだ。

「はい、頑張ります！」

早紀が元気よく答えると、春日が大きく頷いて白い歯を見せてにっこりする。

試練は続くけれど、ぜったいにへこたれたりしない。

春日に挨拶をしてその場をあとにした早紀は、意識して顎を上向けた。そして、胸元のリングに掌を押し当てながら、しっかりとした足取りで廊下を歩いていくのだった。

その週の土曜日、早紀は花とともに「チェリーブロッサム」の手伝いをしていた。

開店前に、庭に咲いていた紫陽花を摘み、小分けにして各テーブルの真ん中に飾る。

アナベルという品種の紫陽花は、咲きはじめは明るい緑色でだんだんと白色に変化していく。咲き誇ったのちは再度落ち着いた緑色に変化し、秋色に枯れていく姿も趣があって綺麗だ。

早紀は庭のアナベルを写真に撮って、「チェリーブロッサム」の名前で登録しているSNSに載せた。管理しているのは主に早紀と花で、二人はそれぞれに店で提供しているスイーツやフェアの告知などをしている。

「早紀お姉ちゃん、その口紅いいね。新色？」

花に聞かれ、早紀はにっこりと微笑んで頷く。

「これ、口紅じゃなくてリップクリームなの。いいでしょ。これなら花もつけられるんじゃない？同じの二つあるから、あとでひとつあげるね」

「いいの？　ありがとう！　実はね……私も二十一歳だし、もう少し大人っぽくなれたらな、なんて思っていたところなの」

花がそう言って頬を桜色に染める。

三姉妹の末っ子である花は、昔から姉二人にとって可愛くて仕方がない存在だ。

小柄で全体的にこぢんまりとしているせいか、なんとなく小動物みたいな雰囲気を持っている。

性格は穏やかで優しく、とても純粋。泣き虫だけど時として家族が驚くほどの頑張りを見せる事もあった。自己評価は少し低いようだが、贔屓目なしで花ほど愛らしい子は滅多にいないと思う。

だからこそ、花にはぜひ子供の頃からずっと片想いしている幼馴染と結ばれて、幸せになってほしいと願っている。

「花、今度お姉ちゃんと一緒にショッピングに行こうか。夏に向けて、新しい洋服を買おうよ。お姉ちゃん、花にぴったりのお店知ってるから」

「ほんと?」

花が嬉しそうな顔で手を叩き、早紀はそんな姿を見ているだけで胸がほっこりと温かくなる。

「いつがいいかな。花、明日は学校の友達と出かけるんでしょ? 来週の日曜日はどう?」

「いいよ! じゃあ、来週の日曜日は早紀お姉ちゃんとお出かけだね。楽しみ!」

花が小さくぴょんぴょんと飛び上がって喜ぶ。

「もう、花ったら可愛いっ!」

早紀は思わず花に駆け寄り、上から抱え込んで頭のてっぺんに頬ずりをする。

「あぁ～、私に花みたいな素直さと可愛らしさがあったらなぁ」

「むぐ……さ、早紀お姉ちゃん。仕事で何かあったの?」

そう言われ、早紀はいっそう花を抱き寄せて、ゆらゆらと揺すった。

「ううん、何もないよ」

必要以上に悩むのは、精神衛生上よくない。

早紀は花を抱く腕を緩め、彼女のくしゃくしゃになった髪の毛を指で梳いた。

「そう？　……もし何かあっても、私は早紀お姉ちゃんの味方だから！」

花が握り拳を作り、口元をキュッと引き締める。

「ありがとう、花。すごく心強いよ。花はほんっとうに可愛いね！　私も花を見習って、もっと女らしく振る舞わないと」

「早紀お姉ちゃんが私を見習う？　早紀お姉ちゃんは、十分、女らしいよ。それに比べて私は、チビでガリで――」

「そんな事ない。花は三姉妹の中で一番女らしいよ」

早紀がふたたび花を抱き寄せようとした時、エプロンのポケットに入れていたスマートフォンが鳴った。確認すると、杏一郎からメッセージが届いている。

『今晩、会えないか？』

それを見た途端、早紀の顔に自然と笑みが浮かんだ。

早紀は速攻で「会えます」と返事をする。連絡は取り合っているものの、このところ海外出張の続いている杏一郎とは、会うのがかなり久しぶりだ。

都心にある外資系ホテルを待ち合わせ場所に指定され、宿泊の予約を入れたとの追加メッセージを受け取った。宿泊なら部屋で二人きりになれるし、ゆっくり話す事もできる。

ますます口元がほころび、頬が緩む。腕をトントンと突かれて横を向くと、花がニコニコした顔でこちらを見つめている。

「早紀お姉ちゃん、いい事でもあったの？」

「うん、まあね」

「そっか、よかったね」

まるで自分の事のように喜んでくれる花を見て、早紀は余計に嬉しくなる。

そうだ——嬉しかったら素直に喜べばいいし、悲しかったら相手にそう伝えればいいのだ。

「花、ありがとう！　お姉ちゃん、頑張るからね！」

早紀は花を胸に抱き寄せて、喜びを表現した。

「むぐっ……うん、早紀お姉ちゃん。頑張って〜」

花がそう言って早紀の腰をポンポンと叩く。

夕方になり、客足が落ち着いてきたところで、恵がキッチンから顔を出した。

「早紀、今夜は約束があるんでしょ？　もういいから、行きなさい」

姉のまどか以外に、早紀はまだ杏一郎と復縁した事を伝えられずにいた。若干心苦しく思いながらも、恵には急遽(きゅうきょ)モデル仲間と泊まりがけの女子会を開く事になったと伝えている。

花と恵に言われ、早紀は閉店前に帰宅して自室に駆け込んだ。メイクを直しながら、鏡に映る自分に向かってにっこりと微笑んでみせる。

どんな事があろうと、今心にある気持ちは揺るがない——自分の胸の内を再確認して、早紀は足早に杏一郎が待つホテルへと向かうのだった。

時計の針が午後七時四十五分を示す頃、早紀は東京駅に降り立ち、歩いてすぐのホテルを目指した。久々のデートだから、今日は特に念を入れて着ていく洋服を選び、ヘアスタイルを整えた。

選んだのはスモーキーピンクのノースリーブのニットアップと白のパンプス。

髪の毛は結ばずに緩く巻き、肩にショールを巻いて肌の露出を抑えた。

ホテルに入りフロントで名前を言うと、ベルボーイが荷物を持って部屋まで案内してくれた。

館内は思いのほか天井が高く、外の喧騒(けんそう)が嘘のように静かで、落ち着いた雰囲気に包まれている。

それに、すれ違う利用客はほとんどが外国の人で日本人をあまり見かけない。

(そっか。都心のホテルなんて、って思ったけど、こんなところのほうが人目につかないんだな)

きっと杏一郎はそれがわかった上で、ここで待ち合わせをすると決めたのだろう。

感心しつつ廊下を歩き、エレベーターに乗り込む。

部屋に着き、館内の施設や部屋の設備を説明されたあと、ようやく一人になった。

早紀は部屋の広さや、用意されているウェルカムスイーツなどのサービスに目を丸くする。

「こんなのはじめて……接客は丁寧だし、さすがラグジュアリーなホテルって感じ」

部屋は思いのほか広々としており、ベッドルームの他に応接セットやデスクが置かれリビングルームがある。

各部屋が独立しているから、ちょっとしたミーティングや接待も可能だろう。

(杏一郎さん、もしかしてここの常連なのかな)

ひとしきり部屋の中を見て回り、窓辺に近づいていく。

部屋は角部屋になっており、二面に渡るガラス窓から見える景色は当然ビルばかりだ。

しかし、その景観はここでしか見られない特別感があり、窓からは、東京駅を発着するさまざまな路線の電車が一望できる。もちろん、防音は完璧で外の音はまったく聞こえない。

(こんなところがあるなんて知らなかった！　これ、電車好きの子供が見たらぜったいに大喜びする景色だよね)

早紀の頭の中に、ふと姉の子供達や友達が産んだ赤ちゃんの顔が思い浮かんだ。

その顔に、はじめて会った時の斗真の顔が重なる。

彼の幸せと自分の幸せ――この二つが同時に叶うミラクルが起こればいいのに……

「はぁ……」

早紀は、大きくため息を吐いた。

これぱっかりはどうにも八方塞がりと言うしかない。

それに、斗真の言った「母なら父と同じ目線で仕事をサポートできるし」という言葉が、早紀の胸に暗い影を落としていた。

確かに七海には自分で会社を興し成功を収める手腕がある。その上、美しさと社交性も兼ね備えていた。彼女なら斗真が言うような役割を立派に果たせるだろう。

それに比べて、自分はモデルとしてまだまだだし、今だって迷い、周りに支えられながらようやく前に進んでいる状態だ。何かあった時、サポートどころか足手まといになる可能性だってある。

そんなふうに考えているうちに、気分がどんどん落ち込んできた。

「せっかく昼間、花から元気をもらったのに……」

早紀がもう一度ため息を吐いた時、部屋のドアが開く音が聞こえた。

ガラス窓に映る自分をさっとチェックし、洋服の皺を伸ばす。

足音が一歩近づいてくるごとに胸のドキドキが増していく。

「早紀」

杏一郎が微笑み、早紀に近づきながら両手を差し出してきた。

「杏一郎さん」

早紀は表情を明るくして、一歩前に出た。けれど、すぐに立ち止まって彼の顔を見つめたまま固まってしまう。

「早紀……どうした？　この間、撮影自体はすごくよかったが、なんだか様子がおかしかったから気になっていたんだ」

杏一郎が大股で近づいてきて、早紀を腕の中に抱き込んだ。そして、膝を折って早紀と目線を合わせ、心配そうな顔で訊ねてくる。

「今だって、そうだ。すごく思い詰めたような顔をして……何かあったのか？　もしかして、また斗真に何か言われたのか？」

優しく気遣われ、早紀は嬉しさに胸が詰まった。しかし、何をどう伝えていいのかわからないまま杏一郎を見つめる。何か言わなくてはと口を開いては、結局、また視線を下げて口を閉じた。

「早紀」

杏一郎が早紀を強く抱き寄せて、こめかみに唇を寄せた。

「一体何があった？　俺のせいで、また早紀を傷つけたり苦しめたりしているんじゃ――」

「そ、そんな事ないです。私は……こうして杏一郎さんと会えるだけで、すごく嬉しいし……何も傷ついたりなんて……」

そう話す早紀の声が微かに震えた。早紀の目を覗き込む杏一郎が、いっそう気遣わしげな表情を浮かべた。

そんな彼の顔を見て、早紀は自分が杏一郎に心配ばかりかけ、なんの役にも立っていない事を痛感する。ただでさえ仕事で神経をすり減らしている彼に、プライベートでまで負担をかけたくない。

そう思った早紀は、彼の腰にそっと手を回し、口元に笑みを浮かべた。

「そういえば……出張、どうでしたか？」

気持ちを奮い立たせ、顔を上げて杏一郎を見る。

「ミラノ経由でパリでしたよね。パリコレって動画でしか見た事がないですけど、私もいつか、パリコレのランウェイを歩けるようなモデルになりたいな……なぁんて――」

「早紀」

杏一郎が早紀を強く抱きしめて、頭の上に頬ずりする。

「何か気にかかる事があるなら、言ってくれ。俺は早紀が大切なんだ。だから、早紀がつらそうにしているのを見過ごす訳にはいかない。俺の事を気遣ってくれているのはわかってる。だけど、もう無理はしないでくれ」

ゆっくりとした優しい声が、早紀のこわばった心をほぐしていく。そうだった——昼間、花からは元気だけでなく、素直に感情を伝える事も学んだのだった。

早紀は顔を上げ、言葉を選びながら心に引っかかっている事を口にする。

「実はこの間、斗真くんから杏一郎さんと七海さんと一緒に温泉旅行に行ったって聞いて……」

早紀を見る杏一郎が、軽く頷く。

「ああ、子供の日はもともと斗真のために空(あ)けておいたんだが、急に温泉旅行に行きたいって言い出してね。連休中だし、ダメもとで知り合いの旅館に問い合わせたら、たまたまキャンセルが出て予約が取れたんだ」

そう話す杏一郎の口調は、特に何も隠し立てをする様子などない。彼は早紀が話を続けるのを待っている様子だ。それを見て、早紀はためらいつつも一番気にかかっている事を訊(たず)ねてみる事にした。

「その日の夜に、杏一郎さんと七海さんが夜遅くまで話し込んで、そのまま斗真くんとは別の部屋で布団を並べて寝たって言われて……」

そこまで言って黙り込む早紀を見て、杏一郎が驚きの表情を浮かべる。

「俺と七海さんが？　確かに夜遅くまで話し込んでいたが、七海さんは斗真と同じ部屋で寝たし、俺は一人で寝たよ。斗真は朝遅くまで寝てたから、勘違いをしたんだろう」

杏一郎が言うには、部屋で朝食を取る予定だったため、自分と七海の布団だけは先に畳んでしまったらしい。

そうとわかり、早紀は胸につかえていたものの一片が取れたように感じた。

「そうだったんですね。じゃあ、夜遅くまで話し込んでたっていうのは――」

「斗真の事や、友介の事……昔話をいろいろとね。……早紀、もしかして俺と七海さんの間を気にしてたのか？　もしそうなら、そんな心配はまったくいらない。俺にとって、彼女は斗真の母親でありビジネスパートナーだ。それ以上でも以下でもないし、ましてや彼女とどうにかなるなんてあり得ない」

「ほんと……ですか？」

「もちろんだ」

きっぱりと返事をした杏一郎が、やや困ったような顔をする。

「俺は七海さんを女性として見た事はない。だからこそ、斗真が三人で温泉旅行に行きたいと言った時も、まったく躊躇なんかしなかった。だが、斗真からそんなふうに聞かされたら心配になるのも無理はない。ごめん、早紀。俺が早紀にちゃんと話していなかったのが悪かった」

杏一郎に謝られ、早紀はあわてて首を横に振った。

「いえ、私のほうこそ杏一郎さんを疑うような事を言ってしまって……」

「いや、俺が悪い。いくら斗真がいて何事もなかったとはいえ、早紀にしてみればいい気はしないよな。俺とした事が、迂闊だった」

早紀を抱きしめる杏一郎の腕がこわばり、眉間に薄っすらと縦皺が寄る。

「もし逆の立場なら、俺だって早紀と同じように疑ったと思う。それどころか、根拠のない嫉妬に駆られて早紀を問い詰めるかもしれない。……本当に悪かった。俺が愛してるのは早紀だけだ。早紀を裏切るような真似はぜったいにしないし、できない」

そう話す唇が近づいてきて、早紀は自然と目を閉じた。二人の唇が合わさり、舌先がほんの少し絡み合う。

杏一郎と七海は、何もなかった。彼がわざわざ話さなかったのは、隠していた訳でもなんでもなく、彼女との旅行を特別なものだと思っていなかったからなのだ。

早紀は心から安堵して、改めて杏一郎の身体にしっかりと腕を絡めた。唇が離れ、杏一郎とともに窓際のソファに座った。夜景を見ながら、身を寄せてキスをする。

杏一郎の温もりを感じて、早紀はゆったりとした微笑みを浮かべた。

「七海さんはどうやら今回の帰国を機に、斗真と同居を考えているみたいだ。もし斗真が今後も俺と早紀の仲を認められないなら、その方向で考えてみてもいいと思う。そうなると、親権も七海さんに戻したほうがいいだろうな」

「でも、斗真くんの意向は……」

斗真はあくまでも三人で暮らす事を望んでいる。しかも、息子のために生きようと決めた七海まで、それを願うような発言をしているのだ。

「むろん、それを考えた上で進める話だ。斗真の事は大事に思ってる。だが俺は、もう二度と早紀を傷つけたくない。ただでさえ苦しめてきたのに、これ以上早紀に悲しい思いをさせる訳にはいかないんだ」

杏一郎が悩ましげな顔をして早紀を見る。その顔を見れば、彼がどれほど心を砕いてくれているかがわかった。

それだけでも十分すぎるほど嬉しい。その一方で、自分のせいで杏一郎と斗真との関係を壊してしまうのではないかと不安に思ったりもする。斗真だって、いろいろと苦労をして、やっと今落ち着いた生活ができているのだ。

一体、どうしたら皆が幸せになれるのだろう……

早紀は無理矢理笑みを浮かべた。そうしなければ、気持ちがどんどん落ち込んでいってしまいそうだったからだ。

「斗真くん、杏一郎さんの事を本当の父親よりも大切な存在だって言ってました……だから、私に邪魔をしないでって……大切な自分の家族を守りたいと思うのは当然だと思います。私なら大丈夫です。杏一郎さんがそんなふうに私の事を想ってくれてるのがわかったから、もう大丈夫。……たまに不安になったりするかもしれませんけど、もうぜったいに杏一郎さんから離れないって決めてるから平気です」

そう言って、にっこりすると、杏一郎が痛いほど強く早紀を抱きしめてきた。

「早紀、愛してる……。俺だって、もうぜったいに早紀から離れない。これからは、今まで以上に早紀の気持ちを考えるし、もっとわかりやすく早紀への想いを伝える」

杏一郎がそう言うなり、ふたたび唇を合わせてきた。すぐに舌が絡み合い、キスが激しくなる。息が上がり身体中が火照(ほて)ってきた時、杏一郎が早紀を腕に抱え上げた。そのままベッドまで連れて行かれ、二人して倒れ込むように横たわりキスを続ける。

彼の唇が早紀の顔の至るところにキスをし、そのたびに優しく微笑んで「愛してる」と囁かれた。

「私も……私も愛してます。杏一郎さん……もっとキスして……身体中に、いっぱい……あんっ！」

杏一郎の掌が、早紀の左乳房を包み込んだ。

彼の指がニットアップの裾を下着ごと捲り上げる。胸元があらわになり、デコルテにチュッと吸いつかれた。

「スケジュールに変更はないか？」

「は……い、ないです……」

モデルという職業柄、安易にキスマークなどをつける訳にはいかない。

彼が普段目立つところを強く吸わないのは、そんな理由があるからだ。事前に知らせてあったスケジュールでは、今後一週間はハーフトップなどの露出度が高い洋服を着ての撮影は入っていない。

杏一郎が軽く頷き、着ているものを一気に脱いでベッドの外に放り投げる。

早紀は優美で逞しい彼の裸体に見惚れた。そうしているうちに、杏一郎が早紀のニットアップを脱がせ、すばやくランジェリーを剥ぎ取る。

丸裸にされてすぐに乳房にキスをされ、反対側の乳先を指で捏ねられながらあちこちに強く吸いつかれる。

「あぁんっ！　あんっ……あ……ふ……」

チクチクとした甘い痛みを感じて、早紀は唇を噛んで上体を反らせた。下腹の奥に熱が宿り、肌が熱く火照(ほて)る。

左右の乳房をまんべんなく吸われたあと、キスが少しずつ腰のほうに下りていく。

あばら骨を辿(たど)るように舌を這(は)わされ、身をくねらせて声を上げる。

腰骨の上を経由して、杏一郎の唇が早紀の左太ももの上を滑った。ふいに大きく脚を広げられ、恥ずかしさに一瞬呼吸が止まる。

そのまま息を潜(ひそ)めていると、彼が太ももの内側に音を立ててキスをしはじめる。

繰り返し聞こえてくるリップ音が早紀の聴覚を刺激し、太ももに力が入った。左右の膝を立てさせられ、ふくらはぎを甘噛みされる。

「ひっ……」

自然と腰が浮き、我慢できず小さな嬌声(きょうせい)を上げる。右足を掌(てのひら)で持ち上げられ、つま先にキスをされた。

「ダ……ダメッ……」

足を引っ込めようとするも、杏一郎の手がそれを許さない。顔を真っ赤にして彼のほうを見ると、強い視線で見つめ返され目が離せなくなる。

つま先を軽く歯でこそげられ、反射的に強く足を引いた。

「身体中に、いっぱいキスをしてと言ったのは誰だったかな？」

早紀を見る杏一郎の左眉が吊り上がり、たまらなくセクシーな顔で見つめられる。これ以上の抵抗を封じられた早紀は、観念したように身体から力を抜いた。

「いい子だ」

魅惑的に微笑まれ、引き続き足を愛撫される。今までにない快感が生まれ、頭の芯がじんわりと痺れてきた。舌がくるぶしに移り、アキレス腱を辿りつつふくらはぎに軽く噛みつかれる。

甘えたような声が漏れ、早紀は瞳を潤ませながら唇を噛む。太ももの内側を這う彼の指先を追うように、キスが早紀の肌をしっとりと濡らしていく。

「きょ……いちろうさんっ……」

身体が熱く火照り、じっとしていられなくなる。

早紀は上体を起こして杏一郎のほうに手を伸ばした。早紀の意図を察した杏一郎が、眉尻を下げて口元に笑みを浮かべる。

「もう挿れてほしくなった？　まだ下半身しかキスできてないのに？」

あからさまに問われ、早紀の顔が真っ赤になる。けれど、それを否定できないくらい、強く彼を欲していた。

「はい……」

早紀は小さく返事をして、さらに杏一郎のほうに手を伸ばした。

彼は、ほんの少し思案したあと、おもむろに起き上がって早紀の上に覆いかぶさった。そして、微笑みながら早紀の乳房を捏ね回し、乳先を指の間で締め付けてくる。

「あっ……あんっ……！」

身体中が敏感になっている今、それだけでも震えるほど感じてしまう。

唇を重ねられ、舌で口の中を愛撫される。そうする間も、彼は乳先を強く摘まんだり乳房を淫らに揉み込んでは早紀を啼かせてきた。

杏一郎の手が早紀の太ももの間に移り、閉じた花房の間に分け入ってくる。指を縦方向に動かされ、突起した花芽の上をコリコリといたぶられた。

「きょ……あっ……あああんっ！」

早紀は身体を仰け反らせて声を上げ、シーツをきつく掴んだ。

キスが首筋を通って乳房に移動し、乳先を歯でこそげられる。そのままかぶりつくように胸を食まれ、存分に舌で舐め回された。

「あ……ああ……っ……」

呼吸が途切れ、身体が宙に浮いたようになった。頭の中で眩い光が弾け飛び、次の瞬間にがっくりと脱力する。もしかすると、少しの間意識が飛んでいたのかもしれない。

気がつけば、浮き上がった背中を杏一郎に支えてもらっていた。彼は早紀の身体の上に、ゆっくりとのしかかると、避妊具を着けた屹立を蜜窟の入り口に擦りつけてくる。たっぷりと焦らされたあげく、キスと愛撫だけで達してしまった。

早紀が思わず唇を尖らせていると、杏一郎がふっと笑い声を漏らした。

「早紀のそんなふうに拗ねている顔が、ものすごく好きだ。だから、つい意地悪をしたくなる」

言われてみれば、彼は以前から早紀が唇を尖らせるほど焦らす事があった。さっきも、一人で昇りつめてしまうほど焦らされた。

早紀は恥ずかしいやら、そんな杏一郎がたまらなく愛おしいやらで、のぼせたように胸元まで真っ赤になる。

「じゃあ、もう尖らせませんっ」

やっとの事でそう言ってそっぽを向くも、すぐさまキスで唇を塞がれる。クスクスと笑いながらも、杏一郎が早紀の両脚を腕に抱え上げ、秘裂を上向けてきた。

「あ……」

つい声を上げて期待している事を知らせてしまい、また唇を尖らせてしまいそうになる。けれど、そうする暇もなく秘裂を切っ先で撫でられ、蜜に濡れた屹立を一気に深々と埋め込まれた。

早紀は声にならない叫び声を上げ、杏一郎の背中に腕を巻きつかせる。屹立の先が最奥を突いた。続けざまに強く腰を振られ、蜜窟の中がギュッと引き攣る。

「ああっ！　あああああ……あああんっ！」

屹立を包み込む蜜壁が潤み、じゅぷじゅぷと淫らな音を立てる。

早紀は杏一郎にしがみつき、掠れた嬌声を上げた。中を縦横に突かれ、かつて彼によって暴かれた快楽の膨らみを硬く反った括れで愛撫される。

朦朧となる意識の中、早紀は瞬きをして杏一郎を見た。彼は早紀の反応に満足したような表情を浮かべ、なおも腰を動かし早紀を快楽の海に沈ませようとする。

その顔を見る早紀の蜜窟が繰り返し収縮する。

もっと淫らに乱れたい――

早紀は杏一郎に向かって手を伸ばし、彼の腰の上で両方の踵を交差させた。

「……して……。もっとして……」

早紀が掠れた声でねだると、杏一郎が口元に微かな微笑みを浮かべた。

彼は早紀を抱き寄せ、唇を合わせると同時に激しく腰を動かしはじめる。

「んっ……んっ！　んん……！」

卑猥な水音と肌と肌がぶつかる音が部屋中に響き、杏一郎の額にうっすらと汗が滲む。

早紀は彼の背中に腕を回し、これ以上ないというくらい肌を密着させた。自在に動く杏一郎の腰が、休む事なく早紀の中を突き、蜜を掻き出していく。

耳のうしろにキスをされ、全身が粟立った。

途端に目の前が白くなり、身体がガクガクと震え宙に放り出されたような感覚に陥る。

それと同時に、早紀の中で杏一郎の屹立が爆ぜた。

身体から力が抜け、掌が杏一郎の背中から滑り落ちる。

彼がわずかに腰を引いた。早紀は荒い息を吐きながら、二人が繋がっている部分に視線を移す。

そこはもうすっかり蜜にまみれており、ふっくらとした花房を押し広げるようにして屹立が早紀の中に埋め込まれているのが見えた。

杏一郎に凌駕され、穿たれている自分を目の当たりにして、早紀は恍惚となってしまう。

「今夜は早紀をたっぷりと愛してあげるよ。覚悟はいいか？」

飢えた獅子の目をした杏一郎が、微笑みながら早紀を見つめてくる。

早紀は呆けたようになりながら首を縦に振った。そして、杏一郎の愛情に身も心も翻弄されながら、のしかかってくる彼の背中にきつく腕を巻きつかせるのだった。

◇　◇　◇

早紀と都内のホテルで一夜を過ごした次の日。

杏一郎は自宅のリビングで、パリコレに関する資料を眺めていた。

午後八時を過ぎた頃、斗真が外出先から帰ってくる。彼は「ただいま」と言いながら自室に向かい、荷物を置いてからリビングに顔を出した。

「おかえり」

杏一郎が言うと、斗真はもう一度「ただいま」と言ったあと、すぐバスルームに向かった。

現在中学三年生の彼は、高校受験を控え連日のように駅前の学習塾に通っている。

(一度、斗真と話をしないとな……)

だが、ここのところ極力杏一郎と顔を合わせるのを避け、すぐに自室に引きこもってしまいがちな斗真だ。話があるそぶりを見せた途端、風呂から上がるなり部屋に直行してしまうだろう。

できる限り斗真の気持ちを考えてやりたいのは山々だが、七海まで巻き込んで早紀との仲を裂こうとしたと聞いたからには、もうはっきりと自分の気持ちを伝えざるを得ない。

杏一郎は座っていたソファから立ち上がると、心を決めて斗真のもとへ向かった。

脱衣所の手前にある洗面所のドアを開ける。バスルームのドアをノックすると、バシャバシャという湯の音と混じって斗真が「何？」と訊ねてきた。

「入浴中に悪いな。斗真、お前と少し男同士の話がしたい」

しばらくの沈黙のあと、斗真が「わかった」と返事をする。

「じゃあ、リビングで待ってる」

杏一郎は、そう言うとドアの外に出て、いったんリビングに戻った。もう一度資料に目を通し、時計を見て十五分後に再度洗面所に向かう。ドアの外で待っていると、中から微かに物音が聞こえる。おそらく、斗真はもう風呂から上がって脱衣所にいる。

いつもならドライヤーを使う音が聞こえてくるのに、今日はやけに静かだ。

そう思っていると洗面所のドアがゆっくりと開き、中からひょっこりと斗真が顔を出した。

「待ってたぞ」

「わっ！」

杏一郎が声をかけるなり、斗真が驚いて大声を上げる。どうやらドライヤーをかけないまま、こっそり自室に直行しようとしていたみたいだ。

杏一郎は斗真を連れて再度洗面所に入り、ドライヤーで彼の髪の毛を乾かしはじめる。

鏡の中で、チラチラと目が合ううちに、斗真が諦めたような表情を浮かべた。観念した様子の彼は、杏一郎とともにリビングのL字型ソファの角に腰を下ろし、向かい合わせになった。

「受験を控えてる大切な時に、悪いな。だが、もういい加減話すのを先延ばしにするのは、お互いのためによくないと思ったんだ」

杏一郎がゆっくりとした口調で話しはじめると、斗真が小さく頷いてパジャマの膝を握りしめる。

「……お父さんの話、聞かなくても大体わかってる」

斗真が顔を上げて、杏一郎の目を見た。

「そうか。でも、きちんと言わせてくれ。俺は桜井早紀さんと、また付き合いはじめた」

それを聞いた斗真が、身を硬くして膝に置いた拳を握りしめた。

杏一郎は彼の様子に気を配りながら、お互いに真剣に相手の事を考えており、ゆくゆくは結婚したいと思っていると説明する。

「俺は、お前の事を大事に思ってる。それは早紀も同じだ。彼女は、斗真に納得してもらえるまで、ちゃんと話し合いたいと言ってくれた」

斗真の頬がピクリと震え、複雑な表情を浮かべた。

「俺も早紀も、斗真の気持ちを大事にしたいと思ってる。どうしたらみんなにとって一番いいか、きちんと話し合いたい」

杏一郎の話を黙って聞いていた斗真が、ふいに唇を噛みしめて腰を浮かせた。

「僕の気持ちを大事にしたい？　だったら早紀さんと別れてよ！　今すぐ別れて、僕と新しい家族を作ってよ！」

斗真が杏一郎の腕を掴み、ぐらぐらと揺する。

「新しい家族？」

「そうだよ！　僕とお父さんとお母さんの三人で新しく家族を作ろうよ。結婚なら、お母さんとすればいい。そしたら三人で一緒に住めるし、僕はずっとお父さんとお母さんと一緒にいられる。ねぇ、そうしようよ」

斗真のすがるような顔つきを見つめながら、杏一郎は断腸の思いで首を横に振った。

「斗真、それは無理だ。俺が愛しているのは早紀であって、七海さんじゃない」

「いやだ！」

杏一郎の腕をいっそう強く掴みながら、斗真が激しくかぶりを振る。

「僕は、ずっとお父さんと一緒にいたいんだ！　それに、お母さんとも……。今なら、三人で一緒に暮らせるのに、どうして？　なんでだよ……早紀さんのどこがそんなにいいんだよ……！」

斗真に問われ、杏一郎は彼の目を覗き込むように、ほんの少し顔を近づける。

「早紀は真面目だし、とても優しい。モデルとしても人一倍努力家だし、いつも周りに気を配って場を明るくしたり、それぞれが仕事をしやすいように雰囲気を作ったりできる人だ。実は結構な堅実派だし、人を気遣うあまりいつも自分の事があと回しになってたりする」

話を聞いている斗真が、唇を固く結んだ。同じ事務所に所属して、もう二年以上経つのだ。その表情からして、斗真にも思いあたる事があるのだろう。

「俺は四年前、一度は彼女と別れた。それは、お互いに納得しての事だ。でも、俺が一生をともにしたいと思う女性は、昔も今も彼女しかいない。この四年間でそれを思い知った」

斗真の手が、杏一郎の腕から離れた。彼は視線を下に向け、硬い表情を崩さずにいる。

「お前の事を大事に思う気持ちは変わらない。幸せになってほしいと思うし、そのためにできる事は、なんでもするつもりだ。だが、俺と彼女は、もうぜったいに別れない。その事だけは承知しておいてほしい」

「お父さんが言いたい事は、わかった。だけど、僕はやっぱり……。やっぱり、早紀さんに割り込んできてほしくないよ……！　僕がそばにいて一緒に暮らしてほしいのは、お父さんとお母さんなんだ！」

斗真が立ち上がり、もうこれ以上話は聞きたくないというふうにもう一度首を横に振った。

「ごめん、勉強があるからもう部屋に行くよ」

「そうか。あまり遅くまで起きているなよ」

「うん」

杏一郎は立ち上がり、斗真の肩をそっと抱き寄せた。彼は杏一郎の胸に額をすり寄せたあと、視線を合わせないままリビングを出て行く。

まだ子供らしさが残る背中を見送りながら、杏一郎は皆が幸せになれる道を見つけたいと、心から願うのだった。


次の週の火曜日、「長峰エージェンシー」にルウがやって来た。

今日は早紀をはじめ、スケジュールが空いている者が新しく宣材写真を撮る日だ。

ルウの腕を見込んだ長峰が、正式に彼へオファーをして、ヘアメイクを担当してくれるよう依頼したのだ。

彼は大柄で、モデルさながらのプロポーションの良さと美貌を誇っている。

過去何度か長峰がモデルとしてスカウトしようとしたが、けんもホロロに断られたと聞いた。

早紀はルウのために用意したアイスティーを持ってヘアメイク用に用意された部屋に向かった。

ノックして中に入ると、すぐに手招きをされて肘で腕を突かれる。

「ちょっと、一昨日たまたま行ったイベントで偶然加瀬社長に会ったわよ。挨拶ついでに、軽く早紀の話を持ち出してみたんだけど、彼ったらにっこり笑って機嫌いいったらなかったわ。ほら、白状しなさいよ。杏一郎さんとラブラブで困るくらいだって」

「ラ、ラブラブ……って、まあ、そうなんだけど。痛っ！」

ルウに腕をつねられ、早紀は大袈裟に痛がって顔をしかめた。

「じゃあ、あとはもう結婚に向けてまっしぐらってとこね。その時のヘアメイクは私にさせてくれないと怒るからね」

宣材写真用のヘアメイクに取り掛かりながら、鏡越しにルウが早紀を睨んでくる。

そう言われた早紀は、ふいに黙り込んで笑顔を曇らせた。

「……そう簡単には、いかないかもしれない――」

早紀は、七海が斗真のために杏一郎と一緒になろうと考えていると明かした。そして、斗真もそれを望んでおり、つい先日、彼から直接、自分達の邪魔をしないでほしいと言われたと話した。それを聞くなり、ルウが目を剝いて両手をバタバタと横に振る。

「ダメッ！　それはぜったいにダメだから！」

「わかってる。だけど、二人の気持ちもわかるのよね……。それに、もしそうなれば、斗真くんにとっての最高の家族ができる訳だし――」

杏一郎とホテルで話してからというもの、早紀はさまざまな可能性について考え続けている。

むろん、もう二度と彼と離れない。その上で、斗真や七海の気持ちを思い、どうにか四人が幸せになる方法を模索していた。

「ちょっと早紀！　あんたの優しいところとか気遣いができるところは長所だけど、今回ばかりは自分の幸せを一番に考えてよ。斗真くんをないがしろにしろとは言わない。だけど、考え方を変えれば、彼にはもう七海さんがいるの。四年前とは違うのよ。もう、誰かのために自分を犠牲にするのはやめて。これまで我慢した分、今度こそ幸せにならなきゃ……！」

ルウが声を絞り出すようにして、そう言った。彼の顔には、いつになく真剣な表情が浮かんでいる。彼はそのあとも、早紀に自分の想いを第一に考えろと言い続けてくれた。

ルウの愛ある説教を聞くうちに、早紀の表情がだんだんと明るくなっていった。

「ありがとう、ルウ。おかげで元気出たし、気分も上がってきた」

「よかった。じゃあ、撮影頑張って。何かあったらすぐに連絡しなさいよ」

ルウに見送られ、早紀は部屋を出て撮影用の洋服が置いてある衣装部屋に向かった。

部屋に入ると、自分用に用意してあった洋服を持ってフィッテングスペースに向かう。

部屋の壁際には同じようなスペースが五つ並んでおり、それぞれにロッカーがついていて四桁の番号を設定して施錠もできるようになっている。

準備を終え、早紀はカメラマンが待つ部屋に行って滞りなく撮影を終わらせた。

「早紀ちゃん、ちょっと――」

着替えをしようと衣裳部屋に向かう途中、真子に呼ばれて今後のスケジュール調整をする。

それを終えて廊下を歩いていると、ヘアメイクをするためにやってきた斗真とすれ違った。

「おはようございます」

挨拶をされ「おはよう」と返す。

「早紀さん、今日はもう終わりですか？」

「うん、着替えたらもう帰る」

「そうですか。お疲れさまでした」

いつも不愛想な斗真が、今日に限っては立ち止まって自分から話しかけてきた。その上、正面からまじまじと早紀を見つめてくる。

「な……何？　何か顔についてる？」

早紀が訊ねると、斗真は「いいえ」と言って首を横に振った。そして、なおも早紀の顔を見て何かしら言いたそうな表情を浮かべる。しかし、結局は無言のまま視線を逸らし、そのまま歩み去ってしまった。

（斗真くん……どうしたんだろう。やっぱり、杏一郎さんとの話のせいかな……）

昨夜、杏一郎から、斗真に自分の気持ちをはっきり伝えたとＳＮＳに連絡があった。

早紀の気持ちを考えて行動してくれた杏一郎を嬉しく思う反面、斗真の気持ちが気にかかる。両親と暮らす幸せな生活が叶わないと知った斗真の心中を考えると胸が痛い。

早紀は小さくため息を吐きながら、衣裳部屋のドアを開ける。

フィッティングルームの中に入り、四桁の暗証番号にダイアルを合わせロッカーを開けた。

私服に着替え、ハンガーにかけていた革の小袋を手に取る。

「あれ？」

持ってすぐに違和感を覚え、あわてて中を確認した。確かにそこに入れたはずのチェーンに通した婚約指輪がない。

「えっ……ない……指輪……どうして？」

早紀は小袋の中を何度も見返し、ロッカーの中やドアの周りを必死になって捜した。けれど、いくら捜しても指輪は見つからない。頭の中はもうすっかりパニックで、早紀は何度もロッカーの中や周辺を捜し回った。洋服のポケットや空（あ）いている別のロッカーの中や上まで見たけれど、やはりどこにも指輪はない。

今一度部屋中を見て回り、最後は部屋の入り口に向かうまでの道筋を這（は）うようにして捜した。念のためロッカー室の前の廊下まで目を皿のようにして捜し回る。しかし、結局見つからないままロッカー室の床にへたり込んだ。

（なんで……？　指輪、どこに行ったの……）

これだけ捜してもないなんて――まさか、泥棒に盗まれた？

けれど、ここは事務所でありそれは考えにくい。それからすぐにモデル仲間がやって来て、何かしら早紀に話しかけてきた。

早紀はほとんど上の空で返事をしながら、なおもあちこちに視線を巡らせる。仲間達が去ったあと、早紀は諦めきれずに再度指輪を捜してふらふらと部屋中を歩き回った。

それでもやはり、指輪は見つからない。

世界にひとつだけの、杏一郎との愛の証。その大切な指輪が消えてしまった——

早紀は茫然自失となったまま、長い間ロッカー室に座り続けるのだった。


指輪をなくしてからの早紀は、常にその事が頭の隅にあって心ここにあらずといった日々が続いている。幸いと言っていいのか、モデルとしての仕事はあれから三日間休みだった。

早紀は、その間事務所で雑務をこなしつつ、引き続き指輪を捜し続けた。しかし、指輪は一向に見つからない。

撮影中、ロッカーには鍵がかかっていたし、暗証番号は誰にも教えていない。

そんな状態で、一体なぜ？

困り果てた早紀は、真子にだけ、仕事の間に「大事な指輪」がなくなった事を相談した。

長年早紀のマネージャーを務めてくれている真子だ。彼女は早紀が言う事をしっかりと受け止め、自ら入念にロッカーを調べたあと、指輪の拾得物がないかそれとなく聞いて回ってくれている。

早紀も引き続き指輪を捜しているが、どうしても見つからない。

指輪をなくしてからはじめて迎える金曜日の夜、早紀は事務所の仕事を終えてとぼとぼと駅への道を歩いていた。

『これだけ捜して見つからないって事は、誰かに拾われたか、意図的に持ち去られた可能性がある』

今日の夕方、真子にそう言われた。

早紀もそう考えなくはなかったが、ロッカーはきちんと施錠されていたし、無理にこじ開けたような形跡もなかった。暗証番号も、簡単な数字の羅列でもなければ自分の誕生日でもない。

(まさか、誰かが番号を設定するのを見てた？)

事務所のスタッフやモデル仲間を疑いたくはない。けれど、鍵のかかったロッカーから勝手に指輪がなくなるはずもなく、そう考えざるを得なくなってきた。

その時ふと、あの日廊下ですれ違った斗真の顔が思い浮かぶ。

廊下の向こうには衣裳部屋があり、彼はあの時すでに着替えを済ませていた。

(もしかして、斗真くんが……？)

そう思うなり、早紀はその可能性を否定した。

いくら嫌われていようと、彼がそんな事をするとは思えないし、思いたくない。

その一方で、依然として指輪が見つからない事態を重く見た真子が、今回の件を重大なトラブルとして長峰に報告をしていいかと訊ねてきた。

しかし、早紀はまだ杏一郎に指輪をなくしたと伝えられていない。

早紀は、万が一長峰経由でそれが杏一郎に知られてしまうのを恐れて、もうしばらくは黙っていてくれるよう真子に頼み込んだ。

本当に、指輪はどこにいってしまったのか……

早紀は杏一郎から連絡をもらうたびに、なくしてしまった事を伝えようとした。

しかし、なかなか決心がつかず、どう言えばいいのか考えあぐねているうちに時間が経ち、どんどん言いづらくなってしまっていた。


その週の日曜日、早紀は約束していたとおり花とともに都心まで買い物に出かけた。

普段とは明らかに様子が違う早紀を気遣って、花がことさら明るい声を出す。

「お姉ちゃんがいてくれると百人力だね。私一人じゃ、迷ったあげく一枚も買わずに帰ってきちゃいそう」

花が通っている専門学校は、自宅から自転車で行ける距離にある。そのせいか花の行動範囲は狭く、滅多に都心まで出る事はなかった。

近頃はメイクやファッションに興味が出てきたようだが、自分で買う洋服はたいてい無地で無難なものを選ぶ傾向にある。

「さ、着いたよ。ちょっとウィンドウショッピングがてらぶらつこうか。気になるお店があったら言ってね」

「うん。それにしても、すごい数の人だね」

人気の店が多く集まるこの界隈には、常に大勢の人が集まっている。行き交う人達の中には思わず振り返りたくなるほどおしゃれな人も多く、さすが繁華街といった感じだ。

はぐれないよう気をつけながら、早紀は花と連れ立って道をそぞろ歩く。

「ほら、花。あの服とかいいんじゃない？　夏っぽいし、花に似合うと思うよ」

早紀はショウウィンドウの中のマネキンを指さした。

それは、ガーリーなシフォンワンピースで、レトロ調の花模様が可愛らしい品だ。

「ええ……確かに夏っぽいけど、私に似合うかな？」

「似合うよ。私が保証する。せっかくだから、ちょっと試着してみようよ」

花の手を引いて店内に入り、店員に試着の許可をもらう。フィッティングルームの中に入る花を見送った早紀は、また指輪の事を考えてしまう。

（本当に、どこにいっちゃったんだろう……）

市販されている品ならまだしも、あれは世界に二つとない指輪だ。考えれば考えるほど、なくしてしまった事実が早紀の心にずっしりと重くのしかかってくる。

あの日事務所にいたメンバーは、大体把握できていた。早紀の気持ちを汲んで指輪の紛失について黙ってくれている真子だが、何かあった時のためにと情報を集めているらしい。

早紀としては、やはり仲間を疑いたくないという気持ちがある。けれども、それと同じくらい指輪を見つけ出したいと思っていた。

真子によると、紛失した時間帯に衣装部屋に出入りする必要があった人の数は、かなり絞られるらしい。そして、早紀の頭に真っ先に思い浮かぶ顔は斗真だ。

あの時、早紀が設定したロッカーの暗証番号は、杏一郎の誕生日だった。

もし誰かが鍵を開けたとして、その四桁を思いつく人物は斗真しかいない。

（疑いたくない……だけど、あの時の斗真くん……どこかいつもと違ってた……）

そこまで考えて、早紀は軽く頭を振る。

（証拠もないのに、疑うなんてよくない！）

早紀は、小さくため息を吐いた。指輪をなくしたショックは、思った以上に早紀の心に重くのしかかっている。

二人の愛と未来を象徴する存在でもあった指輪がなくなってしまった——もちろん、だからといって二人の関係がダメになる訳ではないが、罪悪感や心許なさに囚われて気分が沈み込む。

「早紀お姉ちゃん……どうかな？」

フィッティングルームから花の声が聞こえてきて、早紀はハッとしてにこやかな笑みを浮かべた。

カーテンを捲り滑るように中に入ると、花がワンピースを着て恥ずかしそうにもじもじしている。

「可愛いよ、花！　思ったとおり、すごく似合ってる」

「そ、そう？　ちょっと派手じゃないかな？」

「そんな事ない。花、お姉ちゃんがこのワンピース買ってあげる。それと、これに合わせた靴とバッグも！」

「えええ？　あ……ありがとう、早紀お姉ちゃん」

戸惑いつつも喜んでいる花をカーテンの中に残し、早紀はフィッティングルームの外に出た。

花のように、多くの人が「これは自分には似合わない」と決めつけている色やデザインがある。

しかし、洋服というものは着てみると、人によってまったく違う印象になったりするし、普段着ないデザインが案外似合ったりする事もあるのだ。

早紀自身も、モデルをやりはじめる前は、そんなふうに思い込んでいたものがたくさんあった。

ヘアスタイルやメイクもしかり。もっと言えば、人や場所だってそうだ。

「おまたせ～」

花がフィッティングルームから出てきた。早紀は花とともに店内を見て回り、ワンピースにぴったりのバッグを見つけてレジで支払いを済ませる。

「ありがとう、早紀お姉ちゃん。ふふっ、ショッピングって、やっぱり楽しいね」

無邪気に喜んでいる花を見て、早紀の顔に笑顔が戻ってくる。

その後、大きなファッションビルに入り花の靴を買い求めた。午後になりランチを取ったあと、ウィンドウショッピングを続けながらひとつ先の駅まで歩く。

「そろそろ美術館に行く時間？」

花に問われ、早紀は時間を確認する。

少し前、真子から美術館のチケットをもらった。それは早紀が日頃から好きだと言っている画家の企画展のものだった。早紀が妹とショッピングに出かけると知った真子が、それならばとチケットを譲ってくれたのだ。

「少し早いけど、もう向かおうか」

チケットは時間指定になっており、あと三十分後に入館するよう書かれている。

早紀は花とお喋(しゃべ)りを楽しみながら美術館へ向かった。

「あ。あれだね、早紀お姉ちゃん」

花が指を指した建物の壁面には、企画展の垂れ幕が下がっている。

「そう、あれ。ゆっくり歩いたからちょうどいい時間になったね」

歩きながらふと前方の交差点を見ると、左方向からやけに背の高いカップルが歩いてくるのが見えた。早紀はその二人を見るなり、花の腕を取って街路樹の陰に隠れる。

「さ、早紀お姉ちゃん？　どうかした？」

「しーっ」

花が驚いている横で、早紀は木の陰から少しだけ顔を出してカップルのほうを窺う。

（杏一郎さん――）

黒で統一されたスタイリッシュな男性は、間違いなく彼だ。

そして、その横にいるキャメル色のスーツワンピースを着た女性は、何度見直しても七海だった。

（どうしてあんなところを二人が連れ立って歩いてるの？）

「ビアンカ」のジュエリー部門を担当し、斗真の母親でもある七海。

公私ともに関わりがある二人が一緒にいたとしても、不思議はないのは理解している。

自然に寄り添って歩く姿は、ひどくお似合いに見える。二人とすれ違う人は皆、美男美女のカップルに視線を奪われている様子だ。

早紀は無意識に胸元に手をやり、そこにあるはずの指輪を探った。けれど、すぐにそれをなくした事を思い出し、言いようのない不安を感じてしまう。

二人は交差点を渡り、美術館のほうに歩いていく。もしかすると、杏一郎達も企画展を見に来たのかもしれない。

「早紀お姉ちゃん？」

再度花に呼びかけられ、早紀はようやく我に返りすぐうしろを振り返った。

「ご、ごめん、花。ちょっと知り合いに似ている人がいたもんだから……。さ、行こうか。その前にちょっとコンビニに寄らせてね」

もう一度二人を窺ってみると、やはり美術館の入り口に向かっている。

早紀は花とともに、ついさっき通り過ぎたばかりのコンビニエンスストアに立ち寄った。

適当なガムを買い、改めて美術館に向かう。入り口に杏一郎達の姿はなかった。

落ち着かない気持ちで進み、チケットをチェックしてもらって中に入る。せっかくの作品を心ここにあらずといった状態で眺めつつ、早紀は順路に従ってゆっくり進んだ。いくつかの角を曲がった時、キャメル色のスカートが壁の向こうに消えていくのが見えた。

（七海さんだ）

やはり二人はここに来ていた——そう思った時、近くにいた人の肩に軽くぶつかって足を止める。

「す、すみません」

早紀は謝りつつ、ぶつかった相手を見た。そして、こちらを振り向いた相手の顔を見て口に手を当てる。

「と、斗真くん？」

「早紀さん……こんにちは。奇遇ですね」

まさか、こんなところで彼に会うとは――

斗真も驚いた様子で早紀を見ている。

「こちらは、早紀さんの妹さんですか？」

斗真が花のほうに向き直り、この場にふさわしい声の大きさでそう訊ねてくる。

「そうよ。妹の花。花、こちら、私と同じ事務所に所属してる加瀬斗真くん」

早紀が二人をそれぞれに紹介すると、花が斗真に向かって軽く会釈する。

「はじめまして。桜井花です。姉がいつもお世話になってます」

「はじめまして。加瀬斗真です。こちらこそ、早紀さんにはいつも何かと面倒を見ていただいてます」

斗真がにっこりと微笑み、丁寧に頭を下げた。

花が斗真を近くにあるベンチに誘い、何かしら話しはじめる。さすが愛想のよさでは三姉妹一の花だ。その素直さとふんわりとした雰囲気で、早紀と斗真の間に一瞬流れたピリピリしたムードが霧散した。

早紀が二人の話す姿をそばで見守っていると、花がニコニコ顔で立ち上がり通路のほうを指さした。

「私、ちょっと失礼して手を洗ってくるね。斗真くん、じゃあまたね」

花が斗真に小さく手を振り、彼もそれに応(こた)えて会釈(えしゃく)をした。花が去り、早紀は斗真と二人きりになる。落ち着かない様子の斗真が、それでも気を取り直したように早紀に向き直った。

「そういえば、父と母を見かけませんでしたか？　三人で来たのに途中ではぐれちゃって」

早紀は一瞬言葉に詰まり、とっさに嘘をついた。

「さあ……見かけてないけど」

「そうですか。どこへ行ったのかな……。まあ、二人で回ってるのなら、それはそれでいいんですけど」

斗真が黙り込み、早紀も沈黙する。何を話していいのかわからないし、一緒にいると気まずさが増すばかりのような気がした。

「早紀さん……先日、父からあなたへの気持ちを聞かされました。だけど、僕はやっぱり二人の事は認められない。勝手な事を言ってるのは、わかってます。でも僕は、父には母と結婚してもらいたい。早紀さん、お願いです。父と別れてください」

これまでとは打って変わった懇願するような彼の口調に、早紀は戸惑いを隠せない。

よく見ると、斗真の唇が微かに震えている。早紀が返事をできずにいると、斗真が早紀に向かって深々と頭を下げた。

「……じゃ、僕はこれで――」

斗真が踵を返し、通路のほうに歩いていく。そのうしろ姿が向かう先に、キャメル色のスカートが見えた。

(あ……七海さん。杏一郎さんも――)

早紀はとっさにベンチから立ち上がり、柱の陰に身を隠した。斗真を捜していた様子の二人が、彼を真ん中にして歩き出し、やがて見えなくなる。

理想的な家族を見たような気がして、早紀は柱にもたれかかりながら胸の真ん中を押さえた。

杏一郎と愛を確かめ合い、一生をともにすると誓った。

けれど、仲睦まじそうに並んで歩く三人を見た今、自分のほうが邪魔者みたいに思えてしまう。

杏一郎を想う早紀の気持ちは、ぜったいに揺らぐ事はない。なのにふと、自分が身を引く事ですべてがうまくいくのではないかと思ってしまう。

早紀はあわてて、脳裏をかすめた考えを振り払った。

(ダメだってば、早紀！　弱気になっちゃダメ！)

早紀はベンチに座り直し、つい今しがた見た映像を頭から消そうとした。しかし、早紀の記憶にくっきりと刻まれた三人のうしろ姿は、なかなか消えてはくれなかった。

その日、早紀は自宅で何をするでもなくぼんやりとして過ごしていた。空にはどんよりとした厚い雲が広がり、今にも雨が降り出しそうだ。

昨夜はなかなか寝付けず、今朝はかなり遅い時間に起きた。あまり食欲はなかったが、ついさっき一人で遅い昼ご飯を食べたばかりだ。

「もう、いろいろあって頭がパンクしそう……」

婚約指輪はいまだ見つからず、なんの手掛かりもない。それに、斗真に言われた言葉や、先日の杏一郎達三人の姿が、今もなお早紀の心を大いに揺らしている。

早紀に杏一郎と別れてほしいと言った時の斗真は、いつもの強気な彼とはまるで違っていた。

日頃、早紀には反抗的な態度を取りがちな斗真が、唇を震わせて訴えかけ、深々と頭まで下げてきたのだ。それを思うと、早紀はいよいよ自分がどうしていいかわからなくなる。

(杏一郎さん、今頃どこで何をしているのかな……)

彼は先週の火曜日からパリに出張に出かけており、帰国は明日の予定だ。

目的は再来週行われるパリコレクションの準備のため。特に今年は、「アクアリオ」にとって創立十年目という節目を迎える年でもあり、その関係もあってかなり忙しくしているらしい。

そんな多忙な日々を送りながらも、杏一郎は欠かさず早紀に連絡をくれるし、早紀もその都度電話やメッセージを返していた。けれど、日に日に指輪をなくしたうしろめたさが大きくなってくるのも事実だ。

復縁してから約三カ月、いろいろな事がありすぎるほどあった。

今は仕事を頑張らなければいけないのに、気づけば、プライベートの悩みに気持ちが引っ張られて、集中しづらくなっている。

(このままじゃダメだ。もっとプロとしての自覚を持たないと……)

早紀の周りには、それぞれの道のプロフェッショナルがたくさんいる。

杏一郎はもとより、春日やルウ、長峰をはじめとする事務所の人達。それに、両親や姉もそうだ。

一緒にいて彼らから学ぶ事はたくさんある。職種の違いはあれども、みんな常に前向きで仕事に対して真摯だ。

それに比べて、自分はまだまだな気がする。何事にも前向きでいたいのに、すぐにいろいろ考えすぎて、動けなくなってしまう……

(せめてプライベートの問題が片づけばなぁ……なんて、私の修業が足りないだけか……)

「早紀お姉ちゃ～ん！」

早紀がドツボにはまっていると、階下から花の声が聞こえてきた。

「な～に～？」

返事をしながら階段を下り、キッチンに入ったところで、突然目の前に杏一郎が現れて仰天する。

「きょ、杏一郎さん？」

早紀が目を剥いて驚くと、杏一郎は穏やかな笑みを浮かべつつうしろにいる花を振り返った。

「案内ありがとう。じゃあ、ちょっと早紀さんをお借りします」

「はいっ、どうぞ」

軽く頭を下げた杏一郎に、花が元気よく答えた。

「ちょっ……お借りしますって――」

「さあ行こうか。先に店に寄ってご両親には許可を得てあるから」

「そ、そうですか」

店の定休日である日曜ではあるが、母の恵は朝からスイーツの試作で店にいた。父の修三(しゅうぞう)は、それを眺めながら、店でのんびりと新聞に目を通していたのだろう。

背中に手を当てられ、玄関までエスコートされる。

「で、でも……この格好じゃあ……」

早紀が今着ているのは、パイル生地(きじ)でできたサンゴ色のセットアップだ。

上下ともに部屋着としてはよくても、外に行くにはちょっと生地(きじ)がくたびれすぎている。

「大丈夫。夕方には仕事が入っているし、車でちょっとドライブに行くだけだ。外を歩く時は、これを羽織るといい」

杏一郎が持っていたロングジャケットを早紀の肩に着せかけてくれた。

そんな二人を、花が「いってらっしゃい」と手を振って見送る。玄関を出てからちらりと振り返ると、花が両手でVサインを作って微笑んでいた。

家の前の道に出て、彼に誘導されるまま車を停めてある駐車場に向かう。

「急にどうしたんですか？　帰国は明日の予定だったんじゃあ――」

「用事が早く済んだから、早く帰ってきた。ここに来たのは、スマホにいくら連絡をしても早紀が出ないからだ。自宅の電話に連絡を入れようとも思ったんだが、どうせなら直接行ったほうが早いと思ってね」

「あ……スマホ……」

早紀はポケットに入れっぱなしになっていたスマートフォンを取り出した。見ると、寝る前にマナーモードにしたままになっており、杏一郎からの着信が何件も入っている。

「すみません、ちょっと考え事をしていて、着信に気づきませんでした」

「いいよ。おかげで久しぶりに早紀のご家族にも会えたし、復縁したご挨拶（あいさつ）をするのにもいい機会だったと思ってる」

杏一郎が言うには、長々とは説明しなかったものの「ビアンカ」のモデルオーディションをきっかけに、また真剣な付き合いをはじめさせてもらったと言ったようだ。

「ご両親は、早紀の様子を見て薄々気がついていたとおっしゃってた。お二人とも『よかった』と言ってくださったよ。花さんは純粋に驚いていたな。……用事があったとはいえ、急に相談もなしに来て悪かったね」

「いいえ、むしろ、杏一郎さんだけに負担をかけてしまって、申し訳ないくらいです」

彼は報告の前に、四年前の別離について丁寧に謝罪をしたという。しかし、三人とも理解を示し、早紀が幸せそうにしているのが嬉しいと言ってくれたようだ。

それにしても、一体なんの話があるのだろう？

「あの……何かお話があるんですよね？」

早紀が言うと、杏一郎は前を向いたまま頷いた。

「ああ、実は八月に台湾で『アクアリオ』の十周年アーカイブショーを開く事になったんだ。その時に、来年三月にパリで開催される秋冬のウィメンズコレクションでの発表に先駆けて『ビアンカ』のラインナップも何点か出品する。そのショーで『ビアンカ』を着てランウェイを歩くモデルとして、早紀にも現地に同行してもらいたいと思ってる」

「えっ……ええっ？」

思いがけない杏一郎の言葉に、早紀は大口を開けたまま彼の横顔を凝視した。

「前に、パリコレのランウェイを歩くモデルになりたいと言っていただろう？　今回はパリじゃなく台湾だが、早紀には今後『ビアンカ』を世に知らしめるために、国内だけじゃなく世界規模でその役割を担ってもらいたいんだ。アーカイブショーは、その第一歩になる」

早紀は驚きのあまり、声も出ない。

ショーには世界中からプレスやバイヤーをはじめ、ワールドワイドなアーティストや杏一郎と交流があるデザイナー達も多く招待されるはずだ。

ものすごい重圧だし、気軽に受けられるオファーではない。

それに、早紀はランウェイを歩いた経験があるとはいえ、海外でモデル活動をした事などこれまでに一度もない。だが、これは早紀にとってモデルとして成長する絶好のチャンスだ。

「言うまでもないが、俺はビジネスにおいて公私混同はぜったいにしない。今回のオファーは早紀のモデルとしての能力を評価しての決定だ。関係部署とも話し合ったし、俺の独断でもない。だから、自信を持ってこの仕事を引き受けてほしい」

車が以前にも来た公園の駐車場に入り、停車する。杏一郎が早紀のほうに向き直り、にっこりと笑った。早紀は助手席から身を乗り出さんばかりの勢いで、返事をする。

「あ……ありがとうございます！　私、やります！　いえ、やらせてください！」

「そう言ってくれてよかった。じゃあ、よろしく頼む。ショーまで、あと二カ月半しかない。それまでに、みっちりリハーサルをして本番に挑んでくれ」

「はいっ！」

　早紀はチャンスをくれた杏一郎に心から感謝する。そして、ショーの成功に貢献できるよう最大限の努力をすると約束した。

　ショーについての説明を受けているうちに、あっという間に時間が過ぎて杏一郎が仕事に向かう時間になる。

「これからいろいろと慌ただしくなるが、何かあったらいつでも連絡してくれ。早紀のために、俺ができる事は、全力でサポートする」

　杏一郎が優しく微笑んで、早紀を見つめた。

　早紀はそんな彼を見るうち、感極まってシートから身を乗り出して杏一郎に抱きつく。

「杏一郎さんっ……本当に、ありがとうございます！　私、ぜったいに期待に応えてみせます。どんな事があっても、死に物狂いで頑張りますから――」

　喜びで声を震わせる早紀の背中を、杏一郎の掌が、そっと撫でさすった。

　視線を合わせ、にっこりと微笑み合う。

　興奮冷めやらぬ中、車は駐車場を出て、早紀の自宅に向かう。

　その間、早紀は杏一郎と話しながら、ショーに対する意欲を高まらせていった。

「あ、ここまでで大丈夫です。お仕事、頑張ってくださいね」

家からすぐ近くにある小さな公園の前で停車してもらい、早紀は車から降りようとした。

すると、杏一郎がふいに早紀の顔を引き寄せて唇にキスをしてくる。ほんの数秒のキスだったけれど、彼からの愛情が十分に感じられた。

杏一郎がにこやかに微笑み、右手で早紀の頬を撫でる。

「今日は仕事の話ばかりだったが、またゆっくり話そう」

「は……はいっ……」

去っていく杏一郎の車を見送りながら、早紀は杏一郎から借りたままになったロングジャケットの襟(えり)をギュッと握りしめる。

早紀はしっかりと顔を上げて歩き出した。さっそく「ビアンカ」の服を着てランウェイを歩く自分をシミュレーションしてみる。

「ビアンカ」が正式に発売されれば、ショーで歩く仕事も入るかもしれない。それに先駆けて、早紀は台湾でランウェイを歩く。

ここのところ、いろいろとありすぎて気分が落ち込み気味だった。しかし、ショーへの参加が決まった今、そんな事は言っていられない。

杏一郎に約束したとおり、死に物狂いで頑張ってぜったいに彼の期待に応(こた)えてみせる。

(大丈夫……! 自分さえしっかりしていれば、きっとぜんぶ乗り越えられる!)

早紀は自分にそう言い聞かせ、自宅に向けて駆け出すのだった。

アーカイブショーのオファーを受けて以来、早紀はそれに向けての準備を本格的にはじめた。

「アクアリオ」が提携しているスポーツジムに週二回通い、ルウの店で全身を徹底的にケアしてもらう。おかげでずいぶん身も心も引き締まったような気がした。

台湾でのアーカイブショーは、早紀にとって、今後のモデルとしての在り方や将来を考えるいい機会になりそうだった。

そんな中「アクアリオ」のアトリエでショーの簡単なリハーサルが行われた。

すでに他のモデルも決定しており、今日はランウェイを歩くメンバーがはじめて一堂に会する日でもある。モデルは早紀をあわせてぜんぶで十三人。そのうちの九人が男性モデルであり、日本人は早紀の他に男女一組ずついた。

早紀は「ビアンカ」のみを担当し、あとの十二人で他のコレクションを割り振りする。

早紀を除く全員が主にショーをメインに活動しており、中には「アクアリオ」のモデルとして過去何度もパリコレのランウェイを歩いた常連もいる。モデルとして活動をはじめてから十二年になる早紀だが、さすがに今回の仕事は勝手がまるで違う。

かつて早紀が出演したファッションショーは、日本で開催されるエンターテインメント性の高いものであり、ランウェイにはモデルの他俳優やタレントなども多く登場する。

楽屋はまさにごった煮状態で、緊張の中にもどこかお祭り騒ぎ的な雰囲気があった。

しかし、今回は「アクアリオ」の十周年の集大成であるばかりか、ショーの様子が全世界に向けて同時配信される。おまけに場所は日本ではなく台湾だ。

委縮してはいけないと思いつつも、どうしても雰囲気に慣れず表情がこわばってしまう。真子も同行してくれているが、マネージャーとしての挨拶回りなどもあり四六時中そばにいる訳ではない。

（弱気になっちゃダメ。私は「ビアンカ」を背負ってランウェイを歩くんだから）

そう自分を奮い立たせて鏡の前に座った。

いつものように夏木にヘアメイクをしてもらい、準備を整える。

時間になると、ショーに慣れているモデル達は、ランウェイに続くスペースに勢ぞろいした。

早紀は、本番さながらのモデル達の動きを見て、息を呑む。私服だった時とは打って変わって、全員が別人のようなオーラを放っている。

改めて見ると、早紀以外のモデル達は、皆手足がすらりと長く、いかにもショー向けの体形をしていた。さすが、世界レベルで活躍しているモデルは違う。

彼らに比べると、早紀はやはり見劣りするし、圧倒的に存在感が足りない。そもそも骨格からして違うし、揃いも揃って目力が強い人達ばかりだ。

現場の雰囲気も、これまで経験してきたものとはまったくの別物で圧倒される。

アトリエの壁際には、他のスタッフとともに杏一郎も顔を見せていた。

雰囲気に呑まれて委縮した早紀の目の前で、モデル達は慣れた様子で思い思いの歩き方を披露し、ＯＫをもらっていた。

しかし、早紀は飛んでくるリクエストにうまく対応できず、杏一郎から直接いくつものダメ出しを食らってしまう。

「もっと堂々と」

「違う。その歩き方じゃない」

「ダメだ。もう一度ブランドのコンセプトを考えろ」

早紀が歩くたびに、鋭い指摘が飛び、それが改善されないまま、さらに別の注意を受ける。

アトリエには七海もおり、ランウェイから彼女の視線を痛いほど感じた。

予定していた終了時刻になり、リハーサルが終了する。スタッフやモデル達がそれぞれに挨拶(あいさつ)をし、アトリエをあとにしていく。

最後まで残っていた早紀は、真子とともにビルを出て捕まえたタクシーに乗り込んだ。

真子がドライバーに行き先を伝えている横で、早紀はぐったりとシートにもたれかかった。

今日のリハーサルで痛感したのは、圧倒的な技術不足と、自分の心に潜(ひそ)む迷いだ。

自分より遥(はる)かにレベルが高い他のモデル達や、現場さながらの会場の空気に圧倒され、モデルとしてランウェイを歩く事に集中できなかった。

(今までで、最低最悪のできだった……)

落ち込む早紀を気遣ってか、真子も黙り込んだまま、ずっと窓の外に視線を向けている。

モデルとしての外見はともかく、早紀は今日他のモデル達との格差を痛烈に感じた。

このままでは、アーカイブショーのモデルを務める事なんかできない。

ランウェイを歩くのは「アクアリオ」を纏うモデル達だ。〝黒〟がメインカラーである他のブランドの中で、早紀が着る「ビアンカ」だけは〝白〟がメインだ。

その上「アクアリオ」初のレディースブランドという事もあり、否が応でも目立つだろう。

「ビアンカ」がはじめて世に出る大切なショーで、失敗など決して許されない。

何より早紀は、杏一郎に期待に応えると約束した。

（私、きっとやり遂げてみせる。ぜったいに、諦めたりしない！）

早紀は今一度「ビアンカ」のコンセプトを頭の中に思い浮かべた。そして、これから自分がどうすればいいのかを考えるのだった。


六月最後の土曜日。早紀は「アクアリオ」のアトリエで自主練習をしていた。

アトリエはショーの前日までリハーサルや自主練習用に開放されており、早紀は朝からここへ来て試行錯誤しながら何度もランウェイを歩いていた。

ひとしきり歩き、自宅から持参したマグタイプの水筒をバッグから取り出す。窓際に置かれた椅子に座り、窓の外を眺める。

「なかなか思うようにいかないな……」

早紀がマグに入った熱い紅茶を飲みながらため息を吐いていると、背後からハイヒールの足音が聞こえてきた。

振り返って見ると、ゆったりとした黒色のパンツスーツを着た七海が歩いてくるところだった。

「七海さん」

「早紀さん、こんにちは」

七海が、にっこりと微笑んで早紀に手を振る。早紀は挨拶を返し、椅子から立ち上がった。

「どうぞ座ってちょうだい。ここのところ、アトリエに入り浸っているって聞いて、今日もきっとここにいると思って来たの。練習中に、お邪魔してごめんなさいね」

「いいえ、ちょうど休憩をしていたところなので。……あの、何か私にご用ですか？」

七海とこうして話すのは、先月ここで「ビアンカ」のジュエリーの撮影をした時以来だ。

「ええ、実はね——ほら、斗真」

七海がドアのほうを振り返り、声をかける。すると、ドアの向こうから斗真が、おずおずと顔を出した。

「斗真くん——」

なぜここに斗真が——早紀は、不思議に思いながら近くにあった椅子を七海と斗真に勧めた。三人が腰を下ろしたタイミングで、七海が神妙な面持ちで口を開く。

「私が今日ここに来たのは、早紀さん……あなたに謝るためなの」

「謝る……七海さんが私にですか？」

早紀が不思議そうな表情を浮かべると、七海が弓型の綺麗な眉を八の字に下げてこっくりと頷いた。横に座る斗真は、ここへ来た時から黙り込んだまま俯いている。

「これ——」

早紀の目の前に、七海が四角く折りたたんだレースのハンカチを差し出した。彼女がレースの縁を摘まみハンカチを開く。その真ん中には、早紀がなくしたチェーンつきの婚約指輪が載っていた。

「あっ……」

早紀は思わず声を上げて指輪に手を伸ばした。指先で摘まみ上げ、目の前に掲げる。

やはり、杏一郎からもらったものだ。

早紀は訳がわからないまま、顔を上げて七海を見る。

「ごめんなさい。それ、斗真が私の滞在先のホテルに来た時に見つけたの。バッグに入れていたのが何かの拍子(ひょうし)で落ちたのを私が拾って……。すごく豪華で素敵な指輪だし、どうみても男性用じゃないでしょ？　だから私、斗真に聞いたの。最初は言葉を濁(にご)してたけど、最後には早紀さん――あなたが杏一郎さんからプレゼントされた指輪だって白状したわ」

七海が言うには、以前早紀がチェーンのコーヒーショップで斗真と同席した時、彼は早紀が首から下げていた指輪を見たのだとか。

そして、そのデザインが、杏一郎によるものだと気づいたという――というのも、杏一郎は指輪をデザインした際のスケッチを自宅に置いており、斗真はそれを何度も目にしていたらしい。それゆえ、実物を見てすぐにそれとわかったそうだ。

早紀は手の中の指輪を、そっと指先で撫でた。七海から傷や欠損はないかと訊(たず)ねられ、早紀は改めて手の中の指輪を確認する。

「大丈夫です。なくした時と、まったく同じ状態です」

「そう、よかったわ」

「でも、どうやってこれを――」

早紀が首をかしげると、七海が順を追って説明してくれた。

それによると、あの日、たまたまロッカー室で一人になった斗真は、早紀のロッカーを開けて指輪を盗ったらしい。暗証番号は知らなかったが、もしやと思い杏一郎の誕生日を試してみたら、開錠できた、という事だ。

「本当にごめんなさい。……その指輪、もしかして婚約指輪？」

「はい。そうです」

「……ああ、やっぱりそうだったのね。斗真ったら、あなたと杏一郎さんの仲を知っていたのに、私には何も言わず再婚を後押しするなんて――」

七海が、隣にいる斗真に顔を向けた。すると、斗真が膝に置いた両手を軽く握りしめ、思い切ったように顔を上げて早紀をまっすぐに見つめてきた。

「早紀さん、すみませんでした。……僕……指輪さえなければ、二人が別れてくれるんじゃないかって思って……本当にごめんなさい」

唇を戦慄(わなな)かせて、斗真は早紀に深々と頭を下げる。

「悪い事をしたと思っています。今回の事だけじゃなくて、これまでの事も……僕……もう二度と早紀さんに迷惑をかけたりしないと約束します。今まで、本当にごめんなさい。早紀さんは、僕がどんなにひどい態度をとっても、僕を邪険に扱ったりしなかったのに……」

斗真の目に、涙が浮かんだ。彼は、それを瞬きで散らすと、改めて早紀と視線を合わせた。

「早紀さんが優しくていい人だって事は、事務所に入ってすぐにわかりました。だからこそ、怖かったんです……。今度こそ父を取られるんじゃないかと……僕、間違ってました。母に言われて、自分がどんなに自分勝手だったか、はじめて気がついたんです。本当にすみませんでした」

テーブルにつくくらい深く頭を下げる斗真の姿に、早紀はあわてて首を横に振った。

「と……斗真くん……もういいの。きちんと謝ってくれて、ありがとう。それだけで十分だから、もう顔を上げて」

彼とはいろいろあったが、本当は心根の優しい子である事はわかっている。

斗真が心から反省しているのは十分に伝わってきたし、彼がそうしてしまった心境も理解できなくはない。

「斗真くん、私達、仲直りしよう」

早紀が斗真のほうに右手を差し出し、顔を上げた斗真が遠慮がちにその手を取る。

「これで、今まであった事は綺麗さっぱり水に流す、ね？」

早紀が言うと、斗真が唇をキュッと結びながら「ありがとうございます」と返事をした。

二人は固く握手を交わしたのち、互いの目を見つめながら、微笑みを交わした。

「早紀さん、少し二人だけでお話をしてもいいかしら？」

七海に訊ねられ、早紀は頷いた。退室していく斗真を見送って、アトリエには早紀と七海だけになる。

「――ごめんなさい。私、あなたにとんでもない事を言っちゃってたのね。申し訳なさすぎて、どう謝罪したらいいかわからないくらいよ。それに、斗真のした事、改めて謝罪します。事務所にも報告しなきゃならないだろうし、どんな理由があっても窃盗ですもの。警察に突き出されても仕方ないと思ってるわ」

「そ、そんな――マネージャーには指輪がなくなった事を話しましたけど、大事にはしたくなかったので、この件を知っているのは彼女だけです。無事見つかったと話せば納得してくれるだろうし、社長にも警察にも届けるつもりはありません」

「……早紀さん、本当にあなたはそれでいいの？」

七海が、ためらいがちにそう訊ねてくる。

「はい。指輪さえ戻れば、私はそれでいいんです。……斗真くんが私の事を疎ましく思うのも、無理はないと思ってました。斗真くんにとって、杏一郎さんは大切なお父さんですから……。もし自分が斗真くんの立場だったら、やっぱり不安でたまらないだろうなって……」

申し訳なさそうに下を向く早紀に対して、七海はこちらが恐縮するほど丁寧に頭を下げ、繰り返し礼を言った。しまいには謝罪合戦のようになり、二人は顔を見合わせて同時に笑い声を上げる。

「……以前、七海さんは、杏一郎さんとなら幸せな家庭を築ける気がするとおっしゃいました。斗真くんが何より大事だし、彼のために新しい家族を作るのもいいと思ってると」

「ええ、確かにそう言ったわね」

「……それって、斗真くんのためを思って言われたんでしょうか。それとも、七海さん自身がそう望んだからですか？」

七海の口元に笑みが広がった。艶やかなルージュの色が、彼女の唇の美しさを際立たせている。

「せっかくストレートに聞いてくれたんだもの。私も正直に答えなきゃね。……はじめはただ、斗真のためを考えてそうしようと思った。だけど、いろいろと話を聞いたり彼と話したりするうちにだんだんと自分自身も、そうしたいって思うようになったわ」

七海が考え込むようなしぐさをした。まるで自分の心を探りながら話しているような感じだ。

「それはつまり、七海さんも杏一郎さんの事を……？」

「そうね……なんの躊躇もなく家族になりたいと思うほどにには。だけど、安心して。もうそんな考えはないわ。それに、私がそうしようとしたのは斗真がそれを望んだからよ。母親って子供のためならなんでもしようと思う生き物なのね。……少なくとも私はそう。でも、そのために早紀さんを苦しめてしまった事は、本当に申し訳なかったと思ってるわ」

七海が再度謝罪し、今度こそ斗真の事も含めて、すべてが丸く収まるよう協力すると言ってくれた。

「七海さん、私こそ申し訳ありません。斗真くんを悲しませたり不安にしてしまって……もっとうまく対処できたらよかったんですけど」

早紀が頭を下げると、七海があわてたように椅子から腰を浮かせた。

「どうして早紀さんが謝るの？　だって、あなた達は四年間も斗真のために自分達の気持ちを抑え続けてくれたんでしょう？　知らなかったとはいえ、母親として申し訳なさすぎてどう償えばいいのかわからないくらいだわ」

その件について、彼女はつい先日斗真から聞かされ、その後長峰にも第三者的な視点での話を聞いたという。

「正直ついでに言うけど、斗真の事を考えるあまり、杏一郎さんを誘惑してしまおうと思ったりもしたの。だけど、彼ったら思っていた以上に堅物なのね」

七海が言うには、今年の五月、杏一郎を交えた三人で温泉旅行に行った際、二人きりでいる時に少々思わせぶりな態度をとったりしたようだ。けれど、彼はまるで七海に興味を示さないどころか、彼女が誘惑している事にすら気づいていなかったらしい。

「そ……そうだったんですね」

早紀はぎこちなく頷いた。靡かなかった杏一郎の態度を嬉しく思うべきか、今までも本人に自覚がないだけで、かなりの女性からアプローチされているのではと不安に思うべきか。

早紀の様子を見た七海が、小さく笑い声を上げながら肩をそっと叩いてくる。

「心配しなくても大丈夫よ。杏一郎さんはあなたにしか興味ないみたい。一途に人を愛するって素敵ね。私と友介はそれができなかった。斗真にはそのせいで、つらい思いをさせてしまったわ。あなた達にも……。今ならわかるの。若かった自分達がどんなに愚かで自分勝手だったかって事が」

七海がしみじみとそう語り、早紀は黙ってそれを聞きながら、今は亡き友介という人に思いを馳せる。彼が撮った一枚の写真が、杏一郎を世界的なモデルにし、現在の世界的なデザイナーになるきっかけを作った。

そう思うと、今こうして早紀が杏一郎と出会い愛し合うようになったのも、友介達のおかげと言えなくもなかった。早紀が七海にそう言うと、彼女は驚いたような顔をしたあと微笑んだ。

「あなたって、本当に可愛らしい人ね。『ビアンカ』の仕事をもらった時、どんな人がモデルを務めるのか興味があって、あなたの載った雑誌を取り寄せたのよ。ティーン雑誌の時から、つい最近のものまで。ことに『アクアリオ』の仕事はとてもよかったと思った」

「ありがとうございます」

早紀は素直に嬉しく思い、七海に礼を言った。

「……ここからちょっと仕事の話になってしまうけど、いいかしら？」

七海が、それまでとは違う声のトーンで訊ねてきた。

早紀は椅子に座りながら居住まいを正し、彼女の顔をまっすぐに見つめた。

「もちろんです。今の自分が、ものすごくダメだって事はわかってるので。ですから、何かあれば、遠慮なく言っていただいたほうがありがたいです」

「そう？　じゃあ、正直な感想を言うわね」

七海の顔つきが今までと、打って変わった厳しいものになる。

「この間のリハーサル、ぜんぜんダメね」

「はい。自分でもそう思います」

「康平との撮影ではうまくやれていたのに、一体どうしたの？　あれじゃあ素人とたいして変わらない。モデルは、ただ洋服を着て歩けばいいってものじゃないでしょう？　モデルが洋服を着る事によって洋服は『静』から『動』になるのよ。悪いけど、今の早紀さんは『ビアンカ』に限らず、ショーモデルとしてまったく使えないわ」

七海の言うとおりだ——

早紀が黙り込んでいると、七海がプライベートの顔に戻ってすまなそうな表情を浮かべた。

「ごめんなさい。私、こんな事を言うために早紀さんに会いに来たんじゃないのに——」

「いえ、どうかお気になさらないでください。……それと……少しお聞きしたい事があるんですけど、いいでしょうか」

「もちろん」

早紀が改めて七海に向き直ると、彼女は口元に薄い微笑みを浮かべた。

「七海さんは、以前モデルをしていたと聞きました」

「ええ、ほんの数年だけど、確かにモデルをしていたわ」

「その時、ランウェイを歩いたりされましたか？」

「あるわよ。ありがたい事に、たまたま私を見つけてくれたデザイナーがいたの——」

七海曰く、彼女がまだ高校生だった時に、とあるファッションショーに出たのをきっかけにフランスの有名デザイナーの目に留まり、自社のショーに出てくれるようオファーを受けたらしい。

早紀は、そのデザイナーの名前を聞いて仰天した。今はもう亡くなっているが、その人は今もなおファッション業界内で名前を知らない人はいないくらいの大御所だ。

「人の縁って、不思議ね。彼のおかげでパリコレにも出られたし、いろいろといい思い出も作れたのよ」

「七海さんにとっての、はじめてのランウェイがパリコレだったんですか？」

「そうよ」

七海が当時を懐かしむように、口元をほころばせた。彼女が浮かべた表情には、女性としての優しさや強さが感じられる。

「リハーサルで、自分がいろいろと劣っているのがわかりました。でも、ぜったいに失敗したくないし、『ビアンカ』のモデルとして期待に応えたいんです。七海さん、ランウェイを歩いた時、何を考えていましたか？　どんなふうに歩いて、どうやってブランドのコンセプトを表現したか、教えていただけないでしょうか？」

必死になって質問を投げかける早紀を見て、七海がふと表情を緩めた。そして、少しだけ考えたのちに、ゆっくりと口を開く。

「ランウェイなんて、歩くモデルやブランドによってさまざまよ。『ビアンカ』は『アクアリオ』が持つハードでクールなイメージを守りながら、女性らしい『優しさ』や『温もり』をプラスしたブランドでしょう？　だったら、簡単じゃない？　早紀さんが〝あなた自身〟で歩けばいいんだもの」

「私自身……ですか？」

早紀が小首をかしげると、七海は頷きながら微笑みを浮かべた。

「だって、杏一郎さんは『ビアンカ』のモデルに早紀さんを選んだのよ。それって、あなたがブランドを着るにふさわしいモデルだと判断したからでしょう？」

七海に問いかけられ、早紀はかつて杏一郎に言われた言葉を思い出す。

彼は「ビアンカ」は早紀をイメージして作ったブランドだと教えてくれた。それに、早紀の事を「特別な存在」だと言い「いつも優しさや温もりを感じさせてくれた」とも言ってくれた。

「あまり考えすぎないほうがいいわよ。なんなら、ありのままの自分をさらけ出すくらいの気持ちで歩いてみたら？　それに、せっかくのランウェイを楽しまなきゃ損よ。モデルがショーを楽しんでいるのがわかると、見ているほうも楽しくなる——そうじゃない？」

「はい……確かに」

七海と話しているうちに、不思議と頭の中がスッキリとしてきた。言われてみれば、少し考えすぎていたように思う。

「それと、早紀さん、さっき期待に応えたいって言ったわよね。その一生懸命な気持ち、大事にしてね。そういうのって、結構伝わってくるものだから。——さぁ、せっかくの練習時間をこれ以上潰したら申し訳ないわ。私、そろそろお暇するわね。あなたと話せてよかった」

「私もです」

彼女が席を立ち、早紀もそれに続く。

「早紀さん、あなたは杏一郎さんが惚れ込んだだけあって、とても素敵な人だわ。きっと、もっといいモデルになれるって確信できる。『ビアンカ』のジュエリー担当者として、全力であなたをサポートするつもりよ」

七海が華やかに笑い、口元から白い歯が零れた。

「はい、よろしくお願いします。今日は、お話を聞かせていただいてありがとうございました。至らないところがあったら、またどんどん指摘してください。私、これまで以上に頑張って、立派にアーカイブショーのランウェイを歩いてみせます」

「いいわね、その調子でもっと強気でいきましょう。私『ビアンカ』って、もっと強いイメージを出してもいいと思うの。女性特有の優しい強さって言うか……？」

「優しい強さ……ですか？」

早紀は七海の話を聞きながら、自分の中で「ビアンカ」のイメージを膨らませる。

「これは私が個人的に思う事なんだけどね。でも、洋服やアクセサリーって結局は身に着ける人のものでしょ？　デザイナーはコンセプトやイメージを提供するけど、受け取る側はそれを自分流にアレンジしたっていいんだもの。……じゃあ、今度こそ行くわね」

「あ、はい。お気をつけて」

早紀は、微笑みを浮かべて去っていく七海を見送った。そして、ふたたびアトリエで一人きりになった時、ふいに身体から力が抜けてその場にゆっくりとしゃがみ込む。

耳の奥で、たった今聞いた七海の言葉が繰り返し響いている。

早紀は、指輪を持つ手を強く握りしめながら、しばらくの間じっとしていた。その後、指輪を大事そうに首にかけると、おもむろに立ち上がってランウェイに上がる。

指輪が見つかり、斗真と七海と話せた事で、ずいぶん気持ちが楽になった気がする。

（頑張れ、早紀！　ぜったいにショーを成功させなきゃ）

顎（あご）を上げぐっと胸を張る。早紀はまっすぐに前を見つめながら、一歩前に歩き出すのだった。


七海と「アクアリオ」のアトリエで話して以来、早紀はずっと彼女に言われた事について考え続けていた。早紀は午前中いっぱいスポーツクラブで汗を流し、午後は自宅で昼食を取ったあと自分の部屋に向かった。ノートパソコンを開き動画サイトにアクセスする。

「あった。これだ」

早紀は以前から海外ブランドのファッションショーの映像をチェックしている。特にお気に入りなのは、海外のハイブランドのもので、ショーそのものがまるでひとつの舞台のように芸術性が高いものが多い。今までは、ただそれを観客側として憧れの目で観ていた。

けれど今は、ランウェイを歩くモデル達の一挙手一投足に注目し、何かしら学び取ろうと研究を重ねている。

杏一郎はといえば、日常業務の合間にパリへ出張し、ショーの準備に余念がない。忙しい分、早紀との連絡も回数が減っているが、指輪が戻ってきた今、比較的心は安定している。

そんな日々を送り続けているうちに七月も第二週目に入り、「アクアリオ」のアトリエで二度目のリハーサルが行われた。

午後三時にスタートしてからの三時間、早紀は今の自分が出せるだけの力を出し切り、ダメ出しを食らいつつもなんとかランウェイを歩き切った。

まだまだ技術不足は否めないが、前回よりはだいぶうまく歩けたと思うし、ダメ出しの回数も三分の一に減った。七海と話しアドバイスをもらった事と、心に重くのしかかっていた問題が解決したのが大きかった。プライベートに左右されるのは、プロとしてまだまだだと思うが、絶不調からはなんとか抜け出せた感じだ。

リハーサルが終わりスタッフや他のモデル達が帰った後、早紀は一人居残ってウォーキングの練習を続けている。七海に言われた点を意識しつつ、試行錯誤しながら何度も歩き続け、ふと時計を見ると、もう午後八時半になっていた。

練習用に解放されているとはいえ、アトリエが使用可能なのは午後九時までだ。

さすがに疲れ切ってランウェイの真ん中でしゃがみ込んでいると、突然部屋のドアが開き、杏一郎が中に入ってきた。

「あっ……きょ……加瀬社長」

あわてるあまり、つい下の名前で呼びそうになってしまう。

早紀は、およそ百センチの高さがあるランウェイから下りてその場でまっすぐに背筋を伸ばす。すぐ近くまで来た彼が、早紀を見下ろすようにして訊ねてくる。

「まだ帰らないのか?」

「いえ、今日はもう帰ろうかと……」

「そうか。じゃあ、送るから用意して」

急いで片づけをして、杏一郎とともに地下駐車場に向かった。杏一郎が当然のように助手席のドアを開けてくれる。いつもながら、彼の自然なエスコートぶりには感心させられてしまう。

早紀は運転席に回り込む彼を無意識に目で追った。シートに腰を下ろした杏一郎は、速やかに車を発進させる。

「あの……加瀬社長。今日もいろいろと至らないところをご指摘いただいて、ありがとうございました」

早紀が礼を言うと、杏一郎がハンドルを切りながら口元を緩めた。

「今日は前回よりもだいぶ良くなったな。堂々と歩けるようになったし、動きも大きくなってる。しかし、今日の動きは早紀がもともとできていたものに近い。つまり、前回がそれだけひどかったって事だ」

「はい。それは私も自覚しています」

七海にも春日との撮影を引き合いに出されて、同じような事を言われた。やはり、技術不足に加えて、メンタルがかなり影響していたのだと思う。

「これから、もっともっとメンタルを鍛えて、どんな状況でもベストが出せるようになります」

「そうか。技術力の底上げは大変だとは思うが、自分が『ビアンカ』を背負っているという意識は常に忘れないでくれ。昨今、モデルの在り方もかなり変わってきているし、ファッション業界自体もそうだと言える。過去からは多くのものを学べるが、それに囚われてばかりいてもダメだ」

早紀はハッとして杏一郎のほうを見た。二人はコンスタントに連絡を取り合っており、その時々の話を通じて、彼は早紀が過去のファッションショーの動画に齧りついているのを知っていたのだ。

「基本を踏まえ過去を知った上で自分なりの独自性を見つける。そして、それを体現する方法を自ら考えて、はじめて見る者に強烈なインパクトを与えられるんだ。モデルは洋服を見せるのが仕事だが、そのためには自分自身を見せる事ができなければならない」

「はい」

「それと、ショーの会場が正式に決まった。T駅と連結している多目的センターだ。後部座席にあるタブレットに資料が入ってる」

早紀は後部座席からタブレットを取り上げ、資料が入ったファイルにアクセスした。

会場となっているセンターは、全館ガラス張りでドーム型になっている屋根の中心からも外光が入る構造になっていた。建物内は白を基調としたモノトーンで統一されており、床はライトグレーのタイル張りだ。

「ここは、駅の利用客も通る場所ですか？」

「いや、一応仕切りがあるから中には入ってこられない。会場を挟んで両側に通路があるだろう？そこを通る時に見る事はできる。もちろん、その場で立ち止まらないよう係員を置いて誘導する必要があるが――」

つまりは、観客は業界人やセレブリティなどの他に、その場を通りかかった一般人も含まれるという事だ。

杏一郎がその場所を会場として選んだのは、「アクアリオ」が強い個性を持ちながらも、日常的に着用できる洋服であると、世に知らしめたいという理由もあるらしい。

ランウェイは駅とセンターを繋ぐフロア全体で、余分なものは一切置かない。モデル達はセンター入り口から地下一階に続くスロープまでのスペースを存分に使って「アクアリオ」の選りすぐりの洋服を観客に魅せていく。

ウォーキングは基本に沿ったものの他に、それぞれのモデルが着用するブランドのコンセプトを理解した上で、自由に表現する方法を取るそうだ。

「つまり、演出をモデル自身に任せるという事だ。モデルのでき次第で洋服の見え方が違ってくる。『ビアンカ』をどう着こなしどう魅せるか——早紀自身が考えるんだ。早紀にしか出せない答えを導き出せ。いいな?」

「……はいっ」

話す杏一郎の横顔は、完全にデザイナーでありビジネスパーソンのそれだ。

仕事の時の彼は、常にファッション業界やデザインの事で頭の中をフル回転させている。

杏一郎が創り出す服は世界各国のファッショニスタから愛され、彼はそれによって大きな成功を収めている超一流の実業家でもあるのだ。

そんな彼の期待に応(こた)えるには、一体どれほどの努力が必要となるのだろう。杏一郎の横顔を見つめながら、早紀は覚悟とともに気持ちがグッと引き締まる思いがした。

ふと、以前七海に言われた言葉が頭の中に思い浮かぶ。

『洋服やアクセサリーって結局は身に着ける人のものでしょ? デザイナーはコンセプトやイメージを提供するけど、受け取る側はそれを自分流にアレンジしたっていいんだもの』

彼女が言った言葉は、今の杏一郎の言葉と通じるものがある。

二人の言葉を自分なりに理解し、己(おのれ)だけが出せる答えを導き出さなければ――

「加瀬社長――しばらくの間、こんなふうに二人きりで会ったり、プライベートで連絡を取り合うのをやめてもいいですか」

早紀がそう言うと、一瞬の間を置いて杏一郎が声を発した。

「……えっ？　それは、どういう事だ？」

青信号が続き、車が順調に走り続ける中、早紀は言葉を選びつつ今の自分の気持ちを口にする。

「私、前回のリハーサルで、自分には、まだまだプロとしての自覚が足りないと痛感しました。だから、メンタルが仕事に影響してしまったりするんです。自分では、ちゃんと区別できているつもりでいましたが、まったくそうじゃなかったと思い知りました」

早紀は杏一郎の横顔を見つめ、小さく深呼吸をする。

「……続けて」

「先ほどの、ショーの演出についてのお話を聞いて、今の中途半端な自分ではダメだと思いました。プロのモデルとしての自分をもう一度見つめ直して、何があっても揺るがない強い自分で、最高の『ビアンカ』を着て魅せたい――」

そこまで話した時、杏一郎がふいに大きく息を吐いた。そして、普段より低い声で早紀に訊(たず)ねてくる。

「つまり、ショーが終わるまでの期間、俺とのプライベートな関係を断ちたいという事か？」

「は……はい、そうです」

「そうか……だったら、そう言ってくれ。俺はてっきり、早紀に振られるのかと思った」

杏一郎が半分笑いながらも、ホッとしたように言った。

「ふ、ふらっ……振られる？　加瀬社長が私にですか？　そ、そんなのあり得ませんよ！」

とんでもない勘違いをされ、早紀があわてふためいて全力で否定した。

「だったらいいんだ。……くくっ……さすがに、一瞬頭の中が真っ白になったよ」

杏一郎が、話しながら小さく笑った。

「す、すみませんっ……私、加瀬社長のお話を聞いているうちに、そう思って――あ、でも、急に思いついた訳じゃなくて、一度じっくり自分を見つめ直してみたほうがいいと思ったので」

早紀がしどろもどろになりつつ言い訳をすると、杏一郎が愉快そうな微笑みを浮かべる。

「そうだな。それもいいかもしれない。俺は早紀を応援してるし、必ずやり遂げてくれると信じて『ビアンカ』のモデルとして選びアーカイブショーにも出すと決めた。ここまで信じたんだから、最後まで早紀を信じるよ」

「ありがとうございます……！　私、必ず加瀬社長のご期待に応えてみせます！」

早紀は改めて杏一郎に、そう約束をする。

車は、滑るように走り続け、ちょうど早紀の自宅まであと半分というところまで来た。

「さて……ここまで来たら、さすがにもうプライベートだろう？　いい加減、加瀬社長という呼び方はやめてほしいな」

低いトーンでそう言われ、早紀は素直に「はい」と返事をする。

「本当なら、これから離れる分一緒にいたいが、帰りが遅くなるとご家族が心配するだろうから寄り道なしで送っていく。それに今日は疲れただろう？　眠かったら家まで眠っててもいいよ」

交差点で車が止まったタイミングで、杏一郎が後部座席からジャケットを取り上げて早紀の膝にかけてくれた。目が合い、お互いに自然と顔に微笑みが浮かぶ。

「ありがとうございます」

確かに疲れているし、少し眠い。

けれど、せっかく一緒にいる時間を眠ってしまいたくない。

早紀はシートをわずかに倒し、身体を横に向けて運転席を向いた。これなら、たとえ眠ってしまっても目を閉じる寸前まで彼の横顔を見ていられる。

（杏一郎さんって、不思議……。一緒にいるとドキドキするのに、すごく安心する……）

ショーに向けてまだまだ問題は残っているし、ランウェイをどう演出するかも模索中だ。しかし、今だけはそれを横に置いて彼だけを見つめていたいと思う。

早紀は杏一郎のジャケットの袖を腕の中に抱き込み、瞬きを三回繰り返した。

最後に彼がこちらを見て微笑んだような気がする。安心した早紀は、いつしかコトンと眠りに落ち、穏やかな寝息を立てはじめるのだった。

「アクアリオ」のアトリエに通い、自主練習に明け暮れる日々を送る中、いよいよ本番まであとひと月を切った。

早紀は杏一郎に宣言したとおり、彼と一切のプライベートな連絡を絶ち、自分だけに出せる答えを模索し続けている。その間に、基本的なウォーキングを学び直し、ジムで頼んだ体幹を鍛(きた)える特別なトレーニングを続けて筋力アップに努めた。さらに、ルウから紹介されたヨガの個人レッスンも受け、精神統一のために呼吸法を学んだりもした。

すべてが詰め込みで、今後も継続してやっていく必要のあるものばかりだが、学んだ分くらいは成長できたように思う。

そして迎えた三度目のリハーサルの日、早紀は予定の時間より二時間早く「アクアリオ」のアトリエに向かった。

昨夜、杏一郎に連絡をしてリハーサル前に会う約束を取りつけた。理由は、早紀が出した自分なりの答えを事前に杏一郎に見てもらうためだ。

杏一郎と個人的な連絡を取らなくなってから、三週間近く経つ。

我ながら、そこまでしなくても——と思わないでもなかったが、やるからには中途半端で終わらせたくないと思ったのだ。

家を出てアトリエに着くまでの間に、どんどん緊張が高まっていく。しかし、不思議と心は凪(な)いでいて、自分の出した答えを杏一郎に見てもらうだけと思っていた。

「アクアリオ」に到着した早紀は、気持ちを落ち着けながらアトリエに行く。そこには、驚いた事に杏一郎がすでに来ていた。

「か、加瀬社長……もういらしてたんですか？　まだ七時半ですよ――」

「ああ、少し早めに着いたものでね」

リハーサルがはじまるのは午前十時からだ。早紀が杏一郎と待ち合わせをしたのは、二時間前の八時だ。少し早めに行って準備するつもりだったが、まさか杏一郎のほうが先に来ているとは思ってもみなかった――

「もし準備に時間がかかるようなら、いったん退室しようか？」

「いいえ、大丈夫です。準備ならすぐにできますから」

早紀は大急ぎで荷物を所定の位置に置き、リハーサルの準備に取り掛かった。ランウェイのスタート地点に立ち、正面に立っている杏一郎に向かって一礼する。

「お願いします」

顎を少し引き、やや肩を落とす。

スタートの合図をもらい、体幹を意識しつつ一歩前に出た。イメージとしてはランウェイの上を軽やかに舞う感じで歩を進める。途中、手を振った時の遠心力に任せてくるりと一回転をした。回りながら体勢を整えて、正面に向き直ると同時にふたたびランウェイをまっすぐに歩いていく。先端では動きの余韻を持たせて一瞬だけ止まった。顔を正面に残しつつ踵を返し、スタート地点を目指す。

歩いている間、杏一郎の視線を全身に感じていた。胸を張り、足の動きに合わせて左右に腕を広げる。ランウェイのはじめに行きついたところで、杏一郎の声がかかった。

「続けて」

その一声で、早紀はふたたびランウェイの上を歩きはじめた。さらに声をかけられ、また歩く。ウォーキングは毎回同じではないし、モデル独自のバリエーションがある。

「よし、終わりだ」

杏一郎の声で動きを止め、こちらに近づいてくる彼の顔をじっと見つめる。

彼の顔には満足そうな笑みが浮かんでいた。

「とてもよかった。早紀、君は十分に俺の期待に応えてくれている」

「ほ、本当ですか？」

杏一郎が頷き、白い歯を見せた。

早紀は思わず拳を握りしめ、自分を見る杏一郎に、にっこりと微笑みかけた。

「技術面の不足はあるが、これは努力するしかないし結果はあとからついてくるものだ。だが『ビアンカ』を背負って立つ意気込みは十分に感じられる。今のように堂々と本番に挑んでくれ」

早紀は、杏一郎の言葉を一言一句、漏らさず頭の中に刻み込む。

「それと、以前より軸がしっかりして、一歩一歩が着実だ。それでいて、軽やかさもあるし、早紀独自の空間が広がっているように見える。……ずいぶん頑張ったみたいだな」

最後の一言に、杏一郎のねぎらいを感じた。それと同時に、見つめてくる視線に早紀への愛情を感じる。

「ありがとうございます……」

顔中が笑顔でいっぱいになる。杏一郎が早紀につられたように小さく笑い声を上げた。

結局一時間近くは歩いただろうか。若干疲れてはいる。けれど、自分が表現したかったものをすべて出し切り、杏一郎に見てもらえたという達成感がそれを凌駕していた。

「本番が楽しみだよ」

彼がランウェイの下から手を差し伸べ、早紀はその手を借りてフロアに下り立つ。

不思議な事に、二人の手が触れ合ったその時、早紀の中で尊敬するビジネスパーソンである杏一郎と、心から愛する恋人である彼が、ひとつに融合したように感じた。

そんな不可思議な感覚を味わいながら、早紀はその後杏一郎から細かい指示を受け、教えを受ける。

状況は違うが、まるではじめて「アクアリオ」のモデルになった時に帰ったような気分だ。

早紀がそう言うと、杏一郎も同意して頷く。

「あの頃の早紀は読者モデルとしてのキャリアは積んでいたが、本格的なモデルとしてはまだ素人同然だったな。だが、その分スポンジみたいに俺が教えた事を吸収していった。素直で真面目な性格だから、教えていて楽しかったよ。早紀のほうは楽しむどころじゃなかっただろうけど」

早紀は持参したバッグから、いつものマグボトルを取り出した。近くのテーブルの上に二人分のカップを並べ、中に熱い紅茶を注ぎ、杏一郎に勧める。

「いい香りだ」

杏一郎が紅茶を一口飲み、ゆったりと椅子の背にもたれかかる。

以前付き合っていた時に、杏一郎は何度か早紀とのデートを兼ねて「チェリーブロッサム」を訪れた事があった。彼は恵が淹れる紅茶を美味しいと言ってくれたし、早紀は紅茶を飲む杏一郎を見るのを密かな楽しみにしていたものだ。

紅茶をきっかけに店の話になり、先日杏一郎が急遽早紀をドライブデートに誘った時の話になる。

「あの時は失礼してしまったな。また日を改めて早紀のご両親に挨拶に伺わせてもらうよ。その前に、今日のリハーサルで周りをあっと言わせてやろう」

杏一郎の声に励まされ、早紀は力強く頷く。

「はい」

自然体ながら自信をみなぎらせる早紀を見て、杏一郎は微笑みを浮かべた。

八月も下旬になり、アーカイブショー本番が間近に迫っている。

「長峰エージェンシー」から台湾入りするのは早紀の他に真子のみ。

渡航に関していえば、早紀は本来本番三日前からはじまるリハーサルに間に合えば問題ない。

しかし、杏一郎を含める「アクアリオ」のスタッフ達は会場の設営のためにショーの二週間前から前日まで、それぞれのタイミングで現地に向かう事になっているようだ。

早紀もいち早く現場の雰囲気を掴みたいと思い、単身、ショーの一週間前に台湾に入国した。

そして、現地で「ビアンカ」のモデルとしてランウェイを歩く最後の仕上げをしようと思っている。

（台湾ってすごく活気があるし、素敵なところだなぁ）

空港から出て、ホテルへ行く途中で街中を歩いてみてすぐにそう感じた。

宿泊先は繁華街の中心にある一泊三千円弱の格安ホテル。部屋は決して広くはないが、清潔でどこへ行くにも便利な立地だ。

ホテルにチェックインして荷物を置くと、早紀はさっそくアーカイブショーの会場予定地に向かった。そこは天井が高くフロアの四方にエレベーターやエスカレーターがあり、常に大勢の人が行き来している。

（活気があるし、賑（にぎ）やか……それに、なんだか見ているだけで楽しい！）

早紀は人の波が途切れた時を見計らい、そこを歩いてみた。邪魔にならない範囲で、それを何度も繰り返し、気がついた時にはもう夕方になっていた。

早紀は夕食を食べるために駅を出て繁華街に移動する。台湾は思っていた以上に治安が良く、人々は明るくてフレンドリーな人が多い。途中、民宿を営んでいるという初老の夫婦に話しかけられ、おすすめの観光スポットやお店の情報をもらった。

一日が終わり、二日目、三日目と同じようにショー会場に通い詰め、自分なりの答えを模索する。

先日行われた三度目のリハーサルでは、無事杏一郎以外のスタッフにも及第点をもらえた。

また、その日を境に、同じランウェイを歩くモデル達も、ようやく早紀を仲間として認めてくれたような気がする。早紀自身も、以前よりはモデルとして、恥ずかしくない自分に近づけたのではないかと思っていた。

四日目の朝、早紀は「アクアリオ」が取ってくれているホテルに移動すべく荷物をまとめた。

チェックアウトの前にカフェに行こうと思い、目当ての店に向かって歩く。

歩きながら、早紀は四日後に迫るアーカイブショーの事を思い浮かべた。

「いよいよかぁ……」

杏一郎に導かれ、七海に助言をもらい、早紀はどうにか自力でここまで辿り着いた。

そして、ようやく今「ビアンカ」のモデルとしてランウェイを歩けそうな気がしている。

けれど、あともう少し何かが足りないような気がする。

早紀が早めに現地入りしたのは、日本にいるよりも現地にいたほうがその何かを探し出せると思ったからだ。

それなのに、まだそれが見つからない。

どうすれば見つけられるだろうか——早紀はそんな事を考えつつカフェに向かう。

「あれっ……？」

ふと前を見ると、少し先の道を一人の小柄な女性が歩いている。

早紀は歩きながら、ふと首をひねった。こちらに向かってくるその姿に、なんとなく見覚えがある。

過去の記憶を探るうちに、かつて早紀が「ビアンカ」のオーディションを受けた日、雨の中タクシーに同乗した老婦人だと気づく。

「あ……あの時のおばあさんだ！」

着ている洋服のタイプが違うから、すぐにはわからなかった。

早紀は急いで老婦人のほうに近づいて彼女に声をかけた。すると、早紀の顔を見た老婦人が、ハッとしたような表情を浮かべる。

「あら、あなたは雨の日にタクシーに乗せてくれた……！」

「はい。まさか、こんなところでお会いできるなんて……！」

二人は少し先にあるベンチまで歩き、そこに並んで腰かける。そして、お互いに簡単な自己紹介をした。

老婦人の名前は麗子（れいこ）・ブルーニといい、生まれは日本だが現在はイタリア人の夫とミラノに住んでいるという。

「あの時は、たまたま用事があって帰国してたの。今もそうよ。夫も私も旅行好きだから、暇さえあれば世界中を旅して回っているの」

彼女は夫とともに二日前に台湾に来て、この先にあるホテルに宿泊しているのだという。

「信じられない……こんな偶然ってあるんですね」

なんの関わりもない赤の他人の二人が、一度ならず二度までも顔を合わせるとは……

しかも、ここは日本ではなく、台湾だ。おまけに、彼女は普段イタリアにいる。

その確率たるや、一体どれほどの低さだろう？

「そういえば、あの時話していたオーディションには、無事受かりました！」

早紀は、麗子にもらったミントキャンディが緊張を解くのに役立ったと話した。

「まあ、よかったわねぇ。言ったでしょ？　あなたはきっと受かりますよって」

「そうでしたね。あ……そういえば、こうも言ってくださいました。『気負わず自然に』『落ち着いて自分が出せる力を十二分に発揮して』って」

いろいろな事が起こる中で、早紀はあの時心に刻んだはずの麗子の言葉を、すっかり忘れてしまっていた。

「そうだった……。私、その言葉があったから、『ビアンカ』のオーディションに合格できたんだった……」

早紀は麗子の手を取って破顔する。

「私、最近、知らないうちにいろいろな意味で気負いすぎていたようです。ほしかった答えが、今ようやく、見つかりました……。私、悩みすぎて、迷子になっていたみたいです」

試行錯誤を繰り返し、なんとかここまで来た。

しかし、必死になるあまり、知らない間に力みすぎていたようだ。

「よかったわ。じゃあ、もう迷子じゃないのね？」

「はい、大丈夫です！」

早紀は麗子に、ここへはモデルとしてランウェイを歩くために来た事、少し前までモデルとして自信をすっかりなくしていた事などを話した。

「これも、麗子さんに会えたおかげです。麗子さんって不思議ですね……私がここ一番って時に、どこからともなく現れて……もしかして魔法使いとか――」

我ながらメルヘンチックで非現実的な事を――そう思うものの、早紀にとって彼女との出会いはそれほど価値があり、説明のしようがない奇跡だった。

「ふふっ、そうかもしれないわよ。いずれにせよ、あなたの力になれたのならこれほど嬉しい事はないわ」

麗子が軽やかな笑い声を上げた。早紀もともに笑い、晴れやかな気分になる。

「本当に人の縁って不思議ですね！　でも、よかった……私、きっともう大丈夫だと思います。なんだか、今すぐランウェイを歩きたい気分」

「いいわね、その表情」

麗子に言われ、早紀はさらににこやかな顔で彼女を見る。

ちょうどその時、ベンチに置いていたバッグからスマートフォンの着信音が聞こえてきた。

「……すみません、ちょっといいですか？」

早紀は麗子に断ってスマートフォンを取り出した。画面を見ると、かけてきたのは真子だった。

彼女は、ついさっき空港に到着したようだが、初の海外出張で緊張しているのか、ホテルに向かう途中で迷子になってしまったらしい。

電話を切り、早紀は麗子に向き直った。

「麗子さん、すみません。私のマネージャーが、空港からホテルに向かう途中で迷子になっているみたいです。私、助けに行かないと――」

「ええ、迷子には手助けが必要だわ。さあ、今すぐに駆け付けて迷えるマネージャーさんを助けてあげてちょうだい」

「はい……あの、麗子さん、もしよかったら連絡先をお聞きしてもいいですか？」

これほど広い世界の中で、偶然、二度も出会って助けられた。そんな人と、このまますんなり別れてしまうのを、寂しく感じる。

「ええ、もちろん」

快諾してくれた麗子から連絡先を聞き、早紀は彼女に礼を言って丁寧に暇乞いをした。

早紀は急いでホテルに戻りチェックアウトを済ませると、荷物を持ってタクシー乗り場へ行く。

麗子に会ったおかげで、アーカイブショーに向けての準備がすっかり整ったような気がする。

落ち着いたら、必ず連絡をして改めてこれまでの礼を言おう――そう思いながら、早紀は真子を救うべく待機していたタクシーに乗り込むのだった。


アーカイブショーの本番に向けて、会場の設営は整い現地でのリハーサルが重ねられた。

いよいよやって来た、本番当日。

早紀も実際のランウェイを目の当たりにして、高揚感に包まれる。ここを自分が歩くと思ったら、一気に気持ちが引き締まった。

駅構内を少し歩き回ってみると、あちらこちらにショーのポスターが貼られており、通行人はくれぐれも会場の横で立ち止まる事のないようにと書かれている。

ショーの開始は午後七時から。天気予報によると、今日は一日中晴天らしい。

早紀は部屋で朝食を終えたあと、ホテル上階のカフェで紅茶を飲んでいた。

それというのも、昨夜たまたま話をしたホテルの従業員から、ここで美味しい台湾紅茶が飲めると聞いたからだ。

紅茶の生産地と言えばインドが有名だが、実は台湾も良産地だ。

蜜香紅茶と呼ばれるそれは、その名の通り蜜のような甘い香りがする。紅茶畑に飛来するウンカという昆虫が作り出す茶葉は、無農薬の極めて自然に近い状態でしか取れない貴重品だ。

(美味しい……)

ショー当日を迎え、さすがに緊張しているし、気分的にもそわそわして落ち着かない。しかし、こうして紅茶を飲みながら窓からの景色を眺めていると、少しだけ心が凪いでくるような気がする。

早紀が紅茶の甘い余韻を楽しんでいると、背後を人が通る気配がした。

「早紀?」

その声にうしろを振り返ると、そこには杏一郎がいた。彼のすぐあとから、アーカイブショーの演出家がやって来るのが見える。

思いがけず杏一郎と顔を合わせた早紀は、椅子から立ち上がって二人に挨拶をした。

「加瀬社長。おはようございます」

「おはよう。調子はどうだ?」

「すっかり準備OKです……と言いたいところですけど、さすがにちょっと緊張してきました」

杏一郎が、演出家を先に行かせて自分だけ留まる。

「少しだけ、話せるか？　もちろん、プライベートじゃなく仕事として」

「はい、もちろんです」

早紀は頷き、杏一郎に促されて再度席に腰を下ろした。彼もまた早紀の正面の席に座る。

「なんだか、甘い香りがするな」

杏一郎に言われ、早紀は蜜香紅茶について簡単に説明をした。

「これを飲んだおかげか、少しだけ緊張がほぐれた気がします。……なんて、本番までまだ時間があるし、その間にまた心臓がバクバクになりそうですけど」

早紀は、大袈裟に胸を押さえるジェスチャーをした。すると、杏一郎が深く頷いて早紀の顔を正面からじっと見つめてくる。

「緊張するのは無理もないし、そうなって当たり前だ。だが、俺は今の早紀なら百二十パーセントやり遂げられると思うし、そう信じてるよ。そう言い切れるほど、早紀は今日の日のために頑張ってきたんだし、その成果はきちんと結果となって表れるはずだ」

杏一郎が早紀に向かって自信たっぷりの笑みを向ける。その、余裕のある笑みを目の当たりにして、早紀はふっと肩の力を抜いた。

「加瀬社長にそう言っていただいて、なんだか自信が湧いてきました」

「そうか。それは何よりだ。とにかく、もうここまで来たんだから、あとは気負わずにいけばいい。早紀は大丈夫だ。俺が保証する」

杏一郎の視線が、改めて早紀を捉えた。

「加瀬社長が保証してくださるなら、何も心配はいりませんね」

「もちろんだ」

早紀を見る彼の目に、ぐっと力がこもる。彼の視線からは、早紀に対する深い信頼の気持ちが感じられた。

「ありがとうございます。もう、大丈夫です」

早紀は杏一郎を見つめ返し、きっぱりとそう言い切った。

「そうか。じゃあ今夜、ランウェイで会おう」

杏一郎がそう言って先に席を立った。

早紀は頷き、彼が去ったあと、少し経ってから店を出て自室に戻った。

それから真子と部屋で合流して時間の確認をし、昼食を取ったあと軽くホテル内のジムで身体をほぐす。

いったん部屋に戻り寛いでいると、ベッドの上に置いていたスマートフォンが鳴り、着信を知らせた。

「あ、事務所からだ」

表示された文字を確認して電話に出ると、かけてきたのは斗真だった。

『もしもし、早紀さん？　調子はどうですか？』

和解して以来、もともとの優しい性格で接してくれるようになった彼とは、出国するまでの間にかなり気軽に話せる仲になれた。もっとも、照れ隠しもあって口調はぞんざいなままだが、言葉の端々に彼からの気遣いが感じられる。

「調子は上々ってところかな。若干緊張してるけど、今、斗真くんの声を聞いて、ちょっとだけ緩んだ気がする」

「アクアリオ」のアトリエで話したあと、母子で今後について話し合い、斗真は来春、七海とともに台湾へ移住する計画を立てているらしい。

それを教えてくれたのは斗真自身であり、彼は今、新しい生活に向けていろいろと準備中だ。

「台湾っていいところだね。来年斗真くんが移住して落ち着いたら、遊びに行かせてもらおうかな」

『いいですよ。その時は、日本からのお土産(みやげ)を、たっぷりとお願いします』

他愛のない雑談を交わし、電話を切る。斗真なりに緊張をほぐそうとしてくれたのが伝わってきて、ありがたくてちょっと涙ぐみそうになった。

早紀にとって、斗真はゆくゆくは甥(おい)になる子だ。台湾に移住しても、繋がりが残る事を心から嬉しく思う。

（いろいろあったけど、やっぱり可愛くていい子だよね。それにしても、私、昔に比べるとかなり涙もろくなってない？）

それはそれで、以前よりも感情を素直に表せるようになっている証拠だと思い、早紀はよしとして納得する。

夕方過ぎにホテルを出て、会場に向かった。

夜空には三分の二の大きさになった月が輝き、天井から降り注ぐ月光が「アクアリオ」の持つ黒のイメージとぴったりと合致している。

設置された椅子や天幕も、すべて黒で統一され、ランウェイになるライトグレーの床が照明の光を浴びて白く浮き上がって見えた。

ショーのテーマは「自由」と「闇」と「光」。

開始前からぎっしりと集まったギャラリー達は皆、期待に満ちた顔でショーの開始を待ち望んでいる。

「早紀、おまたせ〜！」

本番の三時間前に会場に到着したルウが、早紀を見つけてまっしぐらに駆け寄ってきた。

彼は今回招待客として最前列であるフロントロウに座り、ショーを見守ってくれる。

「待ってた〜！　異国の地でルウの顔を見ると、めちゃくちゃホッとする〜」

「ねえ、さっき外を歩いてみたんだけど、近くのカフェにアカデミー賞俳優や有名アーティストがたくさんいたわよ」

ルウが興奮気味に世界的なヒットを飛ばし続ける音楽プロデューサーや俳優の名前を挙げていく。

「アクアリオ」の洋服とアクセサリーを纏うルウのゴージャスないでたちは、他の華やかなギャラリー達と比べても少しもひけをとらないだろう。

「それにしても、早紀、あんた一皮剥けたわね。すごくいい感じ」

「ほんと？　嬉しいな」

早紀は心から喜んで顔をほころばせる。ルウとお喋りをして和んだあとは、その日身に着ける衣装を再確認し、心身ともに最終的なコンディションを整えていく。

ショーの二時間前、控室に行くとそれぞれのモデルを担当するヘアメイクのスタッフが鏡の前で待ち構えていた。

いよいよ、ショーに向けて本格的な準備がはじまる。

「早紀ちゃん、いよいよだね」

「はい、今日はよろしくお願いします」

早紀は夏木と挨拶を交わし、鏡の前に座る。

「昨夜は、たっぷりと寝られた？」

「もうバッチリです！」

メイクを施され、髪の毛を緩いアップスタイルにしてもらった。それは、これまでリハーサルを重ねながら「アクアリオ」のスタッフを交えて話し合い、最終的に早紀と夏木で決めたメイクとヘアスタイルだ。

「今日の早紀ちゃん、すごく綺麗だし自信に溢れてるって感じ。ラストルック、頑張ってね」

ラストルックとは、ショーの最後に登場する、いわば〝トリ〟を意味する言葉だ。

現地でのリハーサルを重ねる中で「アクアリオ」側のスタッフが協議した結果、早紀がラストルックを任される事になった。それは、新規ブランドである「ビアンカ」を最後に配し、メディアに対して強烈なインパクトを与えるという目的があっての事だ。

それもあり、早紀に課せられた役割はただ「ビアンカ」を着こなしてランウェイを歩くというだけではなくなった。その事は、ただでさえとてつもない重圧を感じている早紀に、さらなるプレッシャーを与えた。

けれど、火事場の馬鹿力とでもいうのか、努力に努力を重ねてなんとかここまで辿り着いた早紀は、むしろそれを楽しむ心意気で今日という日を迎えている。

それに、自分に信頼を寄せてくれる杏一郎やスタッフ、思いがけない麗子との再会などが、早紀の背中を力強く後押ししてくれていた。

「ありがとう、夏木さん。精一杯務めてきます」

早紀は鏡越しに夏木と見つめ合い、気合を入れ直した。

時刻は午後六時。

本番に向けての最後のリハーサルが開始される。まだ私服だが、靴だけは本番と同じものを履いてのウォーキングだ。

「では、よろしくお願いします」

演出家の声がかかり、スタッフが見守る中、本番さながらのウォーキングをする。

早紀は「ビアンカ」を着て三度ランウェイを歩く。

演出家の指示のもと、一度目は基本のウォーキングで前の順番のモデルに続き、まっすぐに進む。

二度目は、それぞれの決められたタイミングで数名ずつモデル達がランウェイに出て、縦横に歩き回るというスタイルがとられている。表情や動きは指定されているが、やや自由な感じで歩き回り各自もとの位置に帰っていく。

三度目は、各モデルが一人ずつランウェイを歩き、ギャラリー達と対峙する。歩き方はモデル達にほぼ一任されているから、見ていて飽きないし面白い。

早紀は空き時間に自分の順番を確認したり、前後に歩くモデルと出るタイミングについて話したりして忙しく過ごした。

ショー開始三十分前――

ヘアメイクや衣裳の微調整を行い、適宜靴を脱いだりしてリラックスしつつ本番を待つ。

徐々に各メディアやカメラマンが集まりだし、バックステージの撮影をはじめる。フロアは各自動き回る人達で混雑し、慌ただしさが増していく。

ふと見ると、その中に春日がいる。早紀が手を振ると、春日がカメラを手に近づいてきた。

「よう、来たよ。今日はまた、いつも以上にいい感じだな。さすが『ビアンカ』を引っ提げて歩くモデルだ」

春日が早紀の写真を撮り、満足そうな表情を浮かべる。彼は今日、とあるファッション誌の依頼を受けてやって来たという。

「ありがとうございます！」

撮影が終了しカメラマンが出ていくと、モデル達は各自最後の準備を終える。

ショー開始まで、あと十五分――

会場では、招待されたギャラリー達が集まりはじめたみたいだ。

「ちょっと、すごい人来てるわよ！」

モデル仲間の声を聞いてこっそりフロントロウの様子を窺ってみると、着飾った名の知れたセレブリティ達がカメラマンの前に立って撮影のオファーに応えているところだった。

世界規模で活躍する女優やトップモデルの姿を見て、早紀は息をひそめてその美しさに見入った。

その真ん中に、有名ファッション誌のトップがいる。とあるハリウッド映画のモデルにもなったとも言われる彼女の存在感とオーラは、さすがとしか言いようがない。

（さすが「アクアリオ」……！　こんなにも注目されてるんだ……）

早紀は思わず武者震いをした。

「す、すごい……」

早紀が呟くと、すぐそばにいたモデル仲間が肩をポンポンと叩いてきた。

「リラックス、リラックス～。いくらすごいセレブが来ようと、ランウェイの上では『アクアリオ』を背負って立つ私達が主役よ！」

その言葉にハイタッチで応え、早紀は七海自らが持って来てくれたジュエリーを身に着け、靴を履いてスタンバイをする。

「とても素敵だわ」

七海から賛美の言葉をもらい、さらに本番への気持ちが高まった。

ショー開始十分前——

観客席に続々とギャラリーが集まりはじめ、五分前には満席状態になった。

本番直前になり、ランウェイに向かうモデル達にヘアメイクの最後のチェックが入る。

十九時ジャスト——ついにショーがスタートした。

会場内が暗くなり、ランウェイだけにライトが当てられる。

フロアの中央全体に及ぶランウェイは、封鎖されたセンター入り口を突端にして、地下一階に続くスロープ部分がスタート地点のひとつとされた。

つまり、モデル達は地下からのスロープからランウェイに出てきて、また地下に戻っていくというパターンでウォーキングをするのだ。

ランウェイは駅とセンターを繋ぐフロア全体で、余分なものは一切置かない。モデル達は広々としたスペースを存分に使って「アクアリオ」の選りすぐりの洋服を魅せていくのだ。


フロアの端に立つブルージーな歌姫の声を合図に、明るかった照明が仄暗い薄闇に変わった。

陰影の中に最初に登場したのは、ストレートなラインが美しいブラックコートを着た男性モデル。中に着ているジャケットとボトムスのアシンメトリーな裾や袖が、歩くたびに揺らめく。

次々に登場するモデル達の人種はさまざまで、各自が十年に及ぶ「アクアリオ」を代表する洋服を纏い、それと一体化してランウェイを歩く。

時に黒の中に鮮烈な赤や青が交じり、モデル達もそれに合わせた表情と動きでギャラリーを魅了する。

その合間を縫うようにランウェイを歩くのは、「アクアリオ」の新ブランドである「ビアンカ」

を纏う早紀だ。

重厚な現代風のBGMがフェードアウトし、静かなチェンバロの音が聞こえてきた。それに合わせた歌姫の声がフロアに響き渡る。

ついに早紀の一回目のランウェイがやってきた。

早紀は舞台に出る寸前、軽く息を吸い込んで顎を上向けた。

着ているのは真っ白な生地に無数のビーズで水の流れを表したチュールワンピースだ。

一歩足を前に進め、ランウェイに出る。

すると、もう身体は自然に動き出し、ただ正面を見て軽やかに前に向かって歩を進めていく。

ランウェイの端で立ち止まり、十分な余韻を持たせながら踵を返す。

早紀の視界に、会場全体の風景が映る。ギャラリー達の視線を感じて、早紀の全身に一瞬凄まじい緊張が走った。

早紀は小さく息を吸い込み、それを緊張とともに喉の奥に呑み下した。歌姫の声とチェンバロに混じり、カメラのシャッター音と人々が息を呑む音が聞こえてくる。

その音の中に溶け込むように、早紀はふたたび歩き出す。心は不思議なほど平穏で、視界に入るギャラリー達の顔も風景のひとつのように感じた。

歩く足が自然と音楽とマッチし、足を進めるごとに静かな心地よさを感じる。

バックステージに戻ると、真子が早紀に駆け寄って軽くハグをしてきた。

「どうだった？　私、ちゃんと歩けてたかな？」

「バッチリ！　次も頑張って行こう！」

ショーは進み、早紀は「アクアリオ」の「黒」の中で「ビアンカ」の「白」をギャラリー達に印象づけ、魅せつけていく。

二着目の服は胸元を大胆にカットしたレース生地のミニマム丈の上下だ。縦横に歩くモデル達とともに、早紀も自分のスタート地点からランウェイに出た。

ＢＧＭは、歌姫のアカペラの歌声のみ。

リハーサルどおりの道筋を歩き、他のモデルとぶつかる事なくウォーキングを進める。途中、ゆっくりと手を上下させ、フロア中央に来た時、ふと立ち止まって天井を見上げた。

周りを行き交うモデル達を感じつつ、その場に佇み、歌姫が美しい高音を披露したタイミングでふたたび歩き出してバックヤードに戻る。

真子と視線を交わしたあと、忙しく動き回る人の間を縫って夏木が待つ鏡の前に座った。

ラストルックに向けて再度心を整えつつ、目を閉じて新たに髪の毛をセットしメイクを施してもらう。

早紀が三着目に着るのは、シアーなベルスリーブのロングドレスだ。全体に立体的な花模様の刺繍が施されておりエレガントでありながら、これまでの「アクアリオ」のデザインを踏襲したクールな雰囲気もあわせ持つ一着になっている。

「いってらっしゃい」

笑顔の夏木に見送られ、早紀はスタート地点に向かった。

真子と視線を交わし、前のモデルが戻ってきて一呼吸置いたのちにランウェイに歩き出す。

緩やかなワルツの音に合わせて、口元にわずかな微笑みを浮かべた。歩きながら両手を広げ、袖に空気をはらませて、ゆったりと回転する。早紀はギャラリーへ視線を巡らせつつ、ランウェイ全体を使ってのウォーキングを終えた。

最後まで歩き切った早紀は、スタート地点に戻りギャラリーを振り返る。にっこりと微笑み、そのままバックヤードに帰ろうとした時、早紀の目から一粒の涙が零れ落ちた。

きっと感動が胸に押し寄せてきたのだと思う。

それを合図にしたかのように、杏一郎がランウェイの上にやって来て早紀の横に立った。

彼にエスコートされふたたび歩き出すと、モデル達が二人のあとを追うようにランウェイの上に登場する。最後は全員揃ってのウォーキングになり、それぞれが拍手をしながら思い思いのスタイルでギャラリーを沸かせた。

会場内はたくさんの拍手に包まれ、ギャラリーの前列にいたファッション界の重鎮達が杏一郎のもとに駆け寄る。

早紀はモデル達とともに杏一郎を囲み、円の中心にいる彼に心からの拍手を送った。

「アクアリオ」のアーカイブショーは無事終了の時を迎えた。

バックステージでは、スタッフやモデル達が入り交じって握手やハグをしてショーの成功を祝う。

最後に全員で写真を撮る事になり、春日が構えるカメラの前に主要スタッフとモデル達が集合する。

「早紀ちゃん、もっと真ん中に寄って！」

春日の指示のもと、早紀は他のモデル達の手によって中央にいる杏一郎の隣に追いやられた。

「じゃあ、撮るよ〜！　はい、チーズ！」

オーソドックスなかけ声のあとに、写される側の早紀達がいっせいに「チーズ」と言う。

春日がシャッターを押そうとしたまさにその瞬間、杏一郎が指先で早紀の顔を引き寄せた——

そして、周りが驚きの表情を見せる中、早紀の唇にキスをしたのだった。


九月になり、台湾でのアーカイブショーから、あっという間に九日が経過した。

日曜日である今日、早紀は「ＣＬＡＰ！」の十一月号用の撮影のために休日の「チェリーブロッサム」にいた。

十一月号を最後に同誌からの卒業が決まっている早紀にとって、今日が「ＣＬＡＰ！」での最後の撮影になる。

撮影自体は一昨日(おととい)からはじまっており、幸いにも野外での撮影は快晴のもと無事行われた。

「チェリーブロッサム」での撮影は過去何度か行われており、その都度編集部には場所についての問い合わせが入ったりしている。

今回は最後という事もあり、編集部のほうからぜひにと言われここでの撮影が決まった。

朝から準備をはじめ、ついさっき春日をはじめとする撮影スタッフが店に到着したところだ。

「早紀ちゃん、今日は自由に動き回っていいよ。俺はいいと思ったシーンを勝手に写していくから」

通常の撮影時には、決まったテーマがあり指定されたシチュエーションに合わせた服を着てポーズを取る。

しかし、今回は「CLAP!」の専属モデルとしての〝桜井早紀〟の卒業特集と銘打ったコーナーを設けてもらっており、編集会議の結果普段の早紀を撮るという事で話が進められた。

店内には、多少の照明機材などが置かれているが、できる限り自然な感じで撮りたいという春日の意向もあり、すべていつもの「チェリーブロッサム」の風景だ。

「わかりました。よろしくお願いします」

早紀は店のエプロンをつけて、キッチンにいる恵を手伝ったり、スタッフ用の紅茶をテーブルに運んだりする。

途中、ランチを挟み撮影は順調に続けられた。

午後三時になり、春日がすべての撮影が終わったと言って高らかに拍手をする。

「早紀ちゃん、長い間お疲れさまでした！」

突然店のドアが開き、店内に「CLAP!」の編集長をはじめとするスタッフが入ってきた。

「え……編集長……わざわざ来てくださったんですか？」

「当たり前でしょ。早紀ちゃんは『CLAP!』創刊以来ナンバーワンの人気モデルだもの」

「もう……編集長ったら、持ち上げすぎ……」

サプライズで大きな花束を手渡され、スタッフや来てくれた仲のいいモデル仲間達と順番にハグをする。

これで今生の別れという訳ではない。だが、さすがに卒業する寂しさもあり、たくさんの人が駆けつけてくれた事に対する嬉しさもありで、早紀は少し涙ぐんでしまう。

恵や花がスタッフにスイーツや軽食をふるまってくれて、最後はちょっとした卒業パーティのようなものになった。

皆でひとしきり語り合い、夕方になってそれぞれが店をあとにする。それを見送った早紀が店内に戻ると、最後まで残っていた春日が早紀に向かってカメラを構えていた。

「わっ！　春日さん、まだ撮るの？」

完全に気を抜いていた早紀は、急いで表情を作ろうとした。しかし、すでに撮り終わった春日が、にんまりと笑いながらカメラをテーブルの上に戻した。

「今、すごくいい顔してたぞ。最後にいい一枚が撮れてよかった」

「そ、そうですか？　それならいいんですけど……。春日さん、改めてありがとうございました。私、春日さんが撮る写真が好きです。なんというか……静止画なのに、今にも動き出しそうな雰囲気を感じるんですよね」

「嬉しい事を言ってくれるね。ありがとう。『CLAP！』での仕事はこれで終わりだけど、他ではまだ縁があるし、これからもよろしく」

春日に言われ、早紀は微笑みを浮かべた。

「こちらこそ、よろしくお願いします」

早紀は恵が追加で持って来てくれた紅茶を手に、春日を窓際の席に誘った。そして、二人して向かい合わせに座り、今日の撮影を振り返りながら話をする。

「この仕事をはじめてだいぶ経ちますけど、今回みたいに長く続いた大きな仕事が終わると、ふと不安になったりするんですよね。『ビアンカ』の仕事をもらう前がそのピークでした。この先どうなるのか、何か新しくはじめるべきじゃないのか……自分自身や将来について考えてしまって……」

「それ、すごくわかるよ。俺だってそうだもんな。『CLAP!』との契約も当然期限付きだし、好きに撮りたくてフリーになったとはいえ収入は安定しないし、確実に稼げる先を確保しておきたい気持ちはあるよ。……俺もまだまだだな」

そんな話からはじまり、彼はかつての友介と今の自分を比較しはじめた。

「あいつは収入とか世間体とか、まったく気にしない奴でさ。でも、女性にモテるから、いつもたっぷりと収入があって面倒見のいい恋人がそばにいたんだ。そのうち七海と出会って、子供ができて結婚して……」

春日が言うには、加瀬兄弟の両親は二人が十歳の時に離婚。

杏一郎は弁護士の父親に引き取られ、友介は母親と一緒に家を出た。母親は彼を連れて一年後に再婚するが、継父と折り合いが悪かった友介は、地方の高校に進学して寮生活を送るようになったという。卒業後は一人暮らしをしながら写真の専門学校に通い、そこで春日と出会ったそうだ。

「俺のほうが先に七海に出会ってたんだぞ？　ちくしょう、あんな風来坊のどこがいいんだ？　俺のほうがよっぽど――ああ、いや……その……今のはナシ。ちょっと卑屈になりすぎた」

春日の口ぶりからすると、まるで友介に嫉妬しているように聞こえる。

(……もしかして春日さん、七海さんの事が好きなのかな?)

そういえば以前アトリエで二人と話した時、春日は七海から「やきもちを焼いている」のかと聞かれたりしていた。

「オクトパス・アワード」を受賞した時も、自分のほうが上の賞を獲ったにもかかわらず『俺的には、まだ奴の上に行けた気がしない』などと言っていた。

(……なんて、私が春日さんの心配をしてどうするのよ)

話題を変えて、ひとしきり話したあと、春日がふいに含み笑いをした。

「それにしても、早紀ちゃん——やっぱり杏一郎と付き合ってたんだな。居酒屋で偶然会った時、なんとなくそんな感じがしたんだよな」

アーカイブショー後の杏一郎とのキスは、その場にいた全員を驚かせた。その後いっせいに居合わせた人達から関係を問い詰められ、二人が恋人同士である事が知れ渡ってしまったのだ。

「え……っと……なんと言っていいのか……」

「いや、とにかくよかったよ。あいつ、あの顔とスタイルなのにいつまでも一人でいるから、そろそろ本気で心配してやらないといけないと思っていたところなんだ。それにしても、杏一郎の奴、なかなかやるよなぁ」

杏一郎は自ら早紀との仲を明かした。春日のみならず、居合わせたメディア関係者は当然色めき立ち、早紀は杏一郎に肩を抱かれながら、赤くなった顔をますます赤くしたのだ。

「なんにせよ、めでたいよ。結婚式の時には、俺がカメラマンをやるから事前にスケジュールを確認してくれよな」

それからすぐに春日が帰り、早紀は店の中で一人きりになる。

夕暮れが迫る店内で、早紀は「ＣＬＡＰ！」での仕事を振り返り、心の中で自分に「お疲れさま」と言った。そして、杏一郎とともに歩む未来に思いを馳せながら、今後はいっそう努力をして、公私ともに彼にふさわしい自分になろうと硬く決心するのだった。


九月も下旬になり、ようやく本格的に秋らしい気候になりはじめた。

四季にはそれぞれの楽しさや美しさがあるが、暑くもなく寒くもない時期は一年のうちのほんのわずかだ。

その日、早紀は久しぶりにじっくりと腰を据えて事務所の雑用をこなしていた。

「早紀。この間の話、どうするか決めた？」

真子に話しかけられ、早紀は笑顔で顔を上げた。

「う～ん、もう少しだけ！　もうちょっとだけ待ってくれる？」

この間の話とは「ＣＬＡＰ！」のお姉さん的な雑誌である「ＬＡＤＹ　ＬＩＦＥ」の専属モデルにならないかと打診された件だ。

「いいけど……はは～ん、加瀬社長にお伺いを立ててからって事かな～？　社長、今ロサンゼルスでしょう？　このまま結婚ってなったら、スケジュール調整も必要よねぇ」

「そ……それは……その――」

「まあ、できるだけ前向きに考えてね」

「わかりました」

アーカイブショーあとのキスの件は、もうすでに業界中に知れ渡っている。

『あの加瀬杏一郎に恋人ができたって！』

『え、嘘でしょ？　彼、女性には興味なかったんじゃなかったの？』

『いや、俺が聞いたのはかなり年上の熟女じゃなきゃダメだっていうのだったけど』

『私が知ってる噂は、もうすでに枯れ果てて色事や恋愛に興味がなくなったって話だった』

おおっぴらに言われていた訳ではないが、ごく一部の人達の間で、杏一郎に関するさまざまな噂が、まことしやかに囁かれていたみたいだ。

実際、早紀はまったく知らなかったし、聞かされた当初は文字どおり腹を抱えて大笑いした。

つい最近、杏一郎と話した時、彼は以前言っていたように早紀の両親に結婚の挨拶をしに行きたいと言ってくれている。

その日の仕事を終え、早紀はルウのサロンに立ち寄ってヘアケアの施術を受けた。

自分でもケアをしてはいるが、アーカイブショー以来、髪の毛が少々傷んでしまったのだ。

それに、ルウのサロンならいつ行ってもゆったりとした気持ちになれるし、彼と話すだけでも気分がすっきりして頭がクリアになる。

「はい、お疲れさま。これで早紀の髪の毛はピカピカのサラサラ～」

施術を終えたルウが満足そうに肩をそびやかす。

「ありがとう。いつもながらプロフェッショナルの仕事は見てて気持ちがいいね。ルウはすごい。一人でこれほどお店を大きくして、それに甘んじる事なく努力し続けてるんだもの。その姿勢、私も見習わなきゃいけないと思ってる」

ルウは、今や美容にうるさい人達の間では知らない人がいないほどの有名人だ。

彼は若くして美容家を目指し、夢の実現のためにハリウッドに単身で乗り込んで修行を重ね、実力だけで今の地位を築いた。

ゴージャスな外見からは想像もつかないほどの努力家であるルウの事を、早紀は心から尊敬しているし、彼から学ぶべき事はまだまだたくさんあると思っている。

「褒めてくれて嬉しいわ――あ、そうそう。この間頼まれてたランジェリーのカタログ、届いたから持ってってていいわよ」

ルウが手渡してきたのは、以前彼が紹介してくれたイタリアの下着メーカーのものだ。

「ありがとう。あれから、ちょっとランジェリーに興味が湧いて、あれこれ買って試してみてるんだよね。だけど、今のところここのが一番着心地がいいの。欲を言えば、もう少し生地が柔らかいといいんだけど」

「さすがモデル。着心地、穿き心地にはうるさいわね」

「まあね。日本のメーカーのものって、生地が柔らかくてその点ではいい感じなの。だけど、デザイン面ではこっちかな。……もう、いっその事、自分で好きに作れたらいいのに」

「ふぅん……いいんじゃない？　やってみれば？　私なんか中学の家庭科以来、裁縫なんかやった事ないけど、早紀は器用だしできなくもないんじゃない？」

「そ、それはさすがに無理だよ。ランジェリーって直接肌に触れるものだし、フィット感とか裁断や縫製の仕方とか、特に難しいと思うし」

「そう？　作り方とかネットに載ってたりするし、興味があるならトライしてみればいいのに」

用事を終えてルウの店から自宅に帰る道すがら、早紀は彼に言われた事についてずっと考えていた。

（トライしてみればいいのに、か……）

今までは、モデルとして既製の品を身に着ける立場だった。

しかし、いざ作る側の事を考えてみると、自分がほしいと思う品を見る目まで変わってきた。

着心地がよくてデザインもいいもの――そんな理想的な品なら、自分だけではなく他の人もほしがるのでは？

早紀は自宅に帰り着くなり、以前ルウにもらった下着を出して、細部にわたり観察をはじめた。

肌に優しく外に響かないよう工夫された足ぐりや身体を優しく包み込む生地の伸縮性など、知れば知るほど興味が湧く。さらには、知識欲も出て本格的に生地や縫製について気になりはじめる。

実際にランジェリーを扱う店に足を運んだり、海外のランジェリーショップのサイトから気になったものを取り寄せて実際に身に着けてみる。

そうするうちに、いつしか頭の中はランジェリーに関する事でいっぱいになっていた。

（そういえば、以前杏一郎さんが「今後『ビアンカ』の一部としてランジェリーを扱う予定だ」って言ってたっけ）

「アクアリオ」では、すでに男性用のアンダーウェアを販売している。しかし、女性用のランジェリーについては、今現在は取り扱いがない。

話を聞きたいが、杏一郎はまだ出張中だ。それに、今は十一月下旬にロサンゼルスでオープンする予定の店舗に関する業務で忙しくしている。とりあえず、彼の帰国を待ち、仕事の様子を見ながら詳しい話を聞いてみるのもいいかもしれないと思う早紀だった。

◇◇◇

十月に入り、朝夕はめっきり秋らしくなっている。

久しぶりにゆっくりできる日曜日の朝、杏一郎は一人キッチンで熱い紅茶を飲んでいた。

仕事に関しては忙しいながらも、ようやく落ち着いた日々が送れるようになったし、アーカイブショー後の展示会では大勢のバイヤーが集まって「アクアリオ」の人気を、改めて世に知らしめる事ができた。

仕事に関していえば、言う事はない。しかし、プライベートではかなり起伏があった。

まず、父方の祖母がしばらくの間日本に滞在する事になり、今現在自宅で同居している。

もともと自分の家なのだからなんの気兼ねもなく、七十七歳とは思えない行動力で日々精力的に動き回っている様子だ。

一方、七海が帰国して以来、彼女の滞在先のホテルに入り浸(びた)っていた斗真が、今月中に杏一郎との養子縁組を解消する運びになった。同時に七海との親子関係を復活させる予定であり、すでに二人は同居生活をはじめている。それに加え、夏休みの間に母子で話し合った結果、斗真が中学を卒業するのを機に台湾への移住を決めたようだ。

そうなると、日常的に会うのは困難になるだろう。しかし、斗真は友介の忘れ形見であり、今後も引き続き身内としてサポートを続けるつもりでいる。

そして今日。

杏一郎は休日の「チェリーブロッサム」で、早紀の父親である修三と向かい合わせに座っている。とにかく、ものすごく緊張している。しかし、覚悟を決めてきた以上、精一杯の誠意を見せて正式に早紀との結婚を願っていると伝え、許しを得なければならない。

「うぉっほん」

修三が軽く咳ばらいをする。

ついさっきまで杏一郎の隣には早紀が座っていたが、どこからか電話がかかってきて席を外してしまった。テーブルの上には淹れたての香り高い紅茶のカップが置かれ、その横には早紀の母親である恵お手製のアップルパイが添えられている。

緊張のせいでそれらにまったく手を付けられないでいると、用事を終えてテーブルに着いた恵が「どうぞ召し上がってね」と言ってくれた。恵が修三の隣に座り、二人を見比べてニコニコと微笑みを浮かべる。

「せっかく男同士二人きりになったのに、やぁね、お父さんも杏一郎さんも緊張しすぎ」

恵がアップルパイを切り分け、それぞれの前に置く。勧められ、紅茶を飲んで一口アップルパイを食べた。

「……うまい」

思わず出た言葉が、フランクすぎた。あわてて言い直そうとするも、修三と視線が合ってそのまま黙り込んだ。

「うん、うまいだろう？　母さんのアップルパイは世界一だからな」

見ると、二口目のアップルパイを口に運びながら、修三はさっきとは打って変わった機嫌のよさそうな表情を浮かべている。

「もう、お父さんったら。杏一郎さん、褒めてくれてありがとう。たくさん召し上がれ。お父さん、独り占めはダメよ」

以前会った時もそう思ったが、早紀の両親は年下の自分が微笑ましく思うほど仲がいい。

十歳の時に両親が離婚し、その後仕事一辺倒の父親に金銭面だけは潤沢な養育をされてきた。

そんな杏一郎にとって、修三と恵はまさに理想ともいえる両親であり、こうありたいと願う夫婦像でもあった。

電話を終えた早紀が戻ってきて、杏一郎の隣に座った。

「おまたせ。やっとお母さんのアップルパイが食べられる——って、もうだいぶなくなっちゃってるじゃないの～」

一気に場が和み、彼女を交えて、しばらくの間ティータイムを楽しむ。早紀がそれぞれのカップに二杯目の紅茶を淹れてくれたタイミングで、杏一郎は居住まいを正し、前に座る二人を見た。

「早紀さんのお父さん、お母さん。今日はお時間をとっていただき、ありがとうございました。ここでまた、こうしてお二人とお話ができる事、本当に嬉しく思っています」

話しながら、杏一郎の胸に以前一度早紀と別れてしまった時の事が思い浮かぶ。二人を見ると、双方とも穏やかな微笑みを浮かべながら頷いてくれている。

「僕は心から早紀さんを大切に思っています。今後は、たとえどのような事があっても決して早紀さんと離れないとお約束します。早紀さんにもこの事を伝え、結婚の申し込みをさせていただきました。僕は一生をかけて早紀さんを守ります。どうか、早紀さんとの結婚を、お許しいただけないでしょうか」

瞬きもせずにそう言い切ると、杏一郎は夫妻に向かって丁寧に頭を下げた。顔を上げると、恵が修三の腕に手を回した格好でにっこりと微笑んでいる。

「ほら、お父さん」

恵に促され、修三が杏一郎のほうを見た。その顔には、若干複雑な表情が見て取れる。

杏一郎は緊張に全身をこわばらせながら、修三の答えを待った。

「君の気持ちはよくわかりました。杏一郎くん、どうか早紀をよろしくお願いします」

きちんと座り直した夫婦が、同時に杏一郎に向かって頭を下げる。

杏一郎は心から安堵して、自分の膝に置かれた早紀の手を固く握りしめた。

「お許しいただいて、ありがとうございます。早紀さんを必ず幸せにすると誓います」

早紀が握られた手を、しっかりと握り返してきた。

「ありがとう、お父さん、お母さん……私、今すごく嬉しい！」

早紀が破顔し、杏一郎と顔を見合わせて嬉し涙を流した。

杏一郎はスーツの胸ポケットからハンカチを取り出し、早紀に手渡してから改めて夫妻に頭を下げる。

「これから末永く、どうぞよろしくお願いいたします」

杏一郎は改めて挨拶（あいさつ）をし、早紀のほうを向いて彼女と視線を合わせた。二人して同じ喜びを分かち合い、その後、事前に早紀と打ち合わせた結婚式に関する話をする。

夕方近くになり、杏一郎は早紀とともに店を出て、車を停めてあるコインパーキングに向かった。

とにもかくにも、これでようやく早紀との結婚が彼女の両親の許可のもと、無事確定した。

これほど嬉しい事があるだろうか？

「早紀、愛してる。心から愛してるよ」

杏一郎は、歩きながら早紀の手を取って、しっかりと握りしめた。

「私も……。私も、杏一郎さんを心から愛してます」

早紀の手が、杏一郎の手を握り返してくる。

その手の温もりを感じて、杏一郎は自分の心が芯から温まるのを感じた。

彼女となら、必ず幸せになれる。

何がなんでも大切にするし、命をかけてでも守りぬく覚悟がある。そう思える女性と結ばれる自分は、きっと世界中で一番の幸せ者だ。

そう確信しながら、杏一郎は早紀の肩をそっと抱き寄せるのだった。

◇◇◇

十一月になり、杏一郎の「アクアリオ」ロサンゼルス店オープンに伴う出張ラッシュが続く中、早紀は彼に誘われて、都心の閑静な住宅街に建つ日本家屋を訪れた。

すでに斗真は七海と暮らしており、杏一郎はそこに一人で住んでいる。しかし、普段海外で暮らしている父方の祖母が長期滞在中であるらしく、しばらくの間二人暮らしが続く予定だと聞いた。

その家は門と白壁に囲まれた豪邸で、庭を含め敷地はかなり広く、少なくとも四百坪はありそうだ。

門を通り抜けまっすぐの石畳を行くと、その先にどっしりとした面構えの玄関がある。

（豪邸なら、お隣の東条家もかなりのものだけど、ここも迫力があるなぁ）

復縁してから、一応鍵は渡されていたし住所も聞かされていた。だが、斗真が同居している事もあり、早紀はこれまでに一度もここを訪れた事がなかったのだ。

当初、駅まで迎えに来てくれる予定だったが、杏一郎に急用ができてしまい、早紀は自力でここを訪ねてきた。

玄関の鍵を開け、中に入る。中は和洋折衷で、中庭を臨む和室二間以外は、暖かな色合いのフローリングだ。

「うわぁ、すごい……。まるで庭が自慢の美術館か、VIPが通う料亭の庭みたい」

縁側から庭を眺め、ひとしきり感動する。急いで靴を履いて庭に出てみた。池には鯉こそ泳いでいないが、水は澄んでおり小さな水車まである。苔むした石は趣があるし、色づいた楓が常緑樹の緑と交ざり合って綺麗だ。

庭を囲む縁側を見ると、ガラス越しに広々とした屋内が見える。

早紀はあらためてこの家の広さを実感した。ふと縁側の左側を見ると、青い陶製の大きな植木鉢がある。

何が植わっているのかと思い近づいてみると、そこには青々としたミントが茂っていた。

「ミント……ここにもいたのね」

早紀は指先で葉っぱを軽く揉み、香りを楽しんでにっこりする。留守番をしている間に、家にあるものは自由に使っていいと言われていた。

早紀はシンクの横に置いてあった小鍋でお湯を沸かし、中にミントの葉っぱを千切って入れた。蓋をして数分置いて蒸らす。それを手近にあったマグカップに、葉っぱが入らないよう注意して入れ替える。出来上がったミントティーを持って、縁側に腰かけた。

「いい香り。ミント……やっぱり好きだなぁ……そういえば、麗子さん、お元気かな」

台湾から帰国後、早紀はすぐに麗子宛に手紙を書き、改めて再会できた喜びを綴り「チェリーブロッサム」で扱っている紅茶の葉とともに郵送した。

それから何度か手紙のやり取りをして、親交を深めている。先日受け取った手紙には、今度はじめて会った時にもらったミントキャンディを一緒に送ると書いてあった。

（なんだか、逆に気を遣わせてしまったかも……。だけど、あのミントキャンディ、美味しかったなぁ……）

早紀がそんな事を考えながらミントティーを飲んでいると、玄関の鍵が開き杏一郎の「ただいま」の声が聞こえてきた。

「あれっ？　杏一郎さん、もう帰ってきたんだ」

杏一郎は、用事を終えるのに一時間くらいかかると言っていたが、少し早めに終わったのだろうか。

早紀は彼を迎えるために玄関に急いだ。そして、ちょうど靴を脱ぎかけている彼と顔を合わせ、にっこりと微笑みを浮かべた。

「おかえりなさい。お邪魔してま――あ……あれっ？」

早紀が話している途中で、杏一郎の背後から小柄な女性がひょっこりと顔を出した。

「早紀さん、お久しぶり」

「れ、れれ……れ、麗子さんっ!?」

ミラノにいるはずの麗子が、どうしてここに？

そもそも、なぜ彼女が杏一郎とともにいるのだろう？

（ま、まぼろしっ？）

早紀は何度も瞬(まばた)きをして目を凝(こ)らしたが、そこにいるのは、間違いなく麗子だ。

「ど、どうして麗子さんが……え？　ちょ、ちょっと待っ……きょ……杏一郎さんっ？」

まったくもって状況が掴めず、早紀は杏一郎に助けを求めた。彼は早紀の戸惑いを、やや困ったような顔で見つめている。かたや麗子はといえば、杏一郎の横に立ち、二人の顔を交互に見て嬉しそうにパチパチと手を叩きはじめた。

「嬉しいわ！　ようやくこうして顔を合わせる事ができたのね。さあ、詳しい話は上がってからにしましょう」

麗子が杏一郎を急(せ)き立てるようにして靴を脱ぎ、玄関先に上がる。

早紀はキツネにつままれたような気持ちのまま、二人のあとをついてリビングに向かう。部屋に着いた途端、杏一郎が麗子に向かって渋い顔をした。

「おばあさん、早く説明してあげてください。早紀が驚いて声も出なくなってるじゃありませんか」

「あらあら、本当だ。早紀さん、驚かせてごめんなさい。実は私、杏一郎の祖母なの。あなたみたいな人が杏一郎の婚約者で、とても嬉しく思ってるわ」

相変わらずにこやかな表情でそう言うと、彼女は二人を促(うなが)してリビングのテーブルに着いた。

けれど、早紀がすぐに弾かれたように椅子から腰を上げる。

「あ……私、お、お茶を――」

キッチンに行こうとすると、麗子がいち早くそれを制して自ら席を立つ。

「いいえ、私が淹れるわ。杏一郎、早紀さんのお相手をしてあげてね」

麗子が足取りも軽くキッチンへ歩いていき、早紀は杏一郎と二人リビングに取り残された。

「あの……杏一郎さん――」

「早紀、驚いただろう？　俺もさっき祖母から話を聞いて、心底驚かされたところだ」

麗子がお茶を淹れている間に、早紀は杏一郎と麗子に関するすり合わせをする。

杏一郎の話によれば、麗子は間違いなく彼の父方の祖母だという。

彼女は、日本生まれの日本育ち。二十歳の時に日本人の男性と見合い結婚して、杏一郎の父とその妹を出産。二人が成人するのを待って離婚してイタリアに渡り、現在の夫と再婚して今に至る。

「お、おばあさま……？　麗子さんが、杏一郎さんの……」

いまだ信じられない面持ちをしながらも、早紀はどうにかその事実を受け止める。

「そ、そうでしたか……」

「俺もはじめは訳がわからなかったよ。早紀に『ビアンカ』のオーディションの前にミントキャンディをくれたおばあさんが、うちの祖母だったとはな」

そして、二度目に会ったのが台湾のアーカイブショーの四日前だ。杏一郎は、その時の話も麗子から聞かされたと言った。

「ここからの話は、早紀には初耳だと思うが、実は祖母は『ビアンカ』のオーディションがあった日、審査員の一人としてランウェイの横に座ってたんだ。来る前にうちの社の近くに勤務している知人に会いに行ったと言ってたから、タクシーで少し先まで行ったのはそのせいだろうな」

「……はい？」

納得したような顔をしている杏一郎を前に、早紀はふたたび頭の中をクエスチョンマークでいっぱいにする。

「それに、台湾のアーカイブショーではギャラリー席の最前列に座ってたしね」

「……え……審査員とかギャラリー席の最前列とか……麗子さんって、一体何者なんですか？」

早紀がますます混乱して訊ねると、杏一郎が肩に手を置いて宥めるようにポンポンと叩いてくる。

「祖母の実家は呉服屋でね。幼い時から着物に親しんでいたし、その関係で和装する時の下着の製造販売をしている家に嫁いだんだ——」

そして、麗子自身も下着のデザインなどを手掛けるようになり、和装下着を扱う嫁ぎ先とは別に「ＲＥＩＫＯ」というランジェリーブランドを立ち上げて、独自に製造販売するようになった。今の夫であるアレッサンドロ・ブルーニとは、ランジェリーに使う良質の生地を探していた時に知り合ったらしい。

「ちょっ……ちょっと待ってください！『ＲＥＩＫＯ』って、イタリアの下着メーカーの『ＲＥＩＫＯ』ですか？」

「ああ、そうだよ。昔は独立した会社だったけど、今はイタリアの『ブルーニ』っていう老舗の繊維製品を扱う会社の傘下に入っている。創業者である祖母は、そこで会長職に就いてる。ちなみに、その『ブルーニ』の社長が、祖母の今の夫なんだ」

杏一郎の話を聞き、早紀は前のめりになって声を上げる。

「知ってます！　私、ついこの間、通販でそこの商品を取り寄せたばかりなんですよ！」

早紀が興奮気味に話すのを見て、杏一郎が驚いた表情を浮かべる。

「そうなのか？　でも、どうしてまた？　もしかして、ルウにセクシーなランジェリーをもらって以来、そっち方面に特別な興味を持ったとか――」

杏一郎が、やや意味ありげに早紀を見た。早紀は、とっさに顔を赤くして否定をする。

「ち、違いますよ！　私はランジェリーのデザインそのものに興味を持っただけであって……って言っても、ルウにもらったランジェリーがきっかけだったのは確かですけど……」

早紀は、自分が今ランジェリーに興味を持ち、時間のある時に杏一郎にも話を聞きたいと思っていた事を話した。

「そうか……なるほど。それについては、また今度詳しく話を聞かせてくれ」

杏一郎が興味深そうに、そう言った。

「はい。……でも、麗子さんってすごい方なんですね。自分で会社を興したりデザインをしたり。さすが杏一郎さんのおばあさまって感じです」

早紀が心底感心していると、杏一郎も感慨深そうに微笑みを浮かべる。

「その経営手腕を厭われて、最初の結婚が破綻したと聞いてる。だけど、その後、当時はまだ友人関係だったブルーニ氏と親交が深まって、彼と再婚した。人の縁って面白いし不思議だな」

「そうですね」

早紀はしみじみと言い、杏一郎の顔を見る。

「その縁もあって、うちの製品の大半は『ブルーニ』の生地を使ってるんだ。『ブルーニ』の製品は、どれをとっても間違いない一流品だからな」

「へ……へえぇ……そうだったんですか……」

まさかの繋がりを聞かされ、早紀は驚きながらも繰り返し頷く。もっとも、思ってもみない話の連続で、そうするしかなかったのだが……

普段イタリアに住んでいる麗子だが、定期的に帰国して祖国の四季を楽しんだりしていたのだという。しかし、ホテル住まいもいい加減飽きて、十数年前に日本の拠点として今いる家を建てた。その一年後に杏一郎が斗真を引き取る事になり、それをきっかけに普段空き家状態のここを麗子から借りる形で彼が住みはじめたという流れらしい。

「それにしても、二度も偶然会うだなんて、本当に不思議……」

早紀がしきりに感心していると、杏一郎がやや難しい顔をして首をひねる。

「いや、祖母から話を聞いていて思ったんだが、どうも意図的なものを感じるな……。そのあたりは、まだ詳しく話を聞いていないんだが――」

杏一郎曰く、麗子は彼が二十代の後半になった頃から、結婚しろとうるさくせっつきはじめたのだという。その後、二十九歳の時に早紀という恋人と付き合いはじめた。

「当時、祖母はしつこく早紀について知りたがってね。俺は、祖母を黙らせ――いや、安心させるために、早紀の名前や簡単なプロフィールを、俺と映っているツーショット写真とともに祖母に送ったんだ。ほら、これだ――」

杏一郎が、かつて二人が付き合っていた頃に撮った写真をスマートフォンの画面に映し出した。

「わあ……懐かしい！　これ、私と杏一郎さんがはじめて旅行に行った時の写真ですよね？」

その時の事は、今でもはっきりと覚えている。杏一郎との竹林をバックに撮ったその写真は、今も早紀の想い出の写真フォルダーの中に大切に保存してある。

「これ……通りすがりの人に撮ってもらったんですよね。この写真、私もまだ持ってます。杏一郎さんも、消さないでいてくれたんですね」

「ああ、どうしても消せなくてね。早紀と撮った写真は、結局一枚も消さずに保存してある」

「私もです」

早紀は杏一郎と見つめ合い、ひとしきり幸せに浸った。

早紀という恋人がいると知って麗子はとても喜び、それ以来、結婚についてうるさく言わなくなったようだ。しかし、斗真の一件で破局したと知り、再度結婚について口を出しはじめていたらしい。

「両親が離婚してる話は前にしただろう？　二人とも今は、それぞれ再婚して家庭を持ってる。だが、俺とはいろいろあってずいぶん前から絶縁状態だ」

杏一郎が、眉間に皺を寄せた。そして、すぐにまた口元に笑みを浮かべ、再度口を開く。

「そんな中、唯一父方の祖母だけは、ずっと交流があった。イタリアに住んでいてもちょくちょく日本に帰って来ていたのも、俺の事を心配してたからだと思う。言ってみれば祖母が俺の母親のようなものなんだ」

「――じゃあ、麗子さんは、私の事を五年も前からご存じだったたって事ですか？」

「そうだ。まだ付き合いはじめて間もなかったが、俺は早紀を本気で想っていた。だから、祖母を安心させたいっていうのもあって、早紀の事を話したんだ」

「そんなの、はじめて聞きました……」

「その時、早紀はまだ二十二歳だったし、それを伝える前に俺は早紀の手を離してしまった。……仕方がなかったとはいえ、今思えばもう少しうまく立ち回ればよかったと思うよ」

杏一郎が早紀の頬に掌を当て、早紀はそれに頬ずりをして彼を見つめた。

「あの時は、それしか方法はありませんでした。……でも、そう言ってくれて、すごく嬉しいです」

うっかり涙ぐみそうになり、早紀はあわてて瞬きをして上を向いた。その頬を、杏一郎が再度優しく包み込む。

二人が復縁した事については、杏一郎が五月にミラノ経由でパリに出張に行った時に、麗子に直接、報告していたらしい。

「簡単な経緯は話したし、祖母は早紀の事をちゃんと覚えていた。というか、その前に『ビアンカ』のオーディション写真ですぐに早紀に気づいてたし、きっと復縁するだろうと思っていたと言われたよ。しかし、祖母は昔から思った事はすぐ口に出すタイプだから、『ビアンカ』のオーディション前に早紀に会ってたなら、そこで自己紹介していても不思議はないんだがな」

なるほど「ビアンカ」のオーディションの時はともかく、台湾で会った時に名乗ってくれていたら、今これほど驚く状況に陥る事もなかった。

早紀が考え込んでいると、杏一郎がそっと耳打ちをしてくる。

「早紀と復縁したと知って、祖母は再三早紀に会わせろってしつこく言ってきてたんだ。だけど俺も忙しかったし、会わせるのは早紀のご両親に正式なご挨拶をしてからだと思ってた。おそらく、祖母は待ちきれなくなったんだろうな。それで、こっそり画策して、ただの通りすがりのおばあさんとして早紀と知り合って早紀がどんな女性か探ろうとしたのかもしれないな――」

「あら、バレちゃった？　そのとおりよ」

話している最中に、突然うしろから声が聞こえてきた。それと同時に背後からポンと肩を叩かれ、二人同時に振り向く。

「れ、麗子さんっ……」

「おばあさん、びっくりするじゃないですか！　いつからそこにいたんですか？」

杏一郎が眉間に縦皺を寄せて文句を言う。しかし、彼女は涼しい顔でトレイに載せたお茶をテーブルの上に置いた。

「だって、二人とも思い出話で盛り上がってるし、邪魔をしたら悪いと思って」

麗子がニコニコと笑いながら二人の顔を見る。彼女は、戻るタイミングを見計らいながら、二人の話にのんびりと聞き耳を立てていたらしい。

「杏一郎ったら、いくら言っても早紀さんを紹介してくれないんだもの。だけど、写真とか動画を見てるうちに、どうしても直接会いたくなっちゃって。それで、オーディションで帰国するタイミングに合わせて、偶然の出会いを画策したって訳」

麗子が茶目っ気たっぷりにウィンクをする。

「じゃあ、台湾でお話した時におっしゃってた『たまたま用事があって帰国』したって、『ビアンカ』のオーディションの事だったんですね」

「そうなのよ。もっとも、タクシーの件は本当に偶然よ。本当は別の出会いを考えていたんだけど、それを実行する前に出会っちゃったの。だから、ぜんぶが画策じゃないのよ」

そんな事実を聞かされ、早紀は口をあんぐりと開けっぱなしにしてしまう。

「ずっとこっそり動いてたから、探偵をしているみたいで、すごく楽しかったわ。あんなにワクワクしたのって久しぶりよ。でも、二人を驚かせたのは悪かったと思ってるの。特に早紀さん、いろいろ黙っててごめんなさいね」

聞けば、彼女は早紀と〝偶然〟に会うために、長峰の協力を仰いでいたらしい。

長峰は早紀の予定を聞かれるたびに、麗子へ情報を提供していたそうだ。

「呆れた……。長峰のやつ、俺に内緒でそんな事を……。それにしても、おばあさん。一体、いつ長峰を手懐けたんですか」

杏一郎が心底驚いた顔をすると、麗子が小さく肩をすくめる。

「手懐けただなんて、人聞きが悪い。彼、すごくいい仕事をしてくれたのよ。それに、早紀ちゃんが喜んでくれたミントキャンディ。あれ、私の幼馴染の製菓会社が作っているんだけど、早紀ちゃんがミント好きだって教えてくれたのも長峰さんよ」

「そうだったんですか？」

早紀が驚くと、麗子が頷いてにっこりする。

早紀は長峰と直接そんな話をした事はない。しかし、おそらく麗子の依頼を受けて真子あたりにリサーチしたものと思われる。

「ミントキャンディが早紀ちゃんのオーディション合格に一役買っているのなら、ある意味、私が二人の復縁の手助けをしたって言えなくもないわよね？」

「うーん……それは、まあ、否定はできませんね」

「ほらごらんなさい」

「しかし、それとこれとでは――」

思いがけない事実を次々と知らされ、早紀はただただ呆気にとられ、二人のやり取りを傍観する。

「早紀ちゃん、あのミントキャンディ、たくさん取り寄せてあるの。あとで分けてあげるわね」

「え、本当ですか？　嬉しいです！」

「ふふっ、喜んでくれて私も嬉しいわ」

まだブツブツと言っている杏一郎をよそに、麗子がはしゃいだ声を上げる。

ミントキャンディは、図らずも二人の縁結びの役割を果たしてくれた。

早紀はその味を思い出しながら、嬉しさに顔をほころばせるのだった。

杏一郎の自宅で麗子に会った週の土曜日、早紀は自宅でパソコンを開きながら三人でいろいろと話し合った時の事を思い返す。

麗子を交えて二人の結婚について話し、来春はどうかと提案された。そのあとで、早紀がランジェリーに興味を持っている事を話して、麗子から大いに関心を持たれたりして。

『早紀さん、私にできる事があればなんでも言って』

彼女はそう言ってくれたし、杏一郎が以前「アクアリオ」でランジェリーを扱う予定だと言っていた話に「ＲＥＩＫＯ」との提携話が絡んでいる事も教えられた。彼女が「ビアンカ」のオーディションに審査員として参加したのも、そんな計画が進んでいたからだったようだ。

結婚の話についても、両親や麗子を交え少しずつ計画を進めている。入籍後は、今杏一郎が住んでいるところに早紀が引っ越して同居する予定だ。

日を追うごとに喜びが増し、つい笑みが零れる。

その一方で、早紀は自分のこれからについて考える時がきたと感じていた。

まずは「ＬＡＤＹ　ＬＩＦＥ」の専属モデルの件——

同誌は先日卒業した「ＣＬＡＰ！」の姉妹誌であり、同じような年代向けのファッション誌の中では一番の人気を誇る。年齢的にも読者層と合致しているし、すごくやりがいがある仕事だと思う。

正直すぐにでも引き受けたいと思ったし、杏一郎に相談したらぜひやるべきだと背中を押された。

ランジェリーについては麗子がいろいろと相談に乗ってくれて、専門的な知識などを教えてもらっていたりする。

そしてその次の週の日曜日、早紀は今後について話すために杏一郎の自宅を訪ねた。

『一度、長峰を交えてじっくりと話し合ったほうがいい』

人生の岐路に立っているだろう早紀を見て、杏一郎が今日の席を設けてくれたのだ。

「さあ、とりあえず乾杯しましょう」

杏一郎が作ったモヒートを前に、麗子が声を上げる。四人がそれぞれに「乾杯」と言ってグラスを傾けた。

「あら、これ、すごく美味しいわね」

長峰の隣席にいる麗子が目を丸くする。今日の麗子は、シックな色大島にすすき模様の帯を締めている。

「さて、じゃあはじめましょうか」

麗子が口火を切り、自ら「四人会議」と銘打った会のスタートを宣言する。

「では、早紀さん。あなたの考えから先に伺いましょう」

水を向けられ、早紀は軽く深呼吸をして話しはじめる。

「私は十四歳の時から『長峰エージェンシー』のお世話になり、今まで事務所の後押しをいただきながらモデル活動を続けてきました――」

早紀は長峰に感謝の意を伝え、そのあとで「LADY　LIFE」との契約と、今後ランジェリーデザインに関わっていきたいという思いについて語った。

「――正直、どちらも諦められないんです。でも、欲張れば、きっとどちらも中途半端になってしまうし、一体どうしたらいいのかって……」

早紀が言うと、他の三人が頷きつつチラチラと視線を送り合っている。

「どちらも諦めなくていいんじゃない？」

麗子が言い、杏一郎のほうを見る。

「俺もそう思う。長峰はどうだ？」

「俺も同意見だ。モデルとランジェリーデザイナー、どちらも頑張って二足の草鞋（わらじ）を履きこなせばいい訳だし」

長峰が言い、早紀を見て親指を立てる。

「え……でも――」

早紀がうろたえていると、杏一郎が話を引き継ぐ。

「早紀の考えを聞いて、いろいろと検討してみた。これはひとつの提案として聞いてもらいたいんだが――」

杏一郎の提案とはこうだ。

早紀は今後も「長峰エージェンシー」に在籍し「ＬＡＤＹ　ＬＩＦＥ」の専属モデルとして仕事を引き受ける。

同時に、引き続き「ビアンカ」のモデルとして活動する――それと並行してランジェリーのデザインについて学び、その成果によっては「アクアリオ」のランジェリー部門で採用を検討する。

「――もちろん、デザインに関しては一切妥協しないし、モデルとしても今まで以上に頑張る必要がある。これについては、長峰と相談して調整してくれ」

杏一郎に視線を向けられ、長峰が指でＯＫマークを作る。

『アクアリオ』のランジェリー部門については、前にも言ったとおり『ＲＥＩＫＯ』との提携が正式に決定した。これにより、祖母には来期から『アクアリオ』の専属デザイナーとして活躍してもらう事になった」

むろん、これは麗子が杏一郎の祖母だからではなく、あくまでもビジネスパーソンとして冷静に判断し、役員会で承認を得た上での決定との事だ。

「年は取っても、感性は若いのよ。まだまだデザイナーとしてやりたい事があるし、早紀さんを弟子にしてビシビシ鍛(きた)えて、いずれは私の跡を継ぐ人になってもらえたらいいわね」

「そ……そんな……私を、弟子にですか？」

それはあまりにも壮大な計画であり、今の自分には身に余る話だ。

さすがに血の気が引き、早紀はうろたえて声も出せなくなる。

すると、杏一郎が助け舟を出してくれた。

「ちょっと、おばあさん。早紀に必要以上にプレッシャーをかけるのはやめてください」

「はいはい、ごめんなさい。でもね、早紀さん。夢は大きく持ったほうが楽しいと思わない？」

麗子がニコニコと微笑み、早紀もついそれにつられて口元に笑みを浮かべた。

杏一郎同様、麗子にも圧倒的なオーラがある。

「まあまあ、二人とも仲良くやっていきましょうよ。杏一郎、モヒートのおかわりくれるか？　どうせなら、グラスじゃなくてピッチャーでほしいな」

長峰が言い、杏一郎がしかめっ面をする。

「たた酒だと、途端に呑兵衛になる奴だな。まあいい、ちょっと待ってろ」

杏一郎が席を立つと、長峰がその背中を見送りながら笑い声を漏らした。そんな何気ないやり取りから、二人の仲の良さが感じられる。

「社長……本当に、いいんですか……？」

「ああ。早紀ちゃん、頑張れよ。みんな期待してる。特に杏一郎――あいつ、早紀ちゃんの事を本当に大切に思ってるよ」

「はい……私、頑張ります！」

杏一郎が席に戻り、それぞれのグラスにモヒートを継ぎ足す。

早紀はグラスを手にすると、椅子から立ち上がった。

「杏一郎さん、私、その提案をお受けします。長峰社長、麗子さん、私のような素人にチャンスをくださって、ありがとうございます。モデルも、デザインの勉強も精一杯頑張りますので、どうぞよろしくお願いいたします！」

早紀は頭を下げながらグラスを前に突き出した。

「わかった。これまで以上に忙しくなるし、大変だと思う。だが、一度決心した以上、頑張って最後までやり遂げてくれ」

杏一郎が言い、他の二人がにこやかに笑う。

「よく言った。早紀ちゃん、こちらこそ今後ともよろしく頼むよ」

「よろしくね、早紀さん」

四人は持っていたグラスを掲げ、それぞれのペースで中を飲み干していく。

「麗子さん、この『四人会議』、なかなかいいですね。また呼んでもらえますか？」

長峰が言い、麗子が「もちろん」と言って笑う。

それぞれに第一線で活躍する人達に背中を押された。

自分が行こうとしている道は、きっと思っている以上に険しいに違いない。

それでもこの人達の期待を、ぜったいに裏切りたくない——

早紀は気持ちを新たにして、グラスの中のモヒートを飲み干すのだった。


それからの早紀は、今まで以上に精力的にモデルとしての仕事に取り組み、同時にランジェリーのデザインについても勉強を重ねた。

「ＬＡＤＹ　ＬＩＦＥ」との契約は滞りなく終わり、早紀は来年の三月号から同誌の専属モデルを務める事になった。はじめての撮影は来年一月中旬を予定しており、十一月下旬である今から、二カ月近く雑誌の仕事が休止状態になる。

（これって、もしかしてチャンスかも——）

そう考えた早紀は、杏一郎とも相談した上でミラノに戻る麗子とともにイタリアに向かった。

麗子の自宅に寝泊まりをさせてもらい、そこから彼女の夫が社長を務める繊維会社に通って、日々クタクタになるまで生地や縫製について学んだ。

その合間に、麗子からランジェリーについての個人講義を受けた。

着る側ではなく作る側としてデザインを考え、実際に生地をカットして製品を造り上げるまでの工程を学び、実際にトライしてみる。

早紀は割と器用なほうだと自負していたし、裁縫も得意だ。けれど、当然ながらランジェリーの縫製などそう簡単にうまくできるものではない。

思っていた以上に手こずったし、描いたデザイン画もなかなか麗子からＯＫがもらえなかった。

結局イタリアには二週間ほど滞在し、帰国した今、早紀は久しぶりに自宅に帰り、自室のベッドで眠り、目覚めた。

イタリアで描きためたスケッチブックは、杏一郎に渡しておいた。杏一郎は、それを自分だけではなく社内のデザイナー達に見せると言ってくれている。

正直言って、今の自分がデザイナーとして身を立てられるかどうかもわからない。

麗子には「頑張ったわね」と声をかけてもらったけれど、今後、勉強を続けたとして、デザイナーとして認められるような結果が出せるのだろうか。

そして、自分の考えたデザインが、「アクアリオ」のランジェリー部門で採用してもらえる日が本当に来るのか。今の早紀にはまったくわからない。

けれど、イタリアで過ごした二週間は、早紀の中に、夢を諦めずに努力を続けていく覚悟や意気込みを芽生えさせていた。

たとえ、今の時点では手の届かない夢であっても、実現に向けて一歩一歩前に進んでいけたらいいと思う。

『自分らしくあれ。そして、少しでもいいから前に進めるよう努力を続けるんだ』

とにかく今は努力し続けるだけ――

もはや、早紀の人生の指針ともいえる杏一郎の言葉は、彼の存在とともに早紀を導き続けてくれているのだ。


年末も近くなり、街はクリスマスや正月の準備をする人々で活気づいている。

「チェリーブロッサム」の庭にも、毎年恒例のクリスマスらしい装飾が施された。

早紀は引き続きランジェリーの勉強を続けており、ミラノにいる麗子とも密に連絡を取り合っている。今もパソコンと睨めっこをして、ランジェリーのデザインに役立ちそうな資料を調べているところだ。

一方、杏一郎は一月の中旬にあるパリコレクションの準備に余念がない。今回はランウェイを歩くモデルとして長年にわたり友達関係にある日本人俳優を二名同行するらしい。

（さすが杏一郎さん、交友関係が広いなぁ）

その二人は、俳優でありながら歌手や声優としても活躍しており、その多才ぶりは誰もが認めるところだ。

（本業も忙しいだろうに、俳優さんってすごいなぁ……）

思えば、エンターテインメント関連だけではなく、中には洋服やアクセサリーのデザインを手掛ける人もいれば、絵を描いたりといった人もいる――

それを思うと、モデルをやりながらデザイナーを目指すのも、決して不可能ではないような気がしてきた。

とにかく今はデザイナーを目指してしっかりと基礎を作る時だ。それは決して楽ではないし、必ずしも努力に対して結果がついてくるものではないが、頑張るしかない。

それに、もし将来的にランジェリーのデザインを通して杏一郎の会社に貢献できたら、彼の恋人として恥ずかしくない自分に、近づけるような気がしている。

（そのためにも、もっと頑張らないと）

少し前に杏一郎に渡したスケッチブックは、彼と「アクアリオ」のデザイナーが目を通し、まだ改善の余地ありと言われていた。

つまり、まだリトライするチャンスはあるという事で、これで道が断たれた訳ではないという事だ。早紀は凹（へこ）んでいる暇はないとばかりに、さっそく新しいデザインに取り組んでいる。

それぞれが忙しくしている中、プライベートでも杏一郎とは連絡は取り合っていたし、結婚に向けての準備も進めていた。

話し合いの結果、結婚式は四月の第一土曜日に決まった。

式は早紀の両親やまどかと同じ、東京近郊の歴史ある教会で挙げる事にした。

杏一郎は、式に関しては早紀や桜井家の意向を優先すると言ってくれた。世界規模で活躍する彼だが、こぢんまりとしたアットホームな式を心から楽しみにしてくれているみたいだ。

ウェディングドレスは、まどかと同じく叔母が経営するドレスショップに赴いてサラサラとしたサテン生地のドレスを選び出した。

選ぶにあたり、恵や姉妹はもちろん麗子にも見立ててもらった。

上品でありながらゴージャス感もあるドレスは、肩やスカート部分に薔薇模様のレースがあしらわれており、叔母イチオシの品だ。

いろいろとあわただしくしていたため、招待状の準備など細々とした作業はすべて、まどかと花が中心になって動いてくれている。

（二人だって忙しいのに……。家族ってありがたいな）

かつて杏一郎が両親の話をしてくれた時、彼は眉間に皺を寄せていた。そんな彼を見て早紀は胸が痛んだ。

杏一郎と結婚したら、彼が望むような家族を作ろう――早紀は強くそう願っているし、ぜったいに実現させたいと決意していた。

（大変な事もあるけど、みんな、幸せにならなきゃ）

早紀はこれまでに自分に関わってくれた人達の顔を、順番に思い浮かべた。その一人一人がいろいろな形で自分に繋がってくれたおかげで、今こうしていられるのだ。

だから、そんな人達も、みんな幸せであればいいと、早紀は思う。

そうした事を考える早紀は、ふと日常の幸せについて考える。

たとえば、お気に入りの洋服に出会い、それを身に着けると幸せな気分になれる。それはランジェリーも同じだ。

事実、早紀はルウから贈られたランジェリーを身に着けて、戸惑いつつも気分が上向いた。

（目標は、ランジェリーを通して、人を幸せにする――なんて、ちょっと飛躍しすぎかな）

だが、そう願う気持ちは嘘ではない。

何より、杏一郎が、すでにそれを世界規模で実現させているのだから。

（そんな人と結婚するんだもの。私も負けてなんていられない！）

早紀は改めて気持ちを引き締め、パソコンに向かうのだった。


年も明け、早紀は今日はじめての「ＬＡＤＹ　ＬＩＦＥ」の撮影日を迎えた。

大体のスタッフとは一度顔を合わせているが、やはり緊張する。

コーナー名は「かっこいい通勤着回しコーデ」であり、今回は他のモデルはおらず、単独の撮影だ。

「ＣＬＡＰ！」のお姉さん雑誌だけあって、テイストは同じでも用意された洋服はどれも大人っぽい。今回は特に通勤という事もあり、基本がジャケットとパンツになっている。

黒のジャケットにグレーのパンツを合わせ、小物でキャメルを足す。

白のクロップドパンツには紺のジャケットとニットを。そのうちの二つを合わせて、新しくコーディネイトをして伊達眼鏡をかける。

アフターファイブ用に、それまでのヘアメイクをゴージャスなものに変えたりして、早紀はぜんぶで七パターンのコーディネイト写真を撮り終えた。

緊張が解けてホッと一息ついていると、スタイリストの女性が近づいてきてスムージーを差し入れてくれた。

撮影したものをチェックして、その日すべてのスケジュールを終えると、早紀はスタッフ達に丁寧に挨拶をして現場をあとにする。

(撮影、現場の雰囲気や人間関係も、おおむね順調ってとこかな)

長くモデルをしているとはいえ「ＬＡＤＹ　ＬＩＦＥ」では新人だし、まだうまくコツを掴めていない部分もあり、戸惑ったりもした。

以前関わった雑誌の初回撮影もそうだったと、早紀は自分が新人モデルだった頃の事を思い出す。思いがけずスカウトという形でこの世界に入った早紀だが、当時はここまで長くモデルを続けられるとは思ってもいなかった。

これからも、常に初心を忘れず頑張っていきたい――「ＬＡＤＹ　ＬＩＦＥ」の仕事は、そう思ういいきっかけになったみたいだ。

四月の第一土曜日に行われる結婚式に向けて、早紀と杏一郎はそれぞれの家族を交えてその準備を着実に進めている。

パリコレクションも無事成功裏に終わり、杏一郎もようやく小休止を取っているところだ。

しかし「アクアリオ」の業績が良好である分、彼の忙しさも加速する一方であるらしい。

早紀は、式の準備に関して、なるべく杏一郎に負担をかけまいとした。しかし、彼は二人の式なのだからと、できる限りの事をしようと努力してくれた。

(もう、真面目すぎるほど真面目なんだから……)

困ったものだと思う反面、そんな彼の姿勢がこの上なく嬉しい。

そんな中、今日は杏一郎の自宅を訪れて、新しい生活用に買い求めた家具も交えての模様替えをしている。ベッドをワンサイズ大きなものに買い替え、リビングの真ん中にあったテーブルセットを移動させ、そこに新品のラグを敷きソファを置いた。

あれこれと相談しながらひとしきり動かし終え、二人して一息つく。

「さてと……とりあえず、これでいいかな」

「じゃあ私、何か飲み物を持ってきますね」

早紀はリビングに杏一郎を残し、キッチンに向かった。

ずっと忙しい日々が続いていたせいもあり、今日は久しぶりに二人きりでゆっくりと過ごせる。

(せっかくのんびりできるんだし、モヒートを作ろうかな)

グラスを取り出し、必要なものを準備したあと、ミントの葉を摘む。

早紀がモヒートを作り終えてリビングに戻ると、杏一郎がラグの上で仰向けになって目を閉じている。

「杏一郎さん？」

早紀は彼に近づきながら小さな声で呼びかけてみた。しかし、杏一郎は微動だにしない。

（もしかして、寝ちゃったの？）

持っていたトレイをかたわらに置くと、早紀はそろそろと杏一郎に近づいていく。

部屋の中は暖かく、このままでも風邪をひく心配はないだろう。けれど、やはり眠っているのなら何か上にかけたほうがいいし、どうせなら自分も彼の横で一緒に——

「捕まえた！」

「きゃあっ！」

寝ていたはずの杏一郎が、突然上体を起こして早紀を腕の中に捕らえた。

仰向けになった彼の上にのしかかる格好で抱き寄せられ、そのままキスをされる。身体がぴったりと密着し、胸や太ももに彼の硬い筋肉を感じた。

「んっ……ん……」

久々であるせいか、キスをしただけですぐに身体が熱くなった。

まだ昼間なのに——恥じ入る早紀をよそに、杏一郎は腰を抱いていた片方の手をロングTシャツの中に忍ばせてくる。背中のホックが外され、胸元の締め付けがなくなる。スウェットごとショーツをずらされて、直に尻肉を揉まれた。

「ふ……ぁ……」

身体が浮き上がり、彼に跨った状態で膝立ちになる。杏一郎が早紀を上に乗せたまま着ていたT

シャツと黒のボトムスを脱いだ。早紀もすぐに着ているものを取り払われ、二人とも何ひとつ身に着けていない格好になる。

腰を掴まれて少し上に行くように誘導され、杏一郎の顔の両側に手をついて四つん這いになった。下から乳先に吸い付かれ、繰り返し甘噛みされる。

「あんっ！　や……ぁあああんっ！」

あまりの気持ちよさに彼の上にへたり込みそうになるも、どうにか耐えて彼からの愛撫を受け続けた。自然と腰をうしろに突き出すような格好になり、膝が小刻みに震える。

彼の掌が早紀のヒップラインを愛でたあと、指を尻肉に強く食い込ませてきた。杏一郎が下から腰を突き上げ、硬く猛った屹立を濡れた秘裂に擦りつけてくる。

花芽を切っ先の括れにこそげられ、早紀はあられもない声を上げて全身を熱く火照らせた。繰り返し秘裂を愛撫され、早紀は早々に腰が砕けそうになってしまう。

「も……ダメッ……」

早紀は杏一郎の上に倒れ込み、彼の身体に身をすり寄せる。上下に少しずつずらしていると、屹立の先端が蜜窟の縁に触れた。

早紀は「あっ」と声を上げて身を硬くする。あと少し下にずれたら、杏一郎とひとつになれる。

彼は早紀と視線を合わせたまま、じっとしてそれ以上動こうとしない。

もう結婚は決まっており、一応具体的に子供を望む時期は考えてはいる。しかし、自然に授かればそれはそれで大歓迎だとも話しており、このまま挿入しても問題はない。

すでに息が上がっており、身体のあちこちが熱く疼いている。

早紀は、唇を噛みながら杏一郎を見た。すると、彼はにっこりと微笑み、早紀の唇を舌先で舐めた。

「自分で挿れてごらん」

痺れるほど甘い声で囁かれ、早紀はわずかに頷いて唇を震わせる。視線を合わせながら腰を下にずらすと、蜜窟に触れる切っ先が滑るように早紀の中に入ってきた。

「あ……あっ……あああっ……！」

凄まじい快楽に囚われ、全身が熱く総毛立った。我慢できず、そのまま腰を振って挿入を深くする。杏一郎が、早紀の両肩を押してゆっくりと上体を起こさせた。

早紀は杏一郎の胸に手を突き、仰向けになっている彼の上に馬乗りになる。

「杏……あっ……あ、あんっ……ん……！」

下から腰を突き上げられ、挿入がより深くなった。無意識に腰を動かし、中にある彼のものをきつく締め付ける。恥骨の裏側を繰り返し突かれて、早紀は恍惚となって固く目を閉じた。

「いいよ、早紀……すごく上手だし、とても可愛い――」

下から見上げられ、そのまま何度も激しく突き上げられた。

もっと腰を動かしてみるように言われるも、まだ外は明るく窓を開ければ鳥の鳴き声が聞こえてくる時間帯だ。

このまま淫らな行為をするのに躊躇していると、杏一郎が目を細めて早紀を下からじっと見つめてきた。

「早紀……」

甘く低く響く彼の声が、早紀の聴覚を刺激する。少しずつ移動する彼の視線が、早紀の首筋や胸の先を嬲るように愛撫してきた。

杏一郎に見つめられるだけで、身も心もとろけてしまいそうだ。

彼ともっと愛し合いたい——そう願った時、蜜窟の中が屹立にぴったりと吸いつき、まるでそれを嚥下するかのようにひくひくと戦慄いた。

「あ……んっ……ああっ……！」

強い快感に早紀が前に倒れそうになると、杏一郎が手を伸ばし早紀の身体を支えてくれた。

互いの指が絡み合い、ふたたびまっすぐの姿勢になる。

杏一郎が時折、早紀を煽るように腰を突き上げてくる。

「もっと自分で動いてごらん？」

「……そ……そんな——」

抗議しようとするも、続けざまに腰を動かされてそれどころではなくなってしまう。

「ああっ……あんっ！　きょ……いちろうさんっ……あああっ！」

脳天を貫くような快感に襲われ、早紀は目を閉じて身体をこわばらせた。

その瞬間、杏一郎の腕の中に抱き寄せられ、そのまま身体がぐるりと反転する。

ラグの上に組み敷かれ、両方の膝裏を彼の腕に抱え込まれた。

中腰になった杏一郎が、激しく腰を動かしてくる。何もつけていない彼のものが、早紀の蜜窟の中を掻き回し、切っ先が子宮に続く丸みを捏ねるように突き上げてくる。

身体全体が快感のあまり総毛立ち、早紀は恍惚となって杏一郎のほうに手を伸ばした。

「早紀……愛してる……いくら愛しても愛し足りない――」

深く突かれ、耳元で囁かれて、早紀は身も心も濡れそぼって彼の背中に指を食い込ませた。

内奥がビクビクと震え、身体が痙攣すると同時に蜜窟が激しく収縮する。

「あ……っ……」

早紀が杏一郎の腕の中で達した時、屹立が蜜窟の奥で力強く脈打った。内奥が彼の精でいっぱいになる。早紀は身も心も満たされるのを感じながら、何度も繰り返される杏一郎からのキスに応えた。

そして、彼の身体に腕を強く絡みつかせると、自分からも口づけて「愛してます」と繰り返し囁くのだった。

長かった冬が終わりを告げ、温かな春の陽光が教会の屋根に降り注いでいる。
いよいよ早紀が杏一郎と結婚式を挙げる日が来た。
これまでに何度もウェディングドレスを着てきたが、今日は正真正銘本物の花嫁としてドレスを着て祭壇の前に立つのだ。

「おめでとう、早紀。最高に綺麗な花嫁だわ」

ヘアメイクを担当してくれたルウが、感極まったように目を細める。

「ありがとう、ルウ。ルウが私の親友でいてくれて、本当によかった」

「どういたしまして。私だって、早紀と親友でいられてよかったと思ってるわよ」

招待客としても出席してくれる予定のルウは「アクアリオ」のブラックスーツを見事に着こなしている。

準備が整い、式がはじまる時間が迫ってきた。

花がまどかとともに花嫁の控室に入ってきて、早紀に真っ白なハンカチを手渡してくれた。

「早紀お姉ちゃん、これっ……私からのサ、さむしん……はんっ……ひっ……」

懸命に話す花だったが、途中で目からポロポロと涙を零し、先を続けられなくなる。

「ちょっと花、もうそんなに泣いちゃって……何言ってんのかわかんないわよ」

まどかに背中をさすられ、花はいっそう大粒の涙を零し、洟をすする。

「だ……だって、まどかお姉ちゃんがお嫁に行っちゃって、次は早紀お姉ちゃんまで……」

「大丈夫よ。お姉ちゃんもだけど、私も実家からそんなに遠くないところに住むし、しょっちゅう顔を見せるから」

早紀は花からハンカチを受け取り、それで花の涙を拭いてやった。

「花ったら、私の時同様、自分があげたサムシングニューのハンカチを真っ先に使っちゃって」

まどかに笑われ、花はハッとしたように顔を上げる。

「あ、ほんとだ！」

花がうろたえたような顔をして早紀を見た。

その顔がたまらなく可愛らしくて、早紀は思わず両手で花の顔を包み込んだ。

「いいわよ。花の涙はお姉ちゃん達にとって、最高級の餞(はなむけ)だもの。ね、お姉ちゃん」

早紀が言うと、まどかが「もちろん」と言って微笑む。

「花、お姉ちゃんも、いろいろと相談に乗ってくれてありがとう。式の準備もたくさん手伝ってくれて、本当に助かったよ。心から感謝します。次はいよいよ花の番だね」

早紀の言葉に、まどかが花の肩をポンと叩いた。

「えっ？　わ、私っ？」

花が驚いたような声を上げ、顔を真っ赤にする。

花のお隣の隼人に対する片想いは、いまだ継続中だ。彼女はまだ、自分の想いが周りにバレているとは露(つゆ)ほども思っていない。

そんな花に、必ずや花嫁のブーケを渡すべく、早紀は事前にまどかと打ち合わせ済みだ。

「じゃあ、私からも、これ。サムシングブルーのガーターベルト。私の結婚式の時に約束したもんね。ちょっと縫い目がガタガタしちゃったけど、心はものすごーくこもってるから」

まどかがブルーのガーターベルトを早紀に手渡す。

「わぁ、素敵！　ふわふわ！　これ、オーガンジーだね」

早紀はドレスの裾を捲り上げ、太ももにそれをつけた。薄手で上品な透け感があるそれは、とても肌触りがいい。

「これ、ランジェリーの縁に着ける飾りにいいかも……」

ふと考えている途中のランジェリーのデザインを思い出し、早紀は忘れないうちにとスマートフォンを手にして専用のアプリにメモをする。

「今日くらいデザインの事は忘れなさいよ」

まどかにそっと頬を突かれ、早紀は小さく舌を出して肩をすくめる。

「じゃあ、そろそろお母さんとバトンタッチしようか。お父さん、さっそくメソメソしちゃってるから、一人にはしておけないもんね」

まどかと花が出ていき、そのあとすぐに恵がドアをノックして部屋の中に入ってきた。

「お父さん、平気？」

「まあね、目が赤くなってるけど、どうにか耐えてるって感じ。これじゃあ、花の時が思いやられるわ」

「ふふっ、どうかな。花は泣き虫だから、自分が泣くと大変な事になるって思って、かえって泣けないかもよ」

「だといいけど」

そんな他愛ない会話をしたあと、恵がしみじみと早紀を見つめる。

「ほんとうに、いろいろあったね。だけど、早紀は頑張った。本当に頑張ったね。お母さん、早紀が誇らしいわ」

「うん、お母さん……ありがとう」

早紀は込み上げてくる涙をグッと堪え、にっこりと微笑んで恵と手を握り合った。見ると、恵も同じように泣くのを我慢している様子だ。

「はい、これはお母さんからのサムシングオールド。おばあちゃんが大切にしてたパールのブローチ。古いけど、デザインが素敵でしょ」

「ほんとだ。それに、すごく綺麗」

パールとプラチナでできているそれは、立体的で花束がモチーフになっている。

恵が、それをドレスの胸元につけてくれた。

ちょうどその時、修三が開けっ放しになっていたドアの向こうからひょっこりと顔を出した。

「早紀、そろそろだぞ」

修三に声をかけられ、早紀は立ち上がって父親のもとに駆け寄った。

「じゃあ、早紀。またあとで。お父さん、頑張ってね」

恵が去り、早紀は修三の横に立った。

「お父さん、腕、借りるね」

「うん」

「お父さんからのサムシングボロウ、一生の思い出にするから」

「うん、そうだな」

いつも以上に言葉少ない修三の目には、うっすらと涙が光っている。

優しくて、いつも家族を第一に考え大切にしてくれる父親の存在があってこそ、桜井家は幸せな家族でい続ける事ができるのだ。

「ほら、お父さん」

恵に促(うなが)され、修三が腕に回した早紀の手をそっと擦ってきた。

「早紀、お父さんは、ずっと早紀のお父さんだ。幸せになりなさい。お父さん、ずっと応援してるからな」

「うんっ……ありがとう、お父さん。……私、お父さんの事、大好きっ……」

感極まった早紀は、溢(あふ)れ出る涙を花にもらったハンカチで押さえた。

修三も我慢しきれずに、何度も頷きながら流れ出る涙を胸ポケットから取り出したハンカチで拭いている。

「ふふっ、お父さんったら、ハンカチ……ぐしゃぐしゃになっちゃって」

早紀は明るく笑い、修三のハンカチを丁寧に畳みなおして胸元のポケットに入れ直した。

「早紀、ありがとう。……さあ、行こうか」

「はい、お父さん」

オルガンが鳴り響く中、早紀は修三とともにヴァージンロードを歩いていく。

招待客と微笑みを交わしながら進み、杏一郎が待つ祭壇の手前で立ち止まる。

「杏一郎くん、早紀を一生大事にしてやってくれ」

修三が言い、杏一郎が「はい」と答えた。

早紀の手が修三から杏一郎の腕に渡り、二人して牧師の前に進む。

誓いの言葉を唱え、指輪の交換をする。婚約指輪に続き、杏一郎がデザインしたそれが、しっくりと指に馴染(なじ)んだ。

この時を、どんなに待ち望んだだろうか――

去年の冬に極寒の中ウェディングドレスを着た早紀が呟いた願いは、一年と二カ月の月日を経て成就したのだ。

これ以上の幸せはないし、今この時、自分ほど幸福な人間はいないだろうと思う。

早紀は杏一郎と見つめ合い、彼も同じ事を思っているのを感じ取る。

二人は誓いのキスを交わし、早紀は喜びに胸をいっぱいにしながら静かに涙を流した。その涙を、杏一郎がハンカチで拭いてくれる。

牧師が二人の結婚が成立した事を宣言し、教会の中は皆の笑顔と祝福の拍手で満ち溢(あふ)れた。

早紀は杏一郎とともに、ゆっくりとヴァージンロードを歩き、教会の外に出た。

列席者が拍手をし、口々にお祝いの言葉をかけてくれる。

外は春の陽光が煌(きら)めき、空には雲ひとつない。

ブーケトスの準備が整うと、教会の前に真子を含む独身女性がずらりと並ぶ。

そのうしろに、花が遠慮がちに立っているのが見えた。

「花さん、ずいぶん遠くにいるね」

杏一郎が心配そうな声で早紀に囁きかける。

「こうなると思って、お姉ちゃんと打ち合わせ済みなんです」

早紀は杏一郎に、にっこりと笑いかけたあと、後方にいるまどかに向かって合図をする。

すると、まどかが何事か花に話しかけ、妹の背中を前に押した。

花はつんのめって前に出たが、まだ女性達が並んでいる場所には届かず、中途半端な位置で一人立ち尽くす格好になる。

「よしっ！」

早紀は小さく呟き、すばやく花との距離を測った。

「いくわよ～！」

うしろ向きになってブーケを構えると、早紀は心の中で花の顔を思い浮かべる。

「私の次に花嫁になるラッキーガールは、だ～れだ！」

白薔薇のブーケが空高く舞い上がると同時に、早紀は正面に向き直った。

列になった女性達がいっせいにジャンプしたが、ブーケは誰の手にも触れられないまま、さらにうしろに飛んでいく。そして、姉達の思惑どおり、見事花の手の中に落ちた。

「やった！」

杏一郎が隣で小さくガッツポーズをした。

早紀は花に向かって大きく手を振る。

「みなさ～ん、次の幸せな花嫁は私の妹の花で～す！」

教会の前庭に、ふたたび祝福の拍手が響き渡る。

早紀は寄り添ってくれる杏一郎の胸に頭を預けた。そして、彼と夫婦になった喜びを噛みしめながら目の前の風景を眺めるのだった。


早紀が杏一郎と結婚してから、ひと月が過ぎた。

五月の連休中である今日、早紀は自宅の和室で座椅子に座りながらスケッチブックを開いている。

ゴールデンウィークとはいえ、杏一郎は海外からの来客があって今朝から外出し、ついさっき帰ってきたばかりだ。

早紀も昨日は夜遅くまで「LADY　LIFE」の撮影が入っていた。

撮影後、編集部に顔を出した時、ちょうど来社していた春日と三十分ほど話し込んだ。

彼は最近足繁く台湾に通っており、七海と斗真が元気であると教えてくれた。

皆それぞれに、忙しくも充実した日々を送っている。

そんな中、早紀は引き続きランジェリーデザイナーを目指してデザインを考え続けている。

「もうこれで十冊目か……。　あれ？　前に描いたの……どこに行った？」

描きためた九冊のうちの、直近の二冊がない。早紀がキョロキョロと愛用のデスクの周りを見回していると、シャワーを浴び終えた杏一郎が部屋の中に入ってきた。

「スケッチブック？　それなら、俺がちょっと借りてる」

杏一郎が部屋の隅に置いてあったバッグから欠けていた二冊のスケッチブックを取り出した。

「実は今日会ったＶＩＰ――あとでここに来る予定なんだけど、その人にこれを見せたんだ」

「えっ？　そ、そうなの？」

驚く早紀を見て、杏一郎が微笑みながら頷く。

「そしたら、このうちの何点かを気に入ってくれてね。俺もいいと思っていたデザインだったから、かなり話が盛り上がったんだ」

「ほんとに？　嬉しいな……だけど、ＶＩＰって誰？　あとでここに来るって、何時にいらっしゃるの？」

早紀があわてる様子を見て、杏一郎が可笑しそうに笑い声を上げる。

長く彼に対して敬語を使ってきた早紀だが、この頃ではようやく夫婦らしい距離感で話せるようになった。

「あと一時間後には来るんじゃないかな。彼、久々に早紀に会えるって喜んでたよ。妻はしょっちゅう日本に里帰りするのに、自分はいつも置いてきぼりだってぼやいてたからね」

「え？　久々にって……もしかしてＶＩＰってブルーニさん？」

「あたり。京都の染物屋に用事があっての来日らしい」

麗子の夫であるブルーニとは、イタリアに行った際に公私ともに、かなり世話になっている。

そんな恩人に会えると知り、早紀は嬉しそうに微笑みを浮かべた。

「東京には立ち食いそばを食べるために立ち寄ったんだ。俺は、取引先兼義理の孫息子って事で、それに付き合わされたって訳だ」

「そうだったんだ」

手渡されたスケッチブックを開くと、何枚か付箋（ふせん）が貼られている。そのうちのひとつに、赤丸の印がついている。

「その赤丸のデザイン、それを『ビアンカ』ランジェリー部門の第一弾に加えようと思ってる。祖母にも意見を聞いて、それならＯＫだと言ってくれたよ」

「えっ……ほ、ほんとに？　本当に採用してくれるの？」

早紀は目を瞬（またた）かせながら、杏一郎の顔をじっと見つめた。

「ああ、本当だ。一度試作品を作ってみてくれないか？　そして、それを着て見せてくれ」

杏一郎が何気なくバスローブの前を開けた。逞（たくま）しい胸筋と割れた腹筋があらわになり、早紀はたちまち目の前の風景の虜（とりこ）になる。

「ちょっ……仕事の話をしてるのに、杏一郎さんったら――」

杏一郎が、ゆっくりと近づいてきて、早紀の頬に掌（てのひら）を添えた。

「愛してるよ、早紀。早紀の心も身体も、何もかも大好きだ。一生かけても愛しきれないほど愛してる。我ながら、どうかしてるんじゃないかと思うくらい早紀に夢中だ」

いつになく甘い言葉を囁（ささや）かれ、早紀は喜びで胸がいっぱいになる。

耳のうしろにキスをされ、思わず声が漏れた。

「私も……私も杏一郎さんのぜんぶを愛してる。杏一郎さんは、私のすべてなの……。あなたがいてくれるから、私はこうして――」

唇を塞がれ、その先の言葉が言えなくなった。

愛し、愛され、これ以上の幸せはないと思える。

今が幸せのピークだ。けれど、この先の二人の人生には、そんなピークが幾度となくやって来る――そう確信しながら、早紀は杏一郎と唇を合わせるのだった。

コミックスは
2021年2月
刊行予定!!
専属秘書は
極上CEOに
囚われる
Maiko Mizuguchi
漫画 水口舞子
Hiromi Yuuin
原作 有允ひろみ
君は今日から
僕の秘書に
なってもらう
大人気激あまラブストーリーが
待望のコミカライズ!!
あッ!
深い…!
ちゅっ
ETERNITY WEBMANGA
エタニティWEB漫画!
無料で読み放題!
他にも人気漫画が多数連載中!!
今すぐアクセス!
エタニティ Web漫画
検索

岩田凛子は紡績会社の経理部で働く二十八歳。無表情でクールな性格ゆえに、社内では「超合金」とあだ名されていた。そんな凛子に、新社長の慎之介が近づいてくる。明るく強引に凛子を口説き始める彼に動揺しつつも、凛子はいつしか惹かれていった。そんなおり、社内で横領事件が発生！　犯人と疑われているのは……凛子!?　「犯人捜しのために、社長は私に迫ったの…？」傷つく凛子に、慎之介は以前と変わらず全力で愛を囁き続けて……

B6判　定価：本体640円＋税　ISBN 978-4-434-27007-9

恋愛小説「エタニティブックス」の人気作を漫画化！
EC
Eternity COMICS
総務部の丸山さん、イケメン社長に溺愛される
んっ⁉
んっん…
あっ
胸…いやぁ…
あんまり胸触られたくない？
……ッ
形とか色とか——すごく色っぽい…
でも俺は好きだよ
そういうわけで丸山さん
俺と付き合わないか？
漫画 水口舞子 Maiko Mizuguchi
原作 有允ひろみ Hiromi Yuuin
アパレル企業の総務部で働く丸山里美（まるやまさとみ）は、何故か昔から存在感がとても希薄で、“総務部の幽霊さん”とあだ名されるほど。そんな里美が、自分とは正反対の華やかで人目を引く、勤め先の社長・健吾（けんご）に告白された！　一時の気まぐれだろうと思う里美。でも、健吾のほうは本気も本気、里美に甘く迫ってきて……⁉
B6判　定価：本体640円＋税　ISBN 978-4-434-25250-1
EC Eternity COMICS
総務部の丸山さん、イケメン社長に溺愛される
水口舞子
有允ひろみ
セレブ社長が
本能むき出し⁉
エタニティCOMICS

エタニティ文庫

常軌を逸したド執着!?

エタニティ文庫・赤

エタニティ文庫・赤

総務の丸山さん、イケメン社長に溺愛される

有允ひろみ　　装丁イラスト／千花キハ

文庫本／定価：本体 640 円＋税

アパレル企業の総務部で働く里美は、存在感の薄すぎる“超”地味ＯＬ。そんな里美が、イケメン社長の健吾に突然目をつけられ、なんと交際を申し込まれた！　これは彼の単なる気まぐれだろうと自分を納得させる里美。けれど健吾は里美に本気も本気で、ド執着してきて……!?

※エタニティブックスは大人の女性のための恋愛小説レーベルです。ロゴマークの色で性描写の有無を判断することができます（赤・一定以上の性描写あり、ロゼ・性描写あり、白・性描写なし）。

詳しくは公式サイトにてご確認ください。
https://eternity.alphapolis.co.jp/

携帯サイトはこちらから！

〜大人のための恋愛小説レーベル〜

ETERNITY
エタニティブックス

装丁イラスト／芦原モカ

エタニティブックス・赤

恋に落ちたコンシェルジュ

有允ひろみ

彩乃が働くホテルに、世界的に有名なライター、桜庭雄一が泊まりにきた。ベストセラー旅行記の作者である彼は、ホテルにとって大切な客。その彼の専属コンシェルジュに、なぜか彩乃が指名される。さらには、雄一から彩乃に告げられるリクエストが、だんだんアブナイ内容になってきて……!?

装丁イラスト／佐々木りん

エタニティブックス・赤

野獣な獣医

有允ひろみ

ペットのカメを診察してもらうため、動物病院に行った沙良。そこにいたのは、野獣系のセクシー獣医!?　彼の診断によると、毎日の通院、もしくは入院治療が必要らしい。そんな時間も資金もない沙良が途方に暮れていると、「うちで住み込みで働かないか」と提案されて……。イケメン獣医とのエロティック・ラブ！

※エタニティブックスは大人の女性のための恋愛小説レーベルです。ロゴマークの色で性描写の有無を判断することができます（赤・一定以上の性描写あり、ロゼ・性描写あり、白・性描写なし）。

詳しくは公式サイトにてご確認ください。
https://eternity.alphapolis.co.jp/

携帯サイトはこちらから！

～大人のための恋愛小説レーベル～

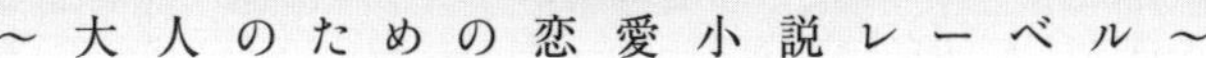

ETERNITY エタニティブックス

イケメン同期の甘すぎる溺愛！

蜜甘フレンズ
～桜井家長女の恋愛事情～

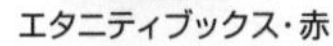
エタニティブックス・赤

有允ひろみ

装丁イラスト／ワカツキ

商社に勤めるまどかは、仕事第一主義のキャリアウーマン。今は恋愛をする気もないし、恋人を作る気もない。そう公言していたまどかだけれど――ひょんなことから同期で親友の壮士と友人以上のただならぬ関係に!?　自分達は恋人じゃない。それなのに、溺れるほど注がれる愛情に、仕事ばかりのバリキャリOLが愛に目覚めて!?　極甘紳士の、至れり尽くせりな独占愛！

※エタニティブックスは大人の女性のための恋愛小説レーベルです。ロゴマークの色で性描写の有無を判断することができます（赤・一定以上の性描写あり、ロゼ・性描写あり、白・性描写なし）。

詳しくは公式サイトにてご確認ください。
https://eternity.alphapolis.co.jp/

携帯サイトはこちらから！

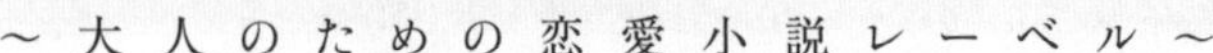

〜大人のための恋愛小説レーベル〜

ETERNITY
エタニティブックス

装丁イラスト／七里慧

エタニティブックス・赤

制服男子、溺愛系

秋桜（あきざくら）ヒロロ

爽やかで強引な若旦那×双子の姉の身代わり婚約者。情熱も肉体もスゴイ♥消防士×素直になれない幼馴染。見かけは王子様なＳ系パイロット×一途なＯＬ。仕事着を脱いだあとの彼は、情熱的で甘くて……？　たった一人の女性にだけ甘く微笑む——イケメン三人それぞれの恋を描いた短編集。

装丁イラスト／逆月酒乱

エタニティブックス・赤

性欲の強すぎるヤクザに捕まった話

古亜（ふるあ）

人違いがきっかけでヤクザの愛人にされてしまった梢（こずえ）。最初は強引な男に引きずられていただけだったけれど、意外にも男は優しくて、次第に梢は男の気持ちが気になるようになる。同時に、身体だけの関係では虚しいと感じ始めていて——。獣なヤクザと奥手ＯＬのホットなラブ!!

※エタニティブックスは大人の女性のための恋愛小説レーベルです。ロゴマークの色で性描写の有無を判断することができます（赤・一定以上の性描写あり、ロゼ・性描写あり、白・性描写なし）。

詳しくは公式サイトにてご確認ください。
https://eternity.alphapolis.co.jp/

携帯サイトはこちらから！

この作品に対する皆様のご意見・ご感想をお待ちしております。

おハガキ・お手紙は以下の宛先にお送りください。

【宛先】

〒150-6008 東京都渋谷区恵比寿4-20-3 恵比寿ｶﾞｰﾃﾞﾝﾌﾟﾚｲｽﾀﾜｰ 8F
（株）アルファポリス　書籍感想係

メールフォームでのご意見・ご感想は右のＱＲコードから、
あるいは以下のワードで検索をかけてください。

ご感想はこちらから

濡甘（ぬれあま）ダーリン～桜井家次女（さくらいけじじょ）の復縁事情（ふくえんじじょう）～

有允ひろみ（ゆういん ひろみ）

2021年 1月 25日初版発行

編集ー本山由美・宮田可南子
編集長ー太田鉄平
発行者ー梶本雄介
発行所ー株式会社アルファポリス
〒150-6008 東京都渋谷区恵比寿4-20-3 恵比寿ｶﾞｰﾃﾞﾝﾌﾟﾚｲｽﾀﾜｰ8F
TEL 03-6277-1601（営業）　03-6277-1602（編集）
URL https://www.alphapolis.co.jp/
発売元ー株式会社星雲社（共同出版社・流通責任出版社）
〒112-0005 東京都文京区水道1-3-30
TEL 03-3868-3275
装丁イラストーワカツキ
装丁デザインーAFTERGLOW
（レーベルフォーマットデザイン―ansyyqdesign）
印刷ー図書印刷株式会社

価格はカバーに表示されてあります。

落丁乱丁の場合はアルファポリスまでご連絡ください。

送料は小社負担でお取り替えします。


ISBN978-4-434-28381-9 C0093